路上の人

堀田善衞

路上の人

堀田善衛

版画　宮崎敬介

目次

第一章　天と地……5

第二章　路上の人……36

第三章　僧院の内……77

第四章　僧院の外……115

第五章　ピレネーの洞窟……156

第六章　ヴェネツィアの謝肉祭《カルネヴァール》……197

第七章　苦難のトゥルーズ《トローサ・エル・ドロローサ》へ……235

第八章　異端審問……274

第九章　モンセギュールの山巓城塞……315

第十章　エピローグ……350

対談　篠田一士◎堀田善衞……368

解説　『路上の人』及び堀田善衞　加藤周一……378

フランス南部・ピレネー周辺図
オクシタニア
セベンヌ山地
ガロンヌ川
アルビ
トゥルーズ
モンペリエ
ミュレ
アヴィニオネ
ベジエ
ラストゥールス
カルカッソンヌ
ナルボンヌ
パミエ
リムウ
ミルポア
フォア
モンセギュール
ケルビウス
アリエージュ川
アックス
ペルピニアン
ピレネー山脈
カタルーニア
地中海
アラゴン王国
N
ミレト
バルセローナ
エブロ川
タラゴーナ

第一章　天と地

西欧中世は、現代にもまして映像と記号の世界であった。

人々の大きな部分が文字を知らず、かつ印刷術がいまだ発明されていなかったために、羊皮紙に記された聖書をはじめとする筆写本は、すべて教会や僧院の奥深くに秘蔵されていたのである。また普通の平信者は、たとえ文字が読めても、聖書を読むことを禁じられていた。それを読むことは、聖職者の特権であった。

されば平信者にとっては、この天地と昼夜のなかに、周囲の自然と人間を超えたものを読み取ろうとすれば、如何にしても映像と記号の世界に赴かざるをえなかったのである。そうして、この超自然を表象する映像と記号は、西欧中世にあっては、これまた現代にもましてゆたかに存在していて、当時にあって文盲の平民にも、石に彫り刻まれた本、あるいは描かれた文字、物語として、すぐにも読み解きえたものが、いまではほとんど暗号と化してしまったものがあり、いわゆる図像学などと称される学問の対象となり、専門家の解読を必要としている。

しかしなかには、言うまでもなく、解読などという面倒な作業を必要としないものもまた、数え切れないほど存在しているのである。それは、場所を特定する必要もないほどに、大きな聖堂がありさえすれば、必ずあると言ってよいものである。大旨、聖堂の正面入口の上に、人々をして仰ぎ見なければならないものとして、実に堂々と、地上の如何なる権力にもまして至上至聖なるものとして存在しているのである。

巨大な石彫による天上に一つの王座が刻み込まれ、そこに一人の大いなる者が座している。その表情は、表情というにはあまりにも厳しく、石そのもののようにほとんど無表情である。双の眉は四十五度ほどの角度で釣り上っていて、その末端は髪の毛のなかに消えている。その眉の下の眼は、大きく見開かれていて、しかし、その瞳の焦点がいずれに注がれているかは、明らかではない。天上の、さらにもう一ついと高いところを見ているようでもあれば、人間の地上世界を見はるかしているようでもある。もし地上を見ているものとして見るとすれば、それを見る人は身慄いをしなければならないであろう。それは人間世界の終末を見、かつその終末を裁く者としてそこに現前しているとしか解しようがないほどにも、その表情はあまりに厳しいからである。頭のまさに中央でわけられた髪の毛は、耳のあたりで二つの房のようなものにまとめられ、残余は肩から胸にかけて流れるように垂れている。髭もまた左右に流れ、顎鬚はこれもまた水の流れのように胸に垂れて、咽喉を隠している。そうして頭頂には王冠の如きものをかぶり、色褪せているとはいえ、そこに宝石がいくつも鏤《ちりば》めてあるのが見られる筈である。至天の王者としてのこの者は、その髪と髭同様に流れるような襞をもつ、膝までの寛衣をまとい、よくよく目を凝《こ》らして見込めば、その寛衣のどこかに紫の色と、金糸銀糸の縒り糸による刺繍の名残りさえが見られるであろう。その左手は、肘を左足の膝に置き、閉じられた一冊の本を持つか、あるいはその本が開かれている場合には、EGO SUM LUX 我は光なり、と記されている。右手は肘を水平にして掌を見せ、小指と薬指は内側に折られて、地上の人間世界に対して祝福を与えているとも、それとも訓戒を与えているとも、それはいずれとも解し難いのである。かくてその無表情な顔と頭部の背後には円形の光輪があり、その栄光は一層に強調される。両肩の上には、左にAあるいはα（アルファ）、右にω（オメガ）なる、ギリシア語の第一字母と最終字母が記されて、その者の象徴としている。そうして光輪だけで足らない場合には、この座せる者の全体が、杏仁形の身光によって、あるいは虹によって囲まれていることもある。

かくてこの光輪と身光によって栄光に映えた者の左右上部には、善き人間を表象する二人の天使が配され、その下には、屢々、真に怖るべき怪獣が刻み込まれている。この怪獣は、二頭の場合もあり、また人ひとりと三怪獣の四単位の場合もある。四単位の場合は、四福音書の筆者を象徴するとされているけれども、かの福音書の筆者と、鷲、牛、獅子などのいずれもが大いなる翼をもって、脅迫的なまでの畏怖感をもたせてあることには、如何なる意味があったものであるか。

鷲は、顔貌は猿にさも似ていて、その鋭利なナイフの如き嘴は一杯に開かれ、いまにも何者かの肉を食い裂こうとしている。大いなる両の翼は、石彫ながらに風を切る音が耳を撃つかに思われ、突出した胸部の羽毛はあたかも鉄鎧の如く、爪はこれも鉄の武器かとの観があるのである。次なる角のある牛は、石が波打っているかと見える翼をもち、その前肢の蹄あるいは爪の間に一冊の本を抱え持っている。狼の如きかと見える翼ある獅子も本を抱え、その獰猛な口からは火を吐いている。そうしてこれらの牛と獅子の胴体には、いくつもの眼が描かれている。あたかも、その複数の眼によって、宇宙の全方角が可視なものであることをでも表象しているかの如くである。

なかには、開かれた口から咽喉もとまでが見えるものもあり、彼等がその者の栄光を咆哮によって称えているのであることが納得されるのである。そうしてこれらの怪獣どもは、御座《みくら》から離れて行く形に刻まれてはいるが、すべてみな身を捩って首をめぐらし、座せる者を永遠に凝視しているのである。

天上には、かかる怪獣もがいるのであるか。

更にこの半円形の彫刻、あるいは彫《きざ》まれた本の周辺部は、これもまた流れるような寛衣姿の二十四人の聖者たちによって座せる者を取り囲む形になっている。この二十四人の聖者たちの悉くが、一つずつの楽器をもって天上の音楽を奏している場合もあり、また数人のみがリュート、ハープなどの楽器を奏していて、その他は、あるいは香料を入れた壺を持ち、あるいは様々なる花を持っている場合もある。なかには口を大きく開いて歌唱をしていると見て間違いのないものもある。これらの聖者たちの後頭部からは、光輪の代りに、たわわな葡萄をはじめとする、地に見られるあらゆる果実がのぞいている。そうして半円形にこれらの聖者たちは配されているのであるから、左右の下端の聖者は水平に横になっていて、中央最上部のそれは直立しているのであるが、斜めになっているものも横になっているものも、地の重力からは解放され、その身体的な状況の如何にかかわらず、その瞳のすべては、座せる者を、法悦をもって注視しているのである。

それが石であることに違いはないものの、生命の充溢と、その光り出るほどの讃仰とは、かかるものであるか、かかる状況以外には、生命の充溢と、その讃仰というものはありえないのであるか、と人をして深く内省させるものをもっているのである。

たとえば西欧で最ももてはやされた巡礼行の、一つの最終点であり目的地であった、スペインはガリシア地方のサンティアゴ・デ・コンポステーラ大聖堂の正面入口、頭上の半円形石彫では、座せる者を取り囲む二十四人の聖者は、悉くがそれぞれに異なる楽器をもって音楽を奏している。それはあたかも音楽が、その座せる者を讃め称えるがゆえにこそ、石の映像に転化しえた、その奇蹟譚を物語っているかの如くである。

この入口、あるいは門の下に立つとき、たとえばパリのサン・ジャック広場からならば、道中、旅籠《はたご》屋もろくにはない一五〇〇キロの悪路、ときに出没する泥棒や追剝ぎ、寒暑ともに激烈な気候に苛め抜かれ傷めつけられて、半病人となって到着した巡礼たちには、おそらく頭上の、石の楽人たちの奏するその音楽は、それが石に刻まれてあればこそなおさらに、まことに真の天上の音楽と聞えたとして不思議はないであろう。精神上の奇蹟とは、おそらくかかる事象をさすものであろう。

この二十四人の楽人たちは、一人残らず、いずれの者もが、キリスト教において言われているところの、聖霊なるものにその身そのものを浸されていて、外部や天上からのそれではなく、彼等の内部に、すでに宿っているものとしての啓示によって内側から身光を発し、その顔は、座せる者とともにあることと同時に、自らの内側から発する喜びに自身で驚愕し、目はその喜びを身の周辺に見、また座せる者を見ること自体に感動し、瞳孔もまた大きくひらいている。彼等の着ている寛衣の下の身体と四肢もまた、地上の労役と義務から解放されている暢やかさと、座せる者を自らの目でまざまざと見ることの緊張による硬ばりとの双力を、古拙ながらに充分に表現しえていて、その音楽、その合唱が、地上の不確かな、如何なる運命と変遷とが明日の日にあるかを知らない存在の連鎖である世界から、すでに遠く離れているものであることを証ししているのである。

しかも、座せる者自体も、また二十四人の楽人たちも、その顔貌は、よくよくこれを見れば、天上の人々どころか、ガリシアの百姓たちの、親しみ深い村人のそれであることは、一目にして明らかなのである。そのうちの誰それは、何々村の誰それに酷似していると、村人たちならば、それを指摘しうるであろう。またパリの町人ならば、城壁内の、あるいは城壁外の何々商売人の誰それに似ていると、すぐにも想起しえたであろうと思われる。

そうして人々が、別にサンティアゴ・デ・コンポステーラのそれではなくても、また聖堂内へ入ってからでも、あるいは入る以前にでも、これらの大伽藍そのものを支えている多くの石柱を見上げるとき、その柱頭に、ありとあらゆる種類の、芳香を発する植物の花や葉の飾りを見出す筈である。水仙、百合、立麝香草、菫、葉薊《はあざみ》、ミルラ、南瓜等々からはじまって、天上地上のあらゆる植物が、これらの聖堂には、あたかも植物図鑑をぶちまけたかのようにして、柱頭に、あるいは石柱と石柱とをつなぐ迫持《アーチ》に鏤められ、浮彫りにされているのである。そこに石の芳香を、少くとも想像裡においてでもその匂いを嗅ぐことの出来ない人は、まさに二十世紀の現代人であると言って過誤はないであろう。また中世の人々にとって、たとえば音に関してならば、鳥の鳴き声や獣類の吼え声、森に吹き込む風の音、小川のせせらぎなどの、自然のたてる音以外は、人々のたてる音は、すべてどこそこの誰々、あるいはすぐにも特定し得る人々のそれとして認識出来るとしたら、想像力は音、あるいは音楽に関しても果しもなく伸張して行き、天上の音楽を石に刻み込むなどということも困難ではない筈である。石の音楽は、如何なる増幅器をも必要としない。また果実に関しても、たとえば薔薇の花の花芯に苺の実を植え込み、これを聖堂内に飾り込むなどの芸も、すでに日常茶飯である。魚類や鳥類、動物などに関しても、聖堂は魚類図鑑やありとある鳥類、動物などの図鑑をぶちまけたかの観があり、それは宇宙そのものなのである。なかには、教会の外壁に、男女媾合の石彫が設けられていて、教会によってそれが祝認されているものであることを表示しているものまでがある。

座せる者を中心としての、これらの森羅万象、映像、記号、音楽、芳香、花等々に囲まれた聖者たちの顔貌に、もし周囲の村人たちの顔かたちと表情や話し癖などを認めえたとしたら、そこに、それは早ければ明日であるかもしれぬ、いつの日にか予定をされている、精霊にひたされた天上世界を、人々が見ることは、きわめて自然なことであった。

かくて燦々たる陽光と天上の栄光に眩《くら》まされた眼が、暗い聖堂内へ入ると、眼がなれる以前に、すでにして色玻璃《はり》の薔薇窓からの、七色の彩光に身を浸されることになる。


しかし、教会、あるいは聖堂が映像として、あるいは記号としてもつ全世界、全宇宙は、不幸にして、かかる幸福なものばかりではなかった。

見渡す限り、実りゆたかな葡萄畑がゆるやかに波打っている、南フランスのある丘の上の僧院付き教会の、地下深く薄暗く冷え冷えとした石の窖《あなぐら》の扉に、怖るべきものを見出したことがあった。

眼が暗さになれて来て、案内の修道僧が点《とも》してくれた裸の、暗い電球のタングステンの線が赤く熱してくるにつれて、まず眼に入って来たものは、後肢を地につけて立ち上った二頭の、対になった獅子であった。そのむき出しの鋭い爪はあたかも毒矢の如くであり、これらの獅子が、如何なる不信の徒をも通すまじと、この石窟を守護しているものであることが納得されたのであった。それだけならば、その大きな樫の木の扉を両側から支える石柱が、長い寛衣をまとった、不自然なまでに長身な聖人をかたどってあったことからしても、いま一度、納得はされるのである。

けれども、それだけではない。立ち上った二頭の獅子の足許に、あるいはその飢えて凹んだ腹と腹の間に、あるいは蛇のようにとぐろを巻いた尻尾のまわりに、怖るべきものどもが、あたかも闇夜の幻夢のように無数に蠢《うごめ》いている。巨大な蛇が鹿を呑み込んで大海を泳いでい、その横には蟷螂《かまきり》としか思えないものが人間の顔をもち、歯を剝き出している。緑青色がかすかに残っている彩色は異様に脂ぎって光り、その細い昆虫の足で八つの顔をもつ狼をおさえつけ、この狼の八つの、鋸のような歯をもつ口のなかには、それぞれに裸の、痩せ衰えた人間の女人が銜《くわ》えられてい、よく見ると狼の歯のあいだには多数の亀がいて、女人たちの血を吸っていると見えるのである。また駱駝かと思われる、けれどもこれは首のない瘤《こぶ》の二つある四肢動物がいて、首、あるいは頭がないためか、その胴体に瞳の穴と覚しきものをそなえている。細部をもっと見込んで行けば、双方の髪の毛でがんじがらめにからめられている裸体の男女があり、九頭《ヒドラ》の蛇がその二人を見上げて、それぞれに、いまにもその血を吸い、眼に食い込み、人間のもつありとある穴から肉へと入り込もうとしていると見える。そうしてこれらの、悪魔の動物図鑑であるかに見えるものは、この扉の木彫に限るものではなくて、この窖《あなぐら》を支える石柱の柱頭や、その柱末には、それぞれに異なる怖るべき怪獣どもが充ち満ちてい、それらのすべてが、戦慄すべき声を、あるものは人の耳には聞えぬ高波長の声を、あるものはこれも人の耳には達せぬ地底の低声をあげ、何事かを告知しているのである。海のものならば鱓《うつぼ》から、鮹《たこ》、鮫《さめ》、鯨、頭と尾の双方に顔のある両頭蛇、両棲類ならば蟇《ひきがえる》、蜥蜴《とかげ》、虫類ならば人をその巣にからめ取って喰おうとしている蜘蛛《くも》、蠍《さそり》からはじめて、また地にあるもののなかには、たとえば二羽の鶏《にわとり》が棒に吊した猪《いのしし》を獲物として担いで行くとの、これはユーモラスな景があり、空を飛ぶもののなかには、豚のように太った鷲がその爪で、さかさまになった人間の首をおさえつけて肢から呑み込みにかかっているものもある。その横には馬頭魚尾の怪獣がいる。かくて、ありとあらゆるものどもが、四肢を、あるいは胴体を歪め痙攣をさせて、悪魔の軍団の無限の強力さを、誇りをもって物語っているのである。

　そうして、もっとも大きな表象としての対の獅子の腹と腹との間に、天上の楽園を追放されたアダムとイヴが、他の一切のおどろおどろしい動物どもと比べてさえ悲惨にも、二人ともが裸に剝かれ、どう仕様もなく、陰部に片手をあてて、この地上を彷徨している。陰部をかくすのに、無花果《いちじく》の葉だけでは足りないのである。葉は、手をあてがっておかなければ、すぐにもずり落ちてしまうであろう。他の動物たちが、いずれもみな堂々たる翼をもち、色模様の鮮かな毛皮をまとい、あるいは魚鱗に蔽われているのに、何故人間だけが裸なのであるか？

そうして、もしこの扉が開かれるとすると、アダムとイヴは左右に引き裂かれてしまうであろう。

これらの一つ一つを克明に見て行くとき、頭が次第に熱くなって来るかに感じられ、その冷え冷えとした石窟が、あたかも悪魔の炉であるかに思えて来る。そうしてこれらの石窟におさめられてあるものは、修道僧たちの、石の霊柩台の上に置かれた石棺なのである。

アダムとイヴ追放の像があるとなれば、それは地上を表象するものであることは明らかであるが、そのあまりに荒涼として慰めのなさすぎる惨状にうたれて、

「これは何か、地上を表象するものであるか、それとも地獄であるか」

と問うと、蒼白く透きとおるような顔色をしているものの、黒衣の下に精力に満ちた肉体をもつと感じられる修道僧は、

「前者の表象である。地獄図は別のところにある」

と答え、付け加えて、

「これらの怪獣どももも、神を讃め称えているのである」

と言う。

天上が如上の如くであり、地上がかくの如きものであるとすれば、地獄図はおそらく火と雹《ひょう》、水と洪水、天より隕《お》ちて地を打つ星であり、底のない坑《あな》、剣と槍と血に満ちたものであろうことは、たとえそれを見ずとも、容易に想像のつくことである。そうして考えられること、あるいは考えられぬことは、この地上と地獄の弁証法が、如何にしてかの天上世界を生みうるのか、あるいは天上と化しうるのか、という命題であろう。


西欧中世は、少くともその初期は、ヨーロッパの平地と低い丘を蔽っていた大森林の海から、ようやく人々が少しずつ出て来て、林間の空地という小さな島に、それぞれに孤立した、些少の畑地をもつ村を形成しはじめた頃であり、彼等村人たちが知っていた現実の鳥獣の数は、そう多くはなかった筈である。獅子などはもとより論外であり、駱駝でさえが、イスラム教徒に占領されたスペイン西南部の人々以外には、見たこともなかったものであった。ヨーロッパの森には、ロシアを別として、虎もいなかった。狼と猪を除いては、猛禽類はいても猛獣と称すべきほどのものはいなかったのである。

またこのヨーロッパの平地の森は、村と村との交流交通を遮断し、これを分断して来た。森の彼方にあるものは別個の国であり、法も慣習も言葉も違っていた。ヨーロッパ中世世界は、森の海のなかに、わずかに草葺《ぶ》きの屋根をのぞかせて沈んでいた、散在する無数の島であったのである。森は、海とひとしく、深く、暗い、怖ろしいところであった。

このヨーロッパ中世に先立って、ヨーロッパを支配していたローマ帝国の軍団が、今日でもその完整さによって目を瞠らせるほどの、石畳の街道と橋梁の建設にあれほど熱心であり、また完璧の技術をもっていたのは、ひとえにこの大森林の恐怖からの解放を、と冀《こいねが》ったせいなのである。

このローマ帝国の街道は、大旨、その後のヨーロッパの諸王や皇帝によって遠隔地間の交易や戦争に使用され、国王の所有権の下にあり、ときに国王の道と呼ばれていた。しかしこの街道は、村々とはほとんど何の関係もなかった。むしろ村々を避ける傾きさえあったのである。村人たちの暮しに、この街道はほとんど関係がなかった。そうして一つの村と別の村とは、互いに接触することを本能的に、極端なほどに嫌っていたのである。ここにすでに街道による全ヨーロッパという普遍概念と、極度な局地主義という、ヨーロッパが本源的に持つ矛盾が典型的に示されている。

かくてこの森のなかに孤立した村々に、天上、地上、地獄などに棲息するありとある動物、植物、魚類、鳥類、虫などの、現実の、また空想上の大知識をもたらしたヘブライ、ギリシア、アラビア等々の中近東やアフリカの学者たちの権威は、仰ぎ見なければならぬほどのものであったであろう。またキリスト教成立の以後においては、たとえ村人には謎の如き言葉にすぎなかったとしても、他の孤島の教会人には通じる筈の共通語、ラテン語がもたらされた。


また中世の夜は闇であった。しかもそれは森の孤島の闇であり、月光と星辰、稲妻と人の燃やす生火の炎の他には、光はなかった。

『我は光なり　EGO SUM LUX』

と告げられたときの人々の驚愕と啓示は、今日の我々の想像を超えるであろう。

人々は、昼と夜と、従って人間と自然との二つの世界以外に、第三の、霊、あるいは幽霊、または幻像の世界との、三つの世界に生きざるをえなかった、人に精神能力がある限りにおいては。

森閑たる森の深さと怖ろしさは、夜の闇とも相俟って、その不気味な静寂は闇のなかに想像力を無限に伸張して行く。この想像力なるものを、思考と言い換えてもいい筈である。それは自然のたてる音以外には、音のない世界であり、ほとんど聾者の世界であった。また村をとり囲む深い森によって地平を遮られ、目の見るものは、彼の家族と眼下の地面と畑と、薪をとり、狩猟と採集に入って行く森だけであってみれば、ほぼ盲者の世界にも近いものであった。

森のなかにあっての、あるいは夜の闇のなかにあっての思考と想像は、横にも縦にも斜めにも、三六〇度に伸張して行って、霊、あるいは幽霊、あるいは幻像の世界に彷徨をして、ついに一つの極点に収斂して行くであろう。

『かかる世界を創った者は、誰であるか？』

と。

それは、少くとも彼自身ではない。また彼の父でも母でもなく、祖父祖母でもない。遠い、すでに記憶から消えてしまっている祖先の誰かであるかもしれないが、それは彼自身や父や母や祖父母と同じような者ではないであろう。彼等とは異なった者でなければならないであろう。理性は灯火とともに訪れて来た賓客《まれびと》である。夜の闇に、幽霊のように、あるいは幽霊とともに揺らめく生火は、理性の友ではなかった。しかもその消えやすく、照明範囲のまことに狭い炎は、危険なものでもあった。火災の因というだけではなく、炎を目がけて森から飛び込んで来る動物までがいたのである。だから夜は炎を消して、人は夜と同化していなければならなかった。沈々たる闇のなかで、人は聾者であると同時に盲者にも近い。しかし目と耳は存在するのである、精神もまた。

平地の森が焼かれ、切り拓かれて、狩猟と採集から農業へとうつって行ってはじめて、人々は地平というものを知り、従って、せめて夜明けから日の暮れるまでに往復出来る距離の間に、街道以外の道路の必要が感じられて来る。けれども、森に昼の光と合理精神を導き入れる、この道路に、乗合馬車や郵便馬車が往来しはじめるまでには、まだまだ四百年乃至は五百年の歳月を経なければならない。それは十六世紀、十七世紀に入ってからのことであった。馬にものを引かせるには、胸帯が発明されてからねばならず、中世当初のように馬の首に直接に引き革をまいていたのでは、重いものを引かせれば、馬は首を絞められて息が出来なくなる。

しかしヨーロッパの平地の大森林のなかに、やっとどうにか道と呼ぶことの出来るものが出《しゅつ》来《たい》して来たとき、そこに、いまだかつて在りえなかった異様な現象が起きた。

人々が、どこからともなく、いや森の孤島であった村々から、湧いて出るようにして、これらの道に溢れて出て来たのである。

言うまでもなく、歴史の道程に従って、街道や河川の分岐点や合流点などに都市が発生し、商業が全ヨーロッパ規模で行われるようになり、商業はまた戦争を呼び、この両者はともに人々を村から連れ出すことになる。食糧生産の増加が人口の爆発的膨脹を招き、村々が収容し切れない人というものが出来して来たのである。また商業が発達して来れば、街道を往来する多数の商人が出て来、情報を伝達する飛脚も出て来る。多数の巡礼は言うまでもない。それに《遍歴こそ職人の大学だ》と言われていた各種の職人たちがいる。彼等にとって、国籍や言語、慣習の違いなどは問題ではなかった。機織《はたおり》の者、鋳掛け屋、石工、大工、研ぎ師、椅子直し屋、籠屋等々、あらゆる職人たちが路上にいた。

商人や飛脚、巡礼、職人たちだけならば、王権、各級領主や僧院の保護下にあって通行自由であった街道や道路は、安全なところであったろう。もっとも職人のなかには、たとえば鋳掛け屋などは、穴もあいていない鍋に、わざわざ穴をあけたりの所業をもしたものであったが。

これらの、世に益することの方の多い人々にとっても、たとえば道路標識のほとんどなかった時代に、岐路に立って右すべきか、左を選ぶべきかは、彼等の運命に大影響を与えたであろう。神と道路の霊に対する祈りだけが、彼等の保証であった。

道路は安全なところではなかった。

ありとある悪党どもや疎外された者どもの方が、実は多かったのである。失業中の傭兵、浮浪の騎士――彼等はしばしば戦場をあとにすると直ちに群盗となった――、トランプ詐欺師、手品使い、転宗してユダヤ人社会を追われた者、僧院からの逃亡者、尼僧を犯した者、不品行な前尼僧、娼婦、男色者、贋金作り、贋聖遺品を売り歩く者、偽の免罪符を売り歩く偽の僧、降神術師、何にあれ偽物作りを専門とする者、占い師、易者、狂人、仇敵を追う仇討ちの者、追剝ぎに掻っぱらい、法王の勅書や印璽までを売り歩く奴、不具者に偽の不具者、癩病患者、偽病使いの専門家、偽の不具者あるいは偽病使いのための方法を教え歩く者等々、それはもうありとあらゆるということばが不充分なほどにも種々様々な人々が路上にいたのである。そして、その多くは他人を欺すことによって成立する生計人であった。

それはさながら、かの僧院の窖《あなぐら》の木彫扉を彷彿とさせるものであった。

さらに、道路自体もまた、かの木彫扉の如くに、実は霊の世界に属するものであったのである。未知の国の、未知の森を抜ける道路は、さまざまな霊の支配する空間である。特に十字路は、良き霊と悪しき霊とのたむろするところであり、敬虔な祈りを捧げてから、右するか左するか、直行するかを選ばなければならなかった。しばしば町の入口の十字路は、処刑された者や自殺者を埋めるところであり、そこに絞首台が立ち、死体がぶら下げてあった。

中世の、座せる者とその聖者たちと、天上の音楽と悪魔とその怪獣怪魚の支配する西欧世界のなかから、一人の主人公を選びたい。彼もまた路上の人である。そして明日また路上にあるかどうかは、彼の意志によって自由に決定出来るとは限らないのである。

その名をヨナと言う……。年齢は四十五歳前後、ということにしておこう。彼自身も正確なことは知らないのである。その名もまた、実は路上にあること数年にして、たまたまある使命を帯びた旅の学僧に拾われ、その護身を申しつけられて、その僧によって便宜に命名されたものである。それ以前には、一文字の名だけしかなかった。それは人の名に値しないものである、とその学僧が言った。故里の村の教会は、地にうずくまった石小屋のようなもので、神父は不定期にしかまわって来ず、従って新生の嬰児は、洗礼名がつけられるまで、仇名様のもので呼ばれてい、それがそのままつづいて、誰も洗礼名を呼ばなかったからである。ヨナの名は、旧約聖書のヨナ預言書に由来し、路上にあって呪われた悪業に従事していた時期を、ヨナが荒天の海にあって鯨に呑み込まれ、三日三晩をその腹のなかで過し、鯨によって陸地に吐き出された物語にたとえての、命名であった。しかし、鯨に呑み込まれ、幸いにも陸地に吐き出されたとはいっても、旅の僧や貴人の従者としてのまともな仕事から解放されれば、再び、ひとり路上にあらねばならぬことに、何の変りもなかった。

ヨナは北イタリアの高寒な山のなかで生れた。村は嶮峻な山間《やまあい》にあり、一番近い隣村は、仰ぎ見なければならぬほどに高い山の中腹の台地にこびりついていて、四肢でどこが安全であるかを知っている山羊と牧羊犬と牧夫以外には、交通はほとんど不可能であり、教会の鐘によっての交信が唯一の方法であった。いつその村を出たのであったかは、言うことが出来なかった。十七歳くらいの頃であった、とのみヨナは言っている。しかも彼の村で使われていた言葉は、どこへ行っても、北イタリアの平原でも、南ドイツでもプロヴァンス地方でも通じたことがなかった。従って彼の知っている言葉は、彼が路上の人として、数年間を一定の地方にいたときの、その地の言葉と、また別のときに別の地方で数年間を過したときの言葉の混ぜこぜであり、それは結局、北フランス、北ドイツなどの冬期酷寒の地を除いて、エスパーニアからオーストリアに到るまでの、あらゆる地方語の合成であった。庶民にとって国、国家、国語というものは存在しなかった。あるものは地方地方の言葉であり、その法と慣習だけであった。あるイギリス人貴族一行の従者をしていたときには、日常用の英語までも覚えた。従ってわれわれのヨナは、会話の相手次第によって、その相手の言葉で話す。複数の地方人と話すときには、いくつかの僧院で下働きとして雇われていたときに覚えた、ラテン語の祈禱用の言葉でつなぎ、各地方人と自在に会話を交した。それが彼の特技と言えば言えたが、その程度のことは、多数の路上の人々にとっては何でもないことであり、すべての言葉を話すということは、どの言葉も全的に修得しているのではないことをも意味した。さればヨナは自分の言葉を持たない者であると同時に、すべての言葉を持つ者であるとも言えるであろう。

日常的にはそれは要するに、路上や旅籠で〝オイル（今日のフランス語でのウイ＝然り、左様に相当する）〟と返事をする北フランク人（フランス人）には〝オイル〟と応じ、〝オック〟と言う者、すなわち、彼の生れの地に隣接するプロヴァンス地方からピレネー山脈を囲むカタルーニア地方にかけての人々に対しては、〝オック（然り、左様）〟と返事をするという程のことであった。国家というものが明白に存在しないのであってみれば、すべての地は地方であり、すべての言語は地方語である。ラテン語のみが、それを知る人々だけのための普遍言語であった。

ヨナは、路上にある貴人や僧侶の従者として重宝がられた。彼の本当の特技は、ナイフ使いと、その路上にあっての深甚な経験と知識であった。

たとえば、どこで川を渡るべきか……。

林間をごそごそと歩きまわっている奴、あるいは奴等が、追剝ぎであるか、それともただの茸狩りをしている連中であるか……。

今夜の宿りはどこにすべきであるか、否、どこに宿ることの出来るところがあるか……。銅の出る山の下の水を呑んではならない……。等々。

彼は石に刻まれたラテン語くらいは旅の僧に習って読めるようになっていたが、彼に文書を読む必要はなかったし、文字が読めることを他人に知られることは、路上の人としては煩瑣なことでもあった。従って彼の、全ヨーロッパ規模の路上で知りえた知識は、すべて文書を通じてのものではなく、また彼のキリスト教の教義上の知識も、複数の僧侶の従者として、議論を傍で聞いていて得られたものであった。そうして先にあげた、他人を欺くことによっての生計人としての種類別のうち、彼がかつて実行しなかったものの方が少数であったことを付け加えておこう。路上にある無産者は、出来ることはすべて、出来るときに実行しなければ生きて行けなかった。ナイフ使いも生計の一端である。彼がかつて一度も実行しなかったものは、娼婦業くらいのものであったかもしれない。

危険は、路上必然の属性である。従ってその属性は、彼の顔貌と身体に、特異な艱難辛苦の痕を残していた。

まず背丈はそう高い方ではなく、尨犬《むくいぬ》のようにずんぐりと肥っていたのはいいが、その角ばった顔には天然痘を患った痘痕《あばた》があり、右眼の上から額にかけて斜めに割ったかの感をのこす傷痕があった。ごま塩の髭は耳から顎にかけて伸び、頭頂は禿げていた。そうしてヨナは、歩くについて左足を引きずるようにして跛を引いていたが、これは若き日に、誇り高い乞食として彷徨をしていた頃、左足を膝で折り曲げ、これを布でかたく太股に緊縛して膝から下のない不具者を装っていたときの後遺症であった。暗くなればもとより膝を伸ばしていたものであったけれども、昼はその膝に木の義足をあてがっていたために、膝を痛め、かつは左足の筋肉が攣《つ》ったためである。不具者を装っての職業の、職業的後遺症であった。

右眼の上の傷痕に人々が気をとられて、彼の眼を見詰める人は多くはなかった。しかしその深く窪んだ眼窩の奥の小さな眼を見詰めた人は、そこに鋭く炯々たる、好奇心に燃えた眼光を見出したであろう。

しかしその全体としてのヨナの風貌と動作は、やはり、かの木彫扉に刻み込まれた類《たぐ》いのものどものなかに位置するのがふさわしかったかもしれない。肩の肉は盛り上って、少々の重量や拷問には充分に耐えられるであろう。

幼少の頃の、ヨナの最初の記憶は、彼の村と、交通不能な向いの岩山斜面の平地にこびりついた隣村との、牧草地の境界、あるいは牧草地権の岐れ目を示す石のところへ連れ出されて、そこで父親にこっぴどく引っ叩かれたことにあった。村と村の境界は、村人が必死になって守りかつこれを主張しなければならぬものであったから、父親たちは、その境界の石の上に子供たちを立たせて、思い切り引っ叩いて、その痛さによって石の正確な位置の記憶を、子々孫々に伝えようとしたものであった。夜陰に乗じて、この石を動かそうという企図は、何世紀かにわたって双方で続けられ、血を見たことも何度かあった。山の上の村にしてみれば、少しでも山間の平地に地面を見出し、そこに移りたかったのである。交通不能な村と村にしてかくの如きであった。

この、山の斜面にこびりついていた隣村は、その斜面のうちの、断崖絶壁となっている部分から綱でしばった籠で、牛と山羊との二種混合の独特のチーズをおろし、これをヨナの村の者に受け取ってもらい、町で売って暮していた。独特のチーズとはいえ、それは牛乳や山羊の乳を日々に運ぶ手段がなかったために、やむをえず二種混合のものとしたのであった。

断崖の下でこの籠を受け取り、驢馬につけて村へかえるのが、幼少のヨナの最初の仕事であった。彼の生活は、断崖との付き合いによって開始された、と言って過言ではなかった。

暮しは、苛酷なものであった。

村を出てからの流浪の歳月のうちで、もっとも幸福な記憶は、北フランスの海沿いの、霧深い街道をとぼとぼと歩いていたとき、その霧のなかから忽然として、旌旗絢爛たる英国貴族の一団が出現し、その一行に拾われたときのことであった。

それは英国国王の国璽尚書が、大使としてパリへ向う一行であった。彼等は英国から舟航して来てノルマンディーに上陸したものであった。当時南西フランスのガスコーニュ地方は、英国の封領ということになっていた。

それは大使一行というよりは、大使館そのものの移動であり、尚書とその秘書、従者等々をはじめとして、司教、司祭、助祭、騎士、書記、諸々の役人、経験を積むために派遣された貴族の若者たちと、それぞれの従者、馬丁など、合計で二百人にも及んだ。司教、司祭、貴族をはじめとして、騎士、書記、役人等はすべて騎行し、貴族社会におけるそれぞれの地位にふさわしい、考えられる限りに豪華な新装の服装を着用していた。一行のなかには、鉄張りの車輪をもつ、大型の四輪馬車があり、それぞれ五頭の馬によって牽引されていた。馬には一頭ごとに馬丁と護衛役がつき、猛犬がそのまわりを走っていた。馬は、荷馬などの疲れ果てた駄馬ではなくて、強く勢いにみちた軍馬であった。馬車は一台ごとにその役向きが異なり、ある馬車は旅の途中での礼拝用の教会であり、またあるものは部屋そのものとして使われた。大使付き出納係りが一台をもち、他の一台は厨房用として使われていた。ヨナはこの厨房の使い走りとして、行く先々で、その土地土地での食料を調達する用に拾われたのである。

彼は人に雇われるときには、つねに食物にもっとも近接した位置、あるいは人を選んだ、選ぶことが可能でさえあれば。たとえば旅の騎士と僧侶とのどちらを選ぶか。それは後者にきまっていた。何故なら山の中で道に迷っても――それは頻々として起った――、僧侶ならば、山中の一軒屋でも、一夜の宿りを受け入れてくれたからである。

話が横道へそれることはこのくらいにとどめるとして、一行の行列のなかには、他にも二台の鉄輪をもった箱馬車があったが、これはパリの宮廷に献上するエール（英国ビール）の樽を積んでいた。樽にも鉄輪がはめてあった。厨房、あるいは厨房車の手伝いを命じられながらも、ヨナはその〝エール〟なるものを味わう機会を与えられはしなかったが、英国人たちはこれを、

「葡萄酒のような色をしているが、葡萄酒よりももっと芳香がよく、健康にも最適な飲料だ」

と言っていた。その他の荷馬車には、道中用の食料や飲料、寝台用の敷布、布団、毛布、また大使が道中にあって賓客を迎えるときの、装飾用のタピストリーやカーテンの類い、それにまことにふさわしくも impedimenta 厄介荷と称された、種々様々の小間物を入れた行李などを積載していた。

十二台の荷馬車の先頭には、礼拝用の飾り物や聖器類や書物を積んだ車があり、その後につ

づく車には、金や銀の器や、もっと実用的な皿や鉢、鍋や大釜を収めた箱がのせられ、金櫃には日常の経費をまかない、また道中の庶民たちにばら撒く硬貨が入っていた。また積み上げられた長持のなかには、大使用のそれとして少くとも二十四種の公式衣裳と、贈呈用のものが入っていた。そうして騎士の身分以上の者は、必ず一個以上の紋章入りの長持を用意することを要請されていた。これは道中、不幸にして死没することがあった場合に、棺桶用に代替するためのものであった。これだけの種々雑多な旅行用品を整頓して運ぶことだけでも、いつの世の旅行業者にとっても、それは大変なことであったろう。

この豪華絢爛たる一行が、霧のまく北フランスの海岸からパリへと下って行くについて、その道中での在り様は、彼等を目撃するものの目に最大の効果ある印象を与えるよう、細部にわたって規制をされていた。

まず四、五人のグループに分れた徒歩《かち》の従者たちが歌をうたいながら先走りとなり、これに長身快速の猟犬であるグレイハウンドの群れと、その他の猟犬の群れが、それぞれの犬係りと勢子《せこ》につきそわれて続く。この二つ、あるいは三つのグループから、やや離れて、タール塗りの防水皮によって蔽われた、貴重な品々を収めた馬車や荷馬車がゆさゆさと揺れながらあらわれ、その馬の背には、それぞれに一匹ずつの猿が御者然として、金切り声をあげながら乗っている。足を引きずった馬丁たちはその後に付いて行く。

天候の良い季節ならば埃を巻きあげて、雨の季節ならばびしょ濡れになった一行が、これだけの異様な先行者をつらねて前進して行くとなれば、道中の住人たちとしては、家を出て見物に来ない者はなく、英国の国璽尚書が如何なる使命を帯びてフランス王のところへ行くかは、すでに明白である。人々は、男も女も口をあけて、従者たちが騎士の楯を持って行進するのを眺め、続いては騎乗の騎士たち、手に鷹をのせた鷹匠たちを見ては息をのみ、最後に、国璽尚書兼大使の、朱と青の色に塗られ金の浮彫りに飾られた馬車が、鉄輪で小石をはねとばしながらあらわれたところで、旅の行列は頂点をなすことになる。硬貨が惜し気もなくばら撒かれる。

ヨナは、誇りをもって、それらの撒き金に手を出さなかった。左足の脛を折り曲げ、太股に襤褸《ぼろ》布で巻きつけて乞食をしていたときとは、身分が違うのである。彼とほとんど同時に洗濯女として拾われたフランス女を、旅の妻としていた。この妻からオイル語を学んだのであった。それは幸福な思い出であった。……

この一行について歩いていたときの唯一の面倒は、英国人たちが毎朝、鶏卵をベーコンの脂にまぶして引っ掻きまわしたものを、どうしても食べなければならぬ、と要求をしたことであった。しかしそれも、幸福な思い出であった。

人口二万五千にも及ぶ大都市としてのパリでは、食料の現地調達用の役は必要がなくなり、セーヌ川の渡し舟の世話役に昇格をしていた。国璽尚書がセーヌ川左岸のサン・ジェルマン・デ・プレの僧院を宿舎としていたので、しばしばセーヌ川を渡って対岸の宮殿へ通わねばならなかったからである。

そのときには、痘痕《あばた》も額の傷痕などもありはしなかったのである。……けれども、この国璽尚書の一行が使命を了え、英国へ帰国をする段になって、ヨナはパリの城壁外の路上に放り出されていた。しかもその夜、羨まれてしかるべき日々を過して来た彼を、おそらく狙っていた五人の賊に襲われ、彼としては一年くらいはたとえ路上にあっても暮して行ける筈の、報酬としての路銀を奪われ、国璽尚書の秘書が手に入れてくれたパリの城門自由通行証も奪われた。後者は、パリの城内居住を保証してくれるものであった。そうして額の傷痕が残った。

路上での生活も、村でのそれに負けず劣らず酷烈なものであったが、国璽尚書の従者、いや、従者の従者の一人としてのそれは、あたかも教会や僧院に浮彫りにされた、かの天上と地上との、片方は讃め称えらるべく、また他は恐れおののくべき表象を、まことに彷彿とさせるものであった。

両者の表象は、表象などというよりは、むしろ、確然たる現実そのものであった。

しかしいずれにしても、天上そのものの如き生活は、この地上では長続きはしないのである。

第二章　路上の人

ヨナが旅する人々の従者として雇われるとき、騎士などよりは僧職の人を選んだのは、先に述べたような実際的な理由にもよったけれども、もう一つには、要するに騎士たちとの旅には、面白いことも、彼のもつ強い好奇心を充たしてくれるものも、如何にも少かったことにもよった。

何故ならば、騎士たちの少からぬ者が、字も読めず、彼等が崇拝すると称する、某々の城にある、某々殿の細君の美点についてお喋りをするくらいのもので、面白くもなんともなかったからであった。その崇拝すると称する貴婦人のいる城に到着してみて、当の貴婦人がその騎士に見向きもせず、まるで見知らぬ男として扱うのを、一度ならず見て、ヨナは呆れかえったものであった。貴婦人崇拝だなどという、騎士道の美徳とされたものは、ただのおはなしに過ぎないことを、ヨナは実見してこれを承知していた。また小領主の次男や三男で、僧職者として上位のところまでのぼるだけの教養のない、無産の貧乏騎士は、槍一本をかついでポルトガルからエスパーニア、フランス、ドイツ、イタリア、英国などの、城から城へと、祭りや当主の祝い事などの際の槍仕合に出場するために、路上にいることが多かった。たとえ騎士が、緑色の綾織りの胴着に、ヴェルヴェットの長外套をまとい、馬にも白と緑などの多彩な馬衣を着せていても、欺されてはならなかったのである。懐中無一文の場合がいくらでもあった。仕合に負けて負傷をでもすれば、夜の宴会にも出られず、祝儀も貰えない。こういう騎士はすでにヨナと同じ路上の人である。しかもヨナは一文ももらえずにお払い箱となり、騎士そのものは、近くに戦争がない時は、群盗にでも加わらぬ限り、どこかで飢えて死ぬかもしれなかった。そんな者の看病などをさせられては、それはたまったものではなかった。

多くの騎士たちは、騎士としてのものの言い方、目上の者や貴婦人に対する言上の仕方のほかには、何の知識もなく、ろくに教育も受けていなかった。彼等には武芸の言葉しか本当は必要がなかったのである。ヨナは、何の教養もなく、槍一本、ただ威張るだけの騎士をもっとも軽蔑していた。それに騎士たちは、せいぜいで二ツか三ツの言葉をしか話せなかった。ヨナの話し相手になってくれるためには、五ツから七ツの言葉が必要であった。

戦士としても、すでに弾機《バネ》付きの弩弓《どきゅう》が発明されていて、百姓にでも馬上の騎士を射ち落すことは、易々たることであったのである。すでに騎士に用はなくなりかけていた。

それに比べれば、僧職者の方がずっと教養があり、高位の僧職者でも、ヨナのような従者付きの従者をつとめる者の話しかけることに対して、大抵は返事をしてくれたのである。ヨナは議論が好きであった。ただ一人で路上にあるときなどは、声に出して一人議論をして歩くことさえあった。ある僧から、シロジスム、すなわち三段論法というものまでを教わったことがあった。

ただ僧職者といっても、その宗派によって、みだりな質問や議論をしていけないことだけは、ヨナはあるときに生命懸けで知らされていた。奇妙な――しかしヨナとしてはきわめて常識的と考えられる――質問や議論をして、危《あや》うく異端者として処刑されかねぬ目に遭わされたことがあった。短気な僧職者は、常時警戒していた方がよかった。機嫌をそこねた場合には、直ちに逃亡した方がよかった。路上に代替の者はいくらでもいたからである。以前に仕えていた僧職者の話をしてもならなかった。如何なる嫌疑をかけられるか、まことにはかり知れなかったからである。

処刑されかねぬような目に遭わされたのは、ある僧が、長々とユダの裏切りについて話して

くれたときに、ヨナが、

「それでは何ですかい、イエズス様が、この世の連中の悪業をおひきうけなされて、救済とかという不思議を成し遂げられるについては、誰かイエズス様を裏切って、銀三十枚とか二十九枚とかで売る者が必要じゃということで、神様がユダをイエズス様のもとへわざとおつかわしになったということでございますか？」

と、ふと思いついて言ってみたときのことであった。

しかし別の僧に、同じことを遠廻しに言ってみたことがあったが、その僧は、笑うだけで一向に何とも言わなかったのである。

宗派《セクト》ほどにも、険呑かつ危険なものはなかった。

しかしそうは言っても、僧職者には、大旨、ヨナの話す、五乃至は七、あるいは十の言葉の合成語を、区分けして理解してくれるだけの学識があった。

ある学僧が、

「ヨナ、お前は喜びはトスカナ語で、悲しみはオック語で、台所の話は英語まじりのオイル語で、ヨーロッパ以外の地のことはカタラン語で話す。また空腹のときには、カスティーリア語で話すようだ。トスカナにいたときにはよいことがあり、オクシタニアにいたときには悲しいことがあったのであろう」

と話しかけてくれたときには、ヨナは嬉しかった。この地上を放浪して歩いた甲斐があったかに思ったのである。オクシタニアとは、オック語の地方という意である。

またある高位の僧は、断食（肉食を断つ）の日に供された雁《がん》の肉を、そっとヨナにまわしてくれたことがあった。雁は、ある種の樹木あるいは枯木から生れて来るものであると信じられ、あるいは海産のものであると信じられていて、鳥獣の肉類とは見做《みな》されていなかったのである。

その僧は後に、

「ローマ帝国の皇帝であり、シチリアの支配者でもあったある王が、あるときに多くの使者を出して、雁は果して枯木から生れるものであるか、あるいは海産のものであるかを調べさせた。けれども、何等の確証もえられなかった。だから余は断食の日には雁の肉は食べない。枯木産、あるいは海産とは、すべて詭弁である。お前はそういうことは知るまいから、食べてよろしいのだ」

と語ってくれた。

ヨナはその高僧の寛大さを善《よし》と観た。

そうしてこのときにヨナは、《ソフィスム＝詭弁》という、何やら謂《いわ》れ因縁のありそうな、怪しげなものを含むものの言い方があることを知った。

旅の僧のなかにはまた、実に異様な使命を帯びた者があった。ヨナが何を言ってもにこりともしない、謹厳きわまりない僧は、秘密の指令をうけていて、最終的に、ヨナの解するところによると、《キリストは果して笑ったか、笑ったとすれば如何なる場合に、如何なる場所で笑ったか？》また、《笑いの神学的意味如何》を究明するために、法王の命によってトレドに向う者であった。これは旅の途中、僧院での、この僧とその他の高位の修道僧との議論をヨナが傍で聞いていて結論を出したものであった。

カスティーリア地方の中心にあるトレドの町は、トレド大司教の監督下にあって、ここにはヘブライ語、ギリシア語、アラビア語等による多数の教義書や哲学の稀覯文書、あるいは科学的先進地方であったアラビアの数学や天文学書などが集められてい、それらの書物をラテン語に訳するために、全ヨーロッパから翻訳者が集っていたものであった。トレドは、もう一つの学部であるアレクサンドリアと緊密な連絡をもっていた。たとえばアリストテレスの哲学書は、ここではじめてアラビア語訳のものからラテン語へと重訳をされて、ヨーロッパにもたらされたものであった。この僧は重訳ではなく、原典にあたってみることを命じられていたのである。

教義に都合のわるいところは、削除されている可能性があったからである。

《キリストが果して笑ったか？》

それはきわめて重大な、ある意味では教義にとって決定的な意味をもちうる問題であった。

上ッ面《うわつら》だけをとりあげても、もし、

《キリストが笑った》

とすれば、それは神の子としてのそれよりも、人間としてのキリストの比重の方が重くなるであろう。

何故なら、笑いは他に対する批評であり、自己評価でもありうるからである。

また、もしそれが批評でありうるならば、批評は、異なるものの排除や断罪を意味するものではなく、異なるものの存在を評価し、許容するものでなければならないであろう。

そうしてエホバの神は怒りの神であり、神は、『元始《はじめ》に神天地を創造《つくり》たまへり』、かくて六日目に『神その造りたる諸《すべて》の物を視《み》たまひけるに甚だ善《よか》りき』としてはいるが、『甚だ善りき』とは、神の神自身による自己評価ではあるとしても、喜びに笑ったとは、どこにも書いてなかった。

この僧は、昼夜ともに灰色の長い、頭巾つきの僧衣をまとい、それを縄でしばり、うつむき加減の顔を頭巾の奥にかくしてい、口数は極端に少く、何を考えているものか、ヨナには判断の仕様がなかった。ただその服装と習慣からして、清貧を旨とするフランチェスコ会士であろうと推察していただけである。宗派《セクト》を論ずることは禁物であった。

このときの旅は、辛かった。

何分この僧は、獣肉は一切口にしなかったのだ。南フランスやカタルーニア地方にいたあいだは、豊富な野菜や米、ありとある果物と魚類とでどうにかまかなえた。魚類は水のなかから湧いて来るものとされ、獣肉扱いはされていなかったからである。

けれども、バルセローナから西へ向い、アラゴン王国の内陸へと入って行って、そこには羊と山羊以外の何があったか。アラゴン王国やカスティーリア王国は、前者の石灰岩系の、灰白色の卓子《テーブル》状高原、それから後者の、ごろた石だらけの、赤褐色のまったき不毛の地に生えているものといえば、棘のある植物か、オリーブくらいのものであった。棘のある植物は、駱駝だけがこれを食べることが出来、アラブ・イスラム教徒が撤退をするについて置き去りにしていった、野生の駱駝が平気でそれを食べているのを、ヨナは羨しく感じたことすらあった。またオリーブの実は、生までは苦くて口に出来たものではなかった。たまに農地があっても、生えている小麦の背丈は、北イタリアや南フランスのそれの半分もなかった。それに天空から地上を睥睨する暴王、残酷王とでも言うべき、暴力的な太陽は、目眩《めくるめ》くような白熱の光線を射かけて来て、あらゆる生物から水分、湿気を奪い取って行った。草もその花も、地にありながらすでに乾燥花と化していた。ヨナと僧とは、大河であるエブロ川に沿って西へ向ったものであったが、緑のあるのは、この川の両岸、せいぜい百メートルくらいのものであった。ヨナはこの川に簗《やな》を仕掛け、鰻や鯉を獲って僧に食べさせ、余った鰻は乾物にした。さいわいにして乾物はすぐに出来た。しかもこの川の岸を離れれば、広大な曠野に樹木一本もなく、従って日蔭というものがどこにもなかったのである。僧もヨナも日射病で何度か倒れた。

宿りとして予定にいれていた僧院のいくつかは、屋根が落ち石壁だけの無人の廃墟となっていて、野宿を強いられることも珍しくはなかった。曠野の夜は、昼の暑熱とは掌をかえすようにして、おそろしく寒かった。日射病と風邪とを、一度に背負わされたこともあった。

「僧たちはみな巡礼の通路へと引き揚げてしまったのだ」

というのが、不気味な無人の宿りでの僧の説明であった。その廃墟に、たとえ井戸があっても、水を呑むことは危険であった。なかに何が投げ込んであるか、知れたものではなかったからである。いずれも遠からぬ過去に、アラブ・イスラム教徒との戦場であったことがあった。

それに風である。日中は砂まじりの熱風が吹き荒れ、夜は、たとえばサラゴーサの僧院にいたとき、昼の熱風とは逆に、ピレネー山脈から吹き降して来る寒風が、サフゴーサ大聖堂の高く突き立った数々の鐘楼を、あたかも悪魔の笛ででもあるかのように、高く低く吹き鳴らした。ときには夜の闇のなかで、おどろおどろしい大太鼓のような音までをたてた。

曠野をとぼとぼと二人で歩き、ヨナは言うまでもなく何度か逃げ出そうと考えたが、彼はそれをしなかった。口数のまことに少い、聖人のような――とヨナは思った――その僧を、ヨナは何となく好きだったのである。

やっとの思いで、穴居の村に辿りついても、教会を守る者は僧ではなく、村にパンさえがないことがあった。

僧は極端に痩せ衰え、ヨナにはトレドまではとても無理であろうと思われたが、使命感に燃える僧は、深い眼窩の奥の眼だけをぎらぎらと輝かせて、ついに暴力的な太陽に打ち克って、タホ川によって守られた、奇蹟的な町に奇蹟的に到着をしたのであった。

しかしこの、丘の上にあって迷路にみちた、きわめてアラビア的なたたずまいをもつトレドの町と、そのたたずまいにはとても似つかわしくない立派な聖堂や僧院にも、食物はあまりなく、彼等の辛苦が終ったわけではなかった。この町の大司教猊下をはじめとして、多くの高僧や侍僧、学者――その多くはユダヤ人であった――たちが、ヨナの学僧と同じくつねにうつむくか、あるいは天を仰ぐかに視線を高みに置いて、水平に人を見ることをしないのは、空腹のせいであろうとヨナは推し測っていた。地中海に臨むカタルーニア地方を除いて、アンダルシーア地方をはじめとして食物の豊富なところはほとんどが、いまだにアラブ・イスラム教徒に占領されていたためである。

「ここもヨーロッパですかい？」

というのが道中にあっての、ある夜のヨナの質問であった。

「ヨーロッパではないかもしれないが、キリスト教世界だ、その前線《フロンテラ》だ」

と僧が答えてくれた。

爾後、ヨナが空腹に苦しむとなると、自然と、カスティーリア語がまじって来るようになったことも、無理からぬ次第であった。トレドに着いて、僧は約三カ月、病床にあった。

僧が床についていたあいだに、ヨナは毎日僧院付きの薬房に通い、薬草学についての相当な知識をえた。それは路上にある者としても、不可欠な知識である。全般的な疲労に関しては熱い風呂に入るのがよく、百合の根か、木苺の葉、麻の皮を煎じた熱い薬湯で身体をこするといい。足のためには、柳の根から作った軟膏がよく、鹿子草は鎮静剤として有効で、吐血や血痰には蜘蛛の巣を丸薬様にしたものがよい、等々。

漸く病いが癒えて、僧院と大聖堂の文書庫へ僧が通いはじめて数週間が経った頃に、ヨナは思い切って訊ねてみたことがあった。いつまでもこんなところに止めおかれたのではたまらぬ、と思ったからでもある。

「お坊さま、キリスト様はお笑いになりましたですかい?」

と。

僧は不意をつかれたらしく、ぎくりとして顔色を変えた。僧は、一日に、午前二時からはじまって七回ある礼拝のうち、二回だけに参加すればよく、他は法王の勅命によって免除されていたために、光ある時間のすべてを文書庫に籠って勉学につとめていた。けれども、聖書、旧約も新約をも精細にヘブライ語とギリシア語の原典にあたって調査をしてみたが、彼の主題にあてはまるところはなかった。救世主が笑った、とされているところは皆無であった。ラテン語訳と対比をしてみもしたが、時に誤訳や脱落がみられはしたものの、相当するところはなかった。そうして彼は法王によって、トレドに蔵されてある禁書をも披見する権限を与えられていたので、興味は別の方に移って行っていたのである。

聖書の原典にそれがないばかりではなく、古代東方最大の著作者であり、講解説教の祖師であり、かつはコンスタンティノープルの総大司教であったヨアンネス・クリソストモスが、キリストは決して笑わなかった、と断言しているのであってみれば、事はもはや決せられたも同然であった。クリソストモスは両性論者であり、天の父と子との同質を説いていたからである。その著書はアレクサンドリア経由でもたらされ、トレドが誇りをもって所蔵するものであった。キリストの死から四百年もたたぬ時期の大学者がかく言っているとすれば、それから更に八百年も経た今日の者として何が出来ようか。ソフィスト＝修辞学的あるいは詭弁的に、何でもをこじつけることは、彼の好まぬところであった。

しかし、ヨナの問いに対しては、僧は、

「ヨナよ、神のもとにあって、人々は三種に分れているのだ。牧者、すなわち僧職の者と、犬、すなわち戦う者と、羊、すなわちなみ普通の者どもとの三つだ。お前はこの第三の者に属しているものであって、お前が知って何の益もないことは知らぬがよいのだ」

としか答えなかった。

ヨナは言うまでもなく不満であった。長の艱難辛苦の旅をして来たのであってみれば、少々の話くらいはしてくれてもよい筈であった。キリストが笑ったか笑わなかったかという命題の重さは、彼にも何となく感じられていたからである。しかし、ヨナはキリストに関する議論の危険性については、すでにして経験があった。だから彼は、むっとして、

「そうですかい。わたしはまた、この世の中には大きな犬が二匹いて、こいつらが代りがわりに、小さな犬どもを踏んづけているのかと思っておりました」

と言ってくるりと僧に背を向けて立ち去ってしまった。

後に残された僧がどんな顔をしていたかは、言うまでもなかったであろう。一匹の犬とは、皇帝と法王以外には考えられなかったからである。

僧が聖書原典の研究を、やむをえず中止して方向を転換したのは、論理的には当然であった。聖書がキリストの笑いについて証言をすることがないとすれば、キリストの神性は一層に強調されはするものの、クリソストモスもが言うように、天の父と子との両性、同質性をもった者として、人間の属性をもつこともまた否定はされないからである。そうして人間が、他の動物、いやその他のあらゆる生物と異なる点は、彼が同類に対して、また自らについて笑い得るという、その一点に絞られるからである。犬や馬も笑うということはしばしば言われたことではあったが、それは馬や犬に聞いてみなければ、立証出来ず、馬や犬が物を言わないとなれば、それは馬や犬、獣類や生物一般の創造主に聞いてみなければならない。僧は従って、笑い一般の性質について、研究の対象を拡大して行ったのである。

あるときにヨナは、ためらいながら聞いてみたことがあった。

「お坊さまはフランチェスコ会の宗派ですかい？」

これに対してはすぐに返事がかえって来た。

「左様……」

と。

しかしまたすぐに、この世には牧者と犬と羊しかいないのだ、などときめつけられたのではなしの継穂がなくなるので、ヨナが急いでつけ加えた。

「アッシジのフランチェスコさまが、小鳥たちと遊ばれたり、小鳥たちに説教をなさったという話は、美しいお話でございます。わたしは若い頃にトスカナ地方でその話を聞いて、忘れたこともありませんが、それは、たとえば朝小鳥たちが歌うように鳴きますのは、よい日和を称えて笑っているのではありますまいか？」

と。

ヨナは、馬が哄笑するのを現実に知っていた。あるいは知っていると確信していた。馬にしてしかりとすれば、神の無邪気なる創造物である小鳥においてをや、というものであろう、とヨナが考えたのである。

「否！　ヨナよ、本当はそうではない。その美しい話は、いまの宗派が焼き直したものだ。

黄金伝説《レジエンダ・アウレア》などというこじつけ話を信じてはならぬ」

という、おどろくべき返事が僧の口から聞えて来たときには、ヨナは少からず驚愕したものであった。また僧が、ヨナが見掛け以上にいろいろな経験と知識を秘かにもっていると、それを認めた上のことであったろうから、驚愕と同時に、深いところでの満足感をもヨナに与えるものであった。

「ヨナよ、お前は聖書のなかで、イエス・キリストに対して、町の大金持ちの息子がどういう善《よ》いことをしたら救われるのか、と問うたくだりくらいは知っているであろう？」

「はい、むかしあるお坊さまから聞いたことがあります」

「イエスは、誡命《いましめ》を守れ、とて、『殺すなかれ、姦淫するなかれ、盗むなかれ、偽証を立つる勿《なか》れ、父と母とを敬へ、また己のごとく汝の隣《となり》を愛すべし』と言われ、その若者が、私はそれをみな守っておりますが、何か足らぬところがありましょうか、と尋ねたとき、『なんぢ若し全《まった》からんと思はば、往きて汝の所有《もちもの》を売りて貧しき者に施《ほどこ》せ、さらば財宝《たから》を天に得ん。かつ来りて我に従へ』とつけ加えて言われた。このイエスのことばを聞いて、若者は悄然として帰って行った。若者に所有《もちもの》を売る気などまったくなかったからだ」

「はい、しかしそれと小鳥の話とは……」

「左様、フランチェスコ師もアッシジの金持ちの長男として生れていた。若い頃には遊び人の仲間での花形であった。それがあるときに、貧しい者たちとキリストへの愛に目覚めて家事を捨てられ、奉仕と托鉢に生きられるようになった。かくて、あるときに、かつての仲間であった町の金持ちたちや町の役人や親分たちに、所有《もちもの》を売れ、とすすめたが、誰もが笑って従わなかった。そこで怒りを覚えたフランチェスコ師は、墓場へ行って、屍にたかっている大鴉や禿げ鷹などの肉食鳥に向って説教をされたのだ。美しい小鳥などではない」

「へえ……、そんなこととは露《つゆ》存知ませんでした。けれども何で墓場なんぞへ……？」

「大鴉や禿げ鷹などは、たしかに醜い鳥だな。この鳥類の比喩が何を意味するか、お前にはわかるか？」

「比喩でございますか？」

と答えながら、頭巾の奥から話して来ているその僧の顔が、何かに赤く燃えているかに見えたことが、ヨナの恐怖を呼んだ。

「この大鴉や禿げ鷹は、お前らのような、路上の泥棒や人殺しや家を捨てた者や、呪われた不治の病人などを意味したのだ」

「へえ……。すると、わしらは鳥のなかでも嫌われている、禿げ鷹の類いでございますか？」

ヨナにも、しかし、憤然とするよりも、そう言われればそうかもしれぬという気持がないではないことを、いやいやながらでも、認めなければならぬ気がした。彼等はみな、鳥の仲間や子羊の一羽や二匹は殺して来ている。

「わかるか？　フランチェスコ師は、市中の者どもには望みを絶たれ、不浄の病者や泥棒、人殺しなどだけではなくて、あらゆる貧しい者たち、村やギルドや教会から放り出された者、貧しさに苦しむ寡婦などを糾合して、神の下の人々のなかに組み入れようとなされたのだ」

「と申されますと、フランチェスコ会派ははじめは墓掘り人やならず者や浮浪人のあつまりで、こいつらと一緒に一揆を起して二匹の大犬に嚙みつけ、と、ですかい？」

「いや、ローマの教会の規範の枠のなかにおいて、その規範の許す限りにおいて、じゃ」

「としますと、結果においては……？」

「フランチェスコ師は、教会や町や村から放り出されて、町の墓場や路上にいる者どもを救おうと考えられてフランチェスコ会派をつくられ、法王さまからの認可をえられたのだ。ところが一旦会派が出来てしまうと、会派は会派のためだけに働くものとなり、大鴉や禿げ鷹どもに説教をなされたのが、小鳥と話をされた、ということに変えられてしまったのだ」

ヨナは、僧が如何にも苦しげに、吐き出すようにしてそれを言っていることを知った。それは、如何にヨナが教義的なことを何も知らないにしても、僧の苦しげな様だけは理解せずにいられなかったからである。

「そうとしますと、フランチェスコさまのお考えは法王さまに吸い上げられてしまい、貧乏人どもは相も変らず大鴉や禿げ鷹のように、墓場や路上で屍をつっ突いているということで……？」

ヨナが下を向いて考え込んでいるあいだに、今度は僧の方がぷいと背中を向けて、その場を立ち去ってしまっていた。

向後《きょうこう》、僧もヨナも、その手の話はしなくなっていた。お互いに気まずくなるであろうことは、察しがついたからである。またいくらヨナにしても、わしらは身一つで、所有《もちもの》も売るものももっておりませぬが、とまでは言い兼ねた。ヨナにしても僧にしても、考え込まないわけに行かないことは、言わずしてわかっていることであった。

あまりに根本的にすぎる議論というものは、人を疎外する作用をもっていた。法王にしても、フランチェスコのあまりに根本的かつ正しすぎる議論を、それがあまりに根本的かつ正しすぎるが故に、弾圧をせずしてローマ教会の枠内に吸い上げざるをえなかった。その議論を、フランチェスコは灰色の僧服に荒縄、それに汚れた裸足という恰好で、豪華絢爛たる法王庁の大理石の床に立って述べたのである。大鴉や禿げ鷹は、歌う小鳥に変えられた。

僧とのこの会話は、しかし、ヨナには深甚な影響を与えた。自らはさほどにも思っていなかったにしても、それは彼の魂の底までを震撼させ、彼の歩く道を選ばせることになった。いつまでも路上の人として、大鴉や禿げ鷹のように、路上でたまたまぶつかる屍をつつき突くような生活を続けて行くわけに行かないことは、彼にしても自覚をしていたからである。かといって、かの断崖の下の村へ帰っても、暮しが立たないことは自明であった。

僧は、その後もヨナとはあまり口を利くこともなく、大聖堂と僧院での研究を熱心に続けていた。時々、写本をする権限を与えられていないことを歎くこともあったが、宿舎へ帰って来てから、羊皮紙に細かい字で何事かを書きつけていた。アリストテレスとかという古ギリシアの哲学者の研究をしていると聞いていた。羊皮紙に書かれた草稿類は、彼の小間物入れの底に敷かれて、箱には厳重に鍵がかけてあった。ヨナはアリストテレスが禁書扱いになっていることを知らなかった。けれども、僧が何等かの秘密な研究に従事しているらしいことは察していた。

「拙僧がここ、トレドで、あるいは道中で死ぬようなことがあったら、この羊皮紙の書き物を、ヨナ、お前は何とか秘匿して持ち出し、ローマへ届けてほしい」

と言ったこともあったからである。

そうして僧は、トレドへ着いてから八カ月ほどした冬の日に、突然血を吐いて死んでしまった。血は黒かった。ヨナとしては毒殺されたのではないかと思ったが、何の権限もない従者としてはどこへ訴え出ようもなく、一刻も早くトレドを立ち去るよりほかに法がなかった。彼の身にも危険が迫っていると考えてしかるべき理由があったからである。

小間物箱の底に隠してあった羊皮紙の草稿は、どこかに消えてしまって、影も形もなかった。そのことについてもまた、どこへ訴えようもなかった。かくてその文書を肌身につけてローマへ行くべき理由もまた消えてしまった。

教訓は、強烈なものであった。人を救うべき教会、あるいは宗団というものもまた、いやより一層に、陰湿な陰謀や嫉妬の渦巻く、怖るべき世界であったのである。路上にある方が、まだましだ、とヨナは思わざるをえなかった。石の壁に囲まれ、石の床を音をたてないように摺り足で歩く僧たちが、相互に何を考え、何を企んでいるか、それは知れたものではなかった。

外部世界が白熱の陽光の下にあって、不毛なカスティーリアの地に光輪をでもかぶせるのではないかと思われる酷熱のときにでも、タホ川にかこまれたトレドの岩の丘に建つ大聖堂のなかは、ひんやりと寒く暗かった。

ヨナは一刻も早くカスティーリアの地を離れたかった。トレドの町にあって、たとえば昼、昼食の後に、家の門口に騎士や郷士が立って爪楊枝を使っているのを、はじめはヨナも、ああ昼飯をたっぷり食って楊枝を使っている、と羨しく思って見ていたが、事実は、食い物がないので、食ったように見せかけているだけであることをやがて知り、呆れ果てたものであった。

僧がぽっくりと、遺言も残さないで――とにかくそういうものがなかった――死んでしまい、その僧がおそらくは満腔の無念の念々をのこして死んだものであろうとは、察するにあまりあるものの、ヨナにしてあげることの出来ることは、まったくなかった。聖堂と僧院の側は、正式にローマへ死亡通告は出すであろうが、ヨナとしては僧がモーゼル川に沿うトリエルの町の生れであるということだけしか知らなかった。身分の高下についても知らされてはいなかった。密命を帯びたものの運命である。

僧と死に別れて後も、ヨナはしばしば考えることがある、笑いとは何か、と。人間の笑いが学問の対象になるものであるとは、何を意味するのであるか、と。

とにかく一刻も早くトレドを離れねばならなかった。従者にとって主人の死は、それで一切の終りであった。僧の路銀の残りがヨナに与えられた。それは一人旅ならばイタリアへ帰るに足りた。
カスティーリアの地ほどにも、ヨナに情けない思いをさせたところはなかった。夏は酷熱に灼かれ、冬は寒風に骨までを曝《さら》されて……。

巡礼の道を北へ辿りピレネー山脈をどこかで越えて、オック語の人々の国へ入るつもりで出立したのであったが、ヨナはマンサナレス河畔の、マドリーという寒村で道を間違えてしまった。左すべきところを右したおかげで、やがて再びエブロ川の川沿いへ出てしまったのである。道路標識も何もなかったせいである。

ヨナは心《しん》からがっかりしてしまったが、故憎の導きなのかもしれず、こうなればもはや仕方はなかった。アラゴン王国の奥に、壁のように立ちはだかっている三千メートル級のピレネーの山々は、そこではあまりに高く、また幅も広くて越えられたものではなかった。

しかしアラゴン王国の、今回の道中は甚だ危険であった。王国にこの頃はナバラ王国やカスティーリア王国との戦争がなかったので、あぶれた騎士や傭兵の期限の切れた連中が群れをなして溢れていたからである。ヨナは安全な伴侶を選ばねばならなかった。珍しく金を持っていたからである。

ヨナが選んだのは、危険な旅の連れではなかったが、あまり安全な連中とも言えなかった。その一団は、領主の館や城塞などで、城主である領主やその側近、貴婦人たちに笑いを供することを仕事にしている、芸人たちのそれであった。往きのときの、キリストの笑いの研究にトレドまで行った故僧の旅とは、それはあまりに皮肉な対照ではあったが、選択の余地がなかったせいである。

一団は全体で十人ほどで、女たちもまじり、琴《サルテリオ》を掻き鳴らし、あるいは弓で三弦胡《ガヌム》の弦を弾く楽士たちや、笛《フラウタ》を吹く者、インド人《マラバール》であると自称をしている手品師や道化役者などからなっていた。それに犬が二匹に猿が一匹、鸚鵡が一羽、これも芸人のうちである。そうして道化はお尻に滑稽な面をつけていて、顔が二つあるような芸をする。

そうしてこういう野卑な連中が、いざ歌をうたうとなると、

わが歳月は雪のごと、いずこに消えしや、
わが人生は夢なりしや、現《うつつ》なりしや？

などという悲しい歌をうたって貴婦人たちの紅涙をしぼらせるのであったから、ヨナにして

もまた呆れざるをえなかった。なかには、どういうわけか歌うときだけ、ドイツ語で歌う奴までがいた。要するに何語で歌ってもよかった次第である。ヨーロッパ各地方の交流は実に頻繁なものであったから。カスティーリアで出会った傭兵のなかには、ハンガリーやポーランド出身の者までがいた。そのことがヨナに一つの示唆を与えた。

ヨナはそれまでの道中で、北フランスや南ドイツ、北イタリア、プロヴァンス地方などでこういう連中とすれ違ったり、しばらくは行をともにしたりしたことがあったが、一緒に動くことははじめての経験であった。彼等は自分たちのことを《フグラレス》と呼んでいたが、これは北フランスのオイル語の国での《ジョングルール》のことであろうと、ヨナは解していた。いずれにしても、この言葉、吟遊詩人、放浪楽人などとは綺麗ごとであって、手品使い、奇術師などはまだましというもので、最後に来る詐欺師という解し方がもっとも妥当なところであったろう。

しかし、この芸人たちが、彼等のその生業《なりわい》それ自体において、一種の自由通行を保証されていて、立派な城の門も、領主の館の入口も、ときには僧院までもが、彼等の到着を知らせる角笛の音だけで、その門や扉が開かれ、跳ね橋が下りて来ることに、ヨナはやはり瞠目させられたものであった。

彼等が角笛を吹くと、尼僧院の扉までが何ということもなく開いたのである。そうしてヨナは尼僧院のエロティシズムというものが如何なるものであるかを、呆れ果てるほどに知らされた。

しかし彼等もまた差別をされた、世の中の縁辺を歩く大鴉や禿げ鷹の同類であったけれども、そのなかでの特権階級といってよかった。彼等の犯す犯罪もが、その芸能に免じてしばしば黙過されていた。僧院の門が開かれるのは、僧院長が知らないことになっていることを前提としていることが多かった。そうしてこの路上の連中の特権階級のなかでも、道化師は、貴婦人のスカートをまくったり、そのなかにもぐり込んだりする特権までをもっていた。そうされることを、貴婦人たちが期待してさえいたようであった。

ヨナには、世の中の構成の不可思議さを、つくづくとこの連中が考えさせた。彼等は、どこででも阿呆のように歌をうたい、笛を吹き、琴を掻き鳴らし、アラビア到来の三弦胡を弓でこするのである。彼等のなかの一人の金髪のケルト人は、豚の頭のついたままの空気袋つきのバグ・パイプを吹き鳴らした。屈託も何もないかに思われたが、彼等もまた世の中の一員であるとヨナに考えさせたのは、彼等が城中や僧院内、あるいは村の広場などでその芸を披露して、その城館、僧院、村などの総員が集っているとき、別の者どもは、人々のいなくなった部屋や家々を総なめに貴重品や金を狙ってまわり歩いていたことである。要するに、芸能と泥棒とが背中あわせになっていた。芸に人をひきつけておいた上での、空巣狙いである。当然そちらの方専門の連中は、後から到着して先発して行くのが例であった。

彼等が笑いを売り、芸を売ることは当然のことであったが、ヨナが驚いたのは、ヨナの話す言葉自体が、彼等の笑いを買い、ヨナが長く喋れば喋るほど、彼等は腹をかかえて笑ったことであった。

それは、はじめしばらくは奇妙でもあり、不気味でもあったが、やがてヨナにも納得が行った。

それはそうでもあろう、とヨナ自身が思いはじめたときには、いつのまにかヨナもが芸人として芸人たちのなかに加わっていたのである。

たとえば彼が、オイル語に英語の単語をまぜて英国国王の国璽尚書一行の話を、ある領主の館でしたときに、領主の夫人が泣き出したことがあった。夫人は英国から嫁に来ていたものであった。またロンバルディアの言葉でミラノの貴婦人たちの浮気話をしてやったときには、ベルガモやブレッシアから来ていた僧たちが大喜びをした。南ドイツ語での狩猟の話、カスティーリア語での鰻獲りの仕掛けの話などは大受けに受け、しまいには知っているだけの言葉全部をごちゃまぜにして誰にもわからぬ話をしたときには、尚更にうけた。

道中のある僧院では、次第に大胆になって来たヨナは、馬と駱駝の比較論をやり、

「駱駝は不信者どものところにおりましたものですから、同じく不信心な動物だとお思いでしょうが、さにあらず」

駱駝は膝を折って坐ること、つまりは祈ることを知っているが、馬が膝を折るのは死ぬときだけだ……、などと口から出まかせの出鱈目を述べ、これに、

「キリスト教徒は、しかし、馬に乗ることになっております。かのサンティアゴ様が白馬にお乗りになって、モロ（＝アラブ・イスラム教徒）と戦われましたように。けれどももし駱駝に乗ったとしましても、それは Ilicita sed valida というものでございましょう」

などと、イリキタ・セッド・ヴァリダ、すなわち、《不法ナレドモ有効ナリ》などという、僧たちの議論からの聞き齧りのラテン語でつなぎを入れたときには、とりまいた僧たちの爆笑を招いただけではなく、一部の僧たちからは、歓声までが洩れて来たことがあった。調子に乗ったヨナが、ある別の僧院では、わざと自分に水をぶっかけさせてびしょ濡れになり、

「これは単なる洗濯《ラヴァクルム》でございまして、洗礼《バプティスマ》ではございませぬ、従ってあくまで無効《ベニトウス・イリトウス》でございます」

などとやったときには、偽装の説教僧ではないかと疑われ、院長の訊問をうけたことがあった。

問い質してみれば、ただの聞き齧りにすぎぬことは明らかであった。教区聖職者ではない修道僧たちが、僧院以外で、一般民衆に説教をするには、教区司教の許可が要り、それは厳禁されていたのである。

しかも、ヨナがあやつったラテン語の、洗礼（Baptisma）と単なる洗浄（Lavacrum）の問題や、姦淫の罪を犯したり、聖職売買《シモーニア》の禁を犯した瀆聖の聖職者の行った秘蹟が有効であるかどうか、といった問題は、このときにおいてローマ教会全体の大問題であり、各法王はこの問題の解決に全精力をあげていたのである。そんなときに、ただの浮浪者に、《不法ナレドモ有効ナリ Ilicita sed valida》などと言われるならば、如何なる僧もぎくりとしなければならない。

ただしかし、ヨナにとっては聞き齧りにすぎぬとはいえ、それが如何に大問題であったかは、彼の付き添った僧たちの、ほとんどすべてが宿り先の僧院でこれらの言葉を使って熱烈に議論をしていたのであったから、うすうすはわかっていたのである。それだけに、尚更、ヨナにはそういう冷やかしが面白かった。

彼はまだまだ、《為ス人ノ業《ワザ》ニヨリ Ex opere operentis》だの、《為サレタル業《ワザ》ニヨリ Ex opere operato》だのという言い方も知っていたが、こちらの方はどうやら多少ともやばい話のようであったから使わなかったのである。ましてや《司祭ハ泥棒ナリ《プレラーティ・ピラーティ》》とか、《聖なるウソ《サント・インガンノ》（嘘も方便）》などという地口も使わなかった。

　十字軍の遠征について行って、掠奪や強姦ばかりをやらかして来たやくざ連中から聞いた、エジプトやトルコの話までを、ヨナは遠慮会釈なく喋りまくった。エジプト語やトルコ語までを発明した。

　そうして彼は、彼のお話のしめくくりを、次のようなものとすることにしていた。

「心の貧しいもののもたらす笑いは、人の心のしこりを解き、傲れる者の笑いは人を傷つけるのであります」

と。

　しかしこういうことを喋くりまわっているあいだに、彼は何となく身のまわりに、ある危さを感じはじめていた。僧院では、あまり歓迎されなくなって来ていたのである。あるところでは、ヨナだけが拒否された。回状でもがまわっているものと判断をしなければならなかった。

　宗教の世界は、俗人の《お人好し《ボニ・ホミネス》》には、ありがたい世界であるよりも、どうやら、むしろ危い世界であった。

けれども、この危さを犯さぬ者には、救いのありがたさもまたないのであるらしかった。ともあれ信心の世界の危さに気付いてからは、ヨナはラテン語などをあやつって僧を弥次ったりすることはやめて、例のお喋りと、それに付け加えて、五体完全なものが不具の乞食をよそおってみせる偽装法を紹介することにした。足を縛り手を縛りして片手片足に見せる法から、ありとあらゆる病人に見せる法までの、四十八手を実演してみせた。そういうことならばお手のものだったからである。

また乞食は、ドイツとイタリアでは歌をうたってみせなければならず、オイル語の国である北フランスでは泣いてみせ、ついで近頃知ったカスティーリアでは、威丈高に、「あなたに神のお恵みがありますように！」と呶鳴りつけた方がよいことまでを披露した。

アラゴン王国の宮廷や貴族の館などに比較的に長い滞在をして、しかし、ヨナはそろそろ莫迦げたことをして歩くことが厭になって来ていた。乞食をするのではなく、乞食の真似をして金をかせぐとは……。それは本当の乞食に対して、礼を欠くことになる。また遊芸人を差別する気はなかったが、この騒々しい連中と一緒にいることに飽きが来ていた。生活があまりに容易でありすぎることにも疑いがあった。おれはもう少し別のことをするために生れて来たのではなかったろうか、と思うのである。

ある朝早く、振舞い酒で連中がまだ眠っているあいだに、ヨナはサラゴーサを出て、エブロ川沿いに東へ向った。

ひとり歩き出してみて、トレドで客死をした僧のことがつくづくと思い出された。あの僧は何歳くらいであったろうか。三十七、八歳くらいであったろう。ヨナよりは少くとも七、八歳くらいは若かったと思う。一緒に旅をし、またトレドの僧房で仕えていたときには、この僧の名を呼ぶ必要もなかったが、セギリウスと言ったその名は、いまとなってみればなつかしかった。モーゼル川沿岸のトリエル生れのこの学僧が、高貴な生れの者であったのか、また修道僧としても高位の者であったのか、それとも写本専門の僧のような、古典語学だけが出来る僧だったのかは、ヨナには判断の資がなかった。けれども、フランチェスコ会派の一員として、大きな会派に育ってしまって数々の僧院と領地などの資産を抱え、あたかも盛んな飛び地をもつ領主のようなことになり、祖師フランチェスコの考えたものとはまるで違う、外に向けては閉じられたものになり下ってしまったことに、かの僧が激しい怒りを抱いていたことだけは、ヨナは大切な記憶として胸に閉じ込めていた。

ヨナはセギリウスと一緒に泊ってしばらく体を休めたことのある、ミレトの僧院を当面の目的としていた。ミレトは、トレドとともにエスパーニアの大司教のいる地中海岸のローマの遺趾、タラゴーナの北、バルセローナの西にあって、モンブラン（白山）と称された石灰岩系の山に囲まれた大きな盆地のなかにあった。それは豊かな南西ヨーロッパのなかでも、果実や葡萄のとびきり豊かにとれる、恵まれた地にあった。美味な水が滾々と湧いていた。モンブランという山の名自体がヨナにはなつかしかった。故里の村の、断崖をなしていた山々のもっと北に、その白山という名をもつ巨大なアルプスがあると、幼い頃に聞いていたからでもあった。もっとも、カタルーニア地方のこの白山は、低かったが。またその山がモンブランと呼ばれるということは、オック語がどうにか通じることをも意味した。

もう一つには、その僧院の副院長がセギリウスにもヨナにも、かつてわけへだてなくあたたかく接してくれたことが忘れられなかったせいもあった。副院長はPuigと書いてプーチと読むのだ、とにこにこ笑いながらセギリウスに言っていたものであった。プイグと書いてプーチと読めとは妙な話であったが、それは一層に親しみを増す結果を来たしていた。また、その副院長に、セギリウスの死を報告しないで通り過ぎるわけにも行かないと思い、このことに関してはヨナも誠実でなければならなかった。普通ならば、僧が僧院で死に、その僧院に葬られたとあれば、もって瞑すべし、とすべきものであったろうが、使命を達せずして倒れたこの僧のことが、ヨナにはあわれにも、いとしくも思われた。そうして、たとえキリストが笑ったという記録がどこにもなかったとしても、その後に僧が研究の方向を転換して、人間の笑い一般についで調べはじめたときには、その研究がもし実を結べば、キリスト教の教義とかというものにも、あるいは大きな転換がもたらせるものであるかもしれないとは、ヨナもうすうすは感じることが出来たのである。それはたとえ大きな転機ではなくとも、人肌のあたたかさくらいは回復しえたかもしれないではないか、とヨナは思う。何故なら、ヨナが耳を傾けて聴きとりえたセギリウスの最後の言葉は、

《おお、アリストテレスの喜劇論 Ô Comedia de Aristoteles》

というものであったから。

ミレト僧院の宗派はシトオ会派というもので、ベネディクトゥス会という大宗派から別れて出て来たものなそうであった。が、そういうことはヨナにはあまり関係のないことであり、かつそんなことに首を差し込むことなどは必要もなかった。つまりは聖職者や修道僧にとって致命的な問題でも、その教えによって導かれる筈の一般人にとってはどうでもよろしいという、そういう事柄がありえた。

それにしても、ミレトの大僧院はよいところにあった。アラゴンの灰白色の曠野を南下して来た者には、その大盆地の緑は眼にまばゆいくらいのものであった。一条の小川がゆたかに水

を湛えて流れてさえいる。僧院は二キロにわたっての石壁に保護され、言うまでもなく一つの城塞をも形成していたのである。その内側にも、また外側にも草葺きの農家があり、ヨナが左足を引き摺って山から降りて来ても、誰もが機嫌よく挨拶をしてくれて、白い眼で睨みつける――それが普通であった――者がいなかった。それは、この僧院を中心とする大盆地、つまりは僧院領の土地が、如何に豊かであるかを物語っていた。

ヨナは、僧院正面の門の前に立ち、堂々と声を挙げた。

「拙者は昨年、この僧院に、ローマからの使命を帯びて暫時滞在された、フランチェスコ会士セギリウス師の従者でございます。ゆえあって、師に先行して参りました。副院長のプーチ師にお目に掛りたいと存じます」

疑い深そうな、血走った片目が、門の目の高さの鉄格子の裏に光っていた。それも当然であった。何分にも、この地がアラブ・イスラム教徒から解放され、バルセローナ伯から僧院に与えられて、まだ百年はたっていなかったのである。どういう者が何をしに来るか、はかり知れなかったからである。僧院は、武装だけはしていなかった。

師に先行して参りました……、と喚《よ》ばわったのは、半分は本当の気持からであり、あと半分はヨナの策略でもあった。ヨナ一人だけではどうにもなるものではなかったから。

門内でしばらく協議がつづき、誰かが石畳の上を摺り足で歩いて行く足音がし、それから約一時間ほども待たされた。やがて、石壁の左へ廻れと命じられ、壁外の、石工たちの仕事場のあるところの出入口から、使役僧らしい者に招き入れられた。

その、石工の出入口のすぐそばには、植え込みの迷路のような、遊びのための施設まであった。それもこの僧院の余裕を物語るものであったろう。

ヨナには、要するに入れてもらえさえすればよかったのである。

そうして僧院内に入ってみて、ヨナはその壮麗さに、前回の滞在のときにもまして目を驚かされた。僧院回廊にめぐらしてある、二本併立の柱頭の唐草模様の繊細さと優美さは、それが石に刻まれたものとも思えず、窓にはガラスまでがはめられていた。中庭の中央手前には巨大な泉があり、円形の二段水槽には水晶のような水が盛り上って噴き出ていた。しかもこの泉は高い穹窿式の屋根に蔽われていた。上段の水槽から下段のそれへ、細い水の筋が噴水様に幾筋も投射されていた。

それは南仏様式の建築と見られたが、たとえばトレドの、アラビア様式、あるいはユダヤ教らしい様式などのごっちゃになった殺伐たるものとは、截然とした差違があった。

ヨナはこの僧院に附属する葡萄酒醸造場裏の小屋に寝所を与えられた。麦藁は新しく、それもまたこの僧院の豊かさと客扱いのよさを物語っていた。だからヨナがやはりここへ来てよかったと思ったのは当然であったが、案内をしてくれた使役僧が、場所を定め、その出自、経て来た職業その他を詳しく記録した後に、ヨナに、裸になれ、と命じたのには愕然とさせられた。いままで、あるいは学僧と一緒であったせいもあったかもしれないが、如何なる僧院でも到着早々にそんな目に遭わされたことはなかったのである。

真裸にされて、ヨナは、尻の穴から腋をはじめとして何かを隠しうるようなところを全部、精細に調べられた。頭陀袋の荷物は言うまでもなく、皮製の草鞋《わらじ》までを石で叩いてみて何かがどこかにはさみ込まれていないかと調べられた。彼のもっていた唯一の武器兼食事用の、大型ナイフの臭いまでを嗅がれた。血の臭いがあるかどうかを調べたものであったろう。ナイフはトレドの武器製造人のところで新調して来たものであり、人間の血の臭いなどはまだ付いてはいなかった。衣類は、旅芸人たちと飛んだり跳ねたりを重ねて来ていたので、ところどころに綻《ほころ》びが出来ていたが、これは汚いとて没収され、下働きの者どもが着る、重くて部厚い外套のようなもの一枚と下着一枚を供された。帯は荒縄ではなく、端切れをつないで織ったものであった。しかも清潔なシーツ一枚と毛布とをわたされ、着かえ用の下着はないから、シーツでそれを作るかどうかはお前の自由だ、と言われた。こんなことは本当に稀なことであった。旅籠などでは、半年も洗ってないシーツ、鼻糞や鼻汁その他で汚れたシーツなどは、むしろ普通のことだったのである。

しかしヨナは、ここで働くかどうかはまだ心にきめてはいなかったのであったが、この分では向う様がそう決めているもの、と解さざるをえなかった。ヨナにとっては、生きられる場所で生きられれば、それで足りたのである。

かくて身体及び荷物その他の検査が終り、使役僧が荘厳な顔付きをしてみせて、

「かの学僧との機縁もあり、僧院はお前を信用するから、お前もその信頼を裏切らないように」

これに対して、ヨナがラテン語で、

「神のお恵みがありますように Dominus vobiscum アーメン」

と答えたとき、使役僧は目をむいてみせた。ヨナはしかし、聞き齧りのラテン語を呟いてみせながら、ある疑いがすっと頭の一隅をかすめて行くのを感じていた、ひょっとしてあの学僧が死んだことが、すでに回状か何かで通知されているのではないか、と。厳重な身体検査や荷物調べは何のためであったのか？……。

もしそうだとすれば、のっけから僧院を欺したことになるであろう。……

使役僧は自分の名はキラムと言い、アイルランドの生れで傭兵出身であることを明らかにし、小肥りにふとっていて、異様なことではあったが、赭《あか》い、どう見ても酒灼けの結果と見られる下ぶくれの顔に、はじめて微笑を見せた。その邪気のない——とヨナに見えた——笑い顔を、ヨナは善《よし》と観た。

そのうちに副院長からお呼びがあって仕事がきまるであろうということで、その前に一応僧院を案内してくれることになった。

台所には大きな炉がしつらえられていて、一抱えもある木の幹が、その太さに似合わぬ小さな炎をあげていた。その炉の内側の左右の石壁には、鉄の大きな扉が二つ、対《つい》になってついていてそこがパン焼き窯《がま》になっていると見られた。穀物倉、豚、牛、鶏の小屋、廐《うまや》などを順に案内され、そこで働く使役僧や俗人たちに紹介された。廐に馬が六頭もいるということは、この地に上質の穀物がとれることを意味した。それはヨナに安心を呼んだ。馬のいる土地で飢えることはまずありえない……。

ついでオリーブ油の絞り工場と広大な葡萄酒の醸造場にいたり、それでおしまいであった。その他の、僧院それ自体を形成する筈の、肝心の礼拝堂も僧の集会所も食堂も、もとより聖器庫や聖遺物庫、文書庫などは何も見せてくれなかった。それは厳格な職制上、あるいは職階によって使役僧キラムにその権限が与えられていなかったのであろうと解された。がしかし、それによってこの僧院でのヨナの扱いが如何なるものであるかが明らかにされ、ヨナはいっそ気が楽であった。別に急ぐこととも、あわてることもなかった。

案内をされた僧院の実務を担当する場所の数々のなかで、ヨナをもっともおどろかせたものは、何といっても長方形の、縦幅はおそらく五十メートル、横幅は十メートルはしっかりとあるであろうと思われる葡萄酒の醸造場であった。石畳の床には、縦横に葡萄酒の流れを導く、蓋つきの溝が走り、その溝にぴったりとはまる石によって流れを堰止めたり、あるいはその流れを変えてブレンドをする仕掛けになっていた。そうして一段高い床には、見上げるばかりの葡萄の絞り器が三基も置いてあった。その木製の圧搾装置の大きさは、かつてヨナがジェノヴァの造船所で見た戦艦の骨組みを思い出させた。しかもその圧搾装置と石臼は、二頭の馬によってまわされる仕掛けになっていた。それはあたかも水車小屋であるかの観があり、石臼からは絞りたての葡萄液が、小さな滝でもあるかのように、下の床の溝に流れ落ちる仕掛けになっていた。

僧院自体の規模からしても桁はずれに大きなものであった。

「ここの僧院は、酒造り屋をかねておいでですかい？」

と思わず問わずにはいられないほどの、それは壮観ですらあった。地下の熟成用の酒蔵には、鉄枠をはめられた大樽が三層に積み重ねられ、それぞれにAragon, Tarragona, Barcelona, Romaなどと、行き先であるらしい地名や、個人名が記されていた。

「アラゴンは、アラゴン王家行き、タラゴーナは、タラゴーナの大司教行き、バルセローナは、バルセローナ伯行き、ローマは、法王庁行きだ。それぞれ好みが違うのでな」

と、使役僧が説明をしてくれた。

これではまるで酒造り屋だ、とヨナにしても考えざるをえなかった。

夕刻、まだ明るいうちに、醸造場にすぐ続いている俗人用の食堂で、パンとスープと腸詰めとオレンジ二個の夕食を与えられ、しばらくは副院長からの呼び出しがあるかと待っていたが、それがなかったので、ヨナは新しい麦藁の匂いに誘われて眠り込んでしまった。与えられた少量の葡萄酒がなみ普通のそれより余程濃く、かつ、葡萄酒業者のいう、〝笑った〟葡萄酒であったせいもあった。

使役僧のキラムが呼びに来たのは、Vigiliaと呼ばれる朝一番の時禱の終った時、すなわち午前三時の鐘の後であった。

第三章　僧院の内

外は、言うまでもなくまだ真暗であった。

しかしヨナを揺り起した使役僧キラムのあらわれ方が、ヨナにはまことに不可解であった。裸で毛布をからだにまといつけて眠っていたヨナが目を凝《こ》らしてよく見たのであったが、彼の小屋の扉の内側の掛け金は、彼が横になる前に掛けたとおりに掛かったままである。いったいどこからキラムはあらわれたのであるか、どこから彼の小屋に入って来たのか。醸造場の石壁に建てかけられた、四戸の俗人用の小屋は、長屋のようにして並んでいたのではあったが、いずれも部厚い板壁によって仕切られていて、別の小屋から入って来たとは考えられないのである。

「ヨナ、副院長さまがお呼びである。暗いが、ここから手さぐりで這って上って行けば、やがて副院長室の灯が見えて来るであろう」

と、暗闇のなかでキラムの声が告げていたが、ここから、と言われても、ここがどこだかは暗くてわかりはしない。

　ヨナが重い外套様のものを頭からかぶり、帯をしめて身仕度が出来たとき、キラムがヨナの頭をつかまえて、腰を折らせ、石壁の中ほどの、その石を一つはずしたものであるらしい、やっと肩の通る長方形の穴にヨナを押し込んだ。

「このあとは、石の空《す》いているところを這って階段を上って行け」

と言ったきりで、キラムの声は絶え、やがてはずした石を壁に戻す重い音と、石を前面にずり出すらしい鈍い音がしたきりで、物音もまた一切絶えてしまった。

　両の肩がやっと通るだけの、おそらくは石壁と石壁との中間の空き間、と思われるところにしつらえられた石の階段を、両手両膝で這い上って行くと、なるほど灯らしいものが上の方に見えて来た。

「セギリウスの従者ヨナであるか?」

という声が、上の方から陰々たる、一種のひびきをともなって下りて来た。

「左様《オック・セニョール》でございます」

「来い……」

来いといわれても、両肩を狭い石壁に摺りながらでは、そうそう手早く上って行けるものではなかった。手と膝で階段を這い上りながらヨナは、しかし、一つのことが解った、と思った。少くとも複数の階数をもつ石造建築というものに、庶民が馴染むことはまずありえなかった。しかし考えてみれば、石造建築というものは、それが長方形、あるいは四角に削られた石で積み上げてあればこそ、城壁であれ室の内外であれ、そのどれか一つが何等かの手段で外《はず》すことが出来るようにしてあり、まして壁の中味に、土砂や小石などが詰めてなくて空洞の部分があるとすれば、この厳重かつ禁止的な石壁とても、きわめて自由に通り抜け、あるいは突破可能なものである、という、それは一つの隠された真理のようなものであった。しかもそれは石積みの建築においてはじめて可能となるものであった。真理がいずくにあるか、端倪すべからざる所以であった。

案の定、ヨナが頭を突き出した副院長室の、石壁の三分の一ほどの高さの板壁の一枚がはずされていて、プーチ副院長がその堅板を、華麗な彫刻つきの木枠にはめ直した。

「セギリウスは気の毒であった。病身を案じてはいたが、やはり短命であった」

やはりトレドからすでに回状がまわっていたのである。

「はい、出来るだけの看護はしましたのですが」

「御苦労であった。その死のときの有様を、出来るだけ詳しく話してもらいたい」

室内は、言うまでもなく暗かった。プーチ師の坐っている部厚い板の卓子の上に、一本の燭台がおかれて、獣脂によるものではなく、太い蠟燭がともされていた。しかもその蠟燭には、上から順にL、P、T、Sなどのローマ字が記され、それはCで終っていた。時計をかねているものと思われた。それぞれの頭文字は、時禱開始の時刻を意味していた。

プーチ師は小柄で、胸の上部とその上だけしか見えていず、顔も小さく、しかし眼はやはり炯々と光っている。両手は卓上に組みあわされてあった。歳の頃はよくわからなかったが、顎鬚はすでに白いものの方が多かった。

ヨナはトレド到着当時の、三カ月にわたる病気の件と、八カ月後に、突然血を吐いてあえなく死んでしまったときの様子を話した。しかし、毒殺されたのではないかという疑いをもったことは、話さなかった。プーチ師は首を上下に、小さく振りながらヨナの話を聞いていた。

そうして師とヨナの間に、室内の暗さと同じ沈黙が訪れたとき、師の鋭い質問、あるいは訊問がヨナに襲いかかって来た。

「お前は、しかし、セギリウスについていくつかの秘密を身に帯しているか、あるいは知っている筈だ。さもなければ、何の故あって道化師どもなどと一緒に、身をやつして旅をする必要があったか。どこに行くにしても、路銀は支給されている筈だ。説明が出来まい？」

ヨナは、胸が躍った。来た！　と思ったのである。

自身に、落着け落着け、とさとしながら、ヨナは、秘密と言われるものについては自身見当がつかないこと、強いて言えと言われるならば、セギリウスが羊皮紙十数枚に細かい字で書きつけたものを小間物箱の底に敷いていた――隠していた、とは言わなかった――こと、そうしてそれをわが身に万一のことがあったときには、ヨナに托すからローマへ届けてほしい、と言われていたが、死後、小間物箱にそれがなかった、自分が盗んだりしたわけではまったくないこと、などを縷々と申し述べた。

ヨナがそれを言い終ると、短くラテン語であるらしい言葉でプーチ師が何かを呟いたが、それはヨナには聞いたことのない言い方であった。そうして言い直すようにして、

「やはり無かったか！」

とオック語で呟き、

「はい、左様で」

と返事をしたヨナにはかまわずに、がっくりと首を垂れた。

やがて顔をあげ、たたみかけるようにして、

「法王の密命書もなかったか？」

と言ったが、声に力がなかった。

「ございませんでした」

それは余程の衝撃であるらしかった。

セギリウスが、その笑いの研究などについて話してくれたりしたことに関しては、一切語らなかった。問われもしなかったからである。それはヨナのような無智なものが解釈し直して言ったりしたのでは誤解を招くだけであり、異端だなどと言われたりしたのではたまったものではなかった。そのくらいの心得は、すでにヨナにもあったのである。

「お前は読み書きが出来るか？」

「読めと申されれば碑銘くらいは読めますが、本を読んだことはありませぬ。書く方は、署名以外には書いたことはありませぬ、但しその必要がありましたときだけでございます」

「署名は何と書いたか？」

「Jona de Rotta と」

副僧院長がそれを聞いて、白い歯を見せた。笑ったものであろうと思われた。〝路上のヨナ〟

とは適切な名前であるとでも思ってくれたものであろう、とヨナは解した。

「お前は油断のならぬ奴だ、とトレドから言って来ている」

ヨナは背筋が寒くなった。〈拷問に付する〉という言葉がこのあとにつづくのではないかと、身に慄えさえが来ていた。

「お前がマドリー村で道を右にとったとき、おそらくこの僧院へ寄るであろうと、これもトレドから通報があった」

槍をかついで、その槍に紋章入りの壺をくくりつけた飛脚の姿が目に浮んだ。壺のなかに羊皮紙の文書が入れてあるのである。

思いかえしてみれば、トレドで誰彼となく、ヨナはこのミレトの僧院での待遇のよかったことを吹聴していたのである。

「わたし如き無智なもののために、いったい何で……」

というヨナの言い分は、みなまでは言わせてもらえなかった。

「好奇の心はよい、しかし分を過ぎてはならぬのだ。お前がセギリウスとどういう話をしたか、セギリウスがお前に何を告げたかまでは記録されてはいない。セギリウスは、要するに、死んでしまった」

おわりの、セギリウスは、要するに、という節は、ぽつりぽつりと、きれぎれに副僧院長の口から洩れた。そうして、

「好奇の心は、ときとして罪を生む」

と、しめくくられた。

「左様でございますか？」

「左様、このことをよく覚えておけ！」

プーチ師の表情は険しかった。

かくてヨナは俗人の使役人として、僧院外にある、しかし広大な僧院領地内の村々との連絡係りを命じられ、キラムの下につくことになった。物資の売買や使役の調達が主たる仕事で、さらに村々での出来事や事件などの一切を報告する義務もが附随していた。それは好奇の心はよくない、という師の言い分と矛盾するかにも思われたが、僧院という非武装の存在としては、そのくらいの警戒が必要なのかもしれなかった。そういえば、この僧院には乞食の群れがたかってはいなかった。僧院付きの乞食たちには、いざというときに自発的に武装をして僧院を守る義務があったのである。この他には、これはヨナの希望で、暇なときには僧院薬房で薬草の研究をしている修道僧の助手役をつとめてよいことになった。

「お前に私の秘密の仕事をしてもらうことがあるかもしれないから、この隠し階段を教えておくのだ。僧院内外の出来事を目を凝らして見ておき、私が問うときに答えよ。お前が抜け目のない奴であればこそ、この仕事を申し付けるのだ」

到着翌日の会見は、それだけで終りであった。ヨナはまたまた暗い、石壁と石壁のあいだの狭い空洞の階段をつたって下り、自分の小屋に帰った。ヨナは自分が大きなネズミになったような気がした。そうしてこの大きな僧院の、すべて石壁であるその壁のなかを、ごそごそと大きなネズミの類いが上ったり下ったり這いずりまわっているのかと思うと、その石壁そのものが生きて動いていて、不気味な目をもっているかに思われた。もとより、そういう秘密の廻路のあることなどは他言を禁じられていた。

僧院は、怖《こわ》い……、と、つくづく思いはするものの、路上の不安を思い浮べてみれば、三食を保証され不気味ではあれ石壁に保護された生活とは、比べものにならなかった。

僧院は、怖い……。キリスト教世界の全体に、石壁のなかの通路のようなものを張りめぐらしているらしい……。しかしそうは思うものの、さればこそそれが安全保障のための手段でもあろうと、逆に安心も出来るのである。

思いかえしてみれば、副院長室は、頗る質素なものであった。というよりは、縦に細長い窓と窓の間の石壁に掲げられた十字架以外には、一個の大きな櫃と長持と、通帳あるいは帳簿らしい大きな書物を入れた戸棚以外には、寝台があるだけであった。通帳あるいは帳簿類は、僧院の実務担当の副院長としては必須のものであったろう。しかしきわめて富裕な領主としての僧院の収入は莫大なものであろうが、金庫はどこにあるのか……？　それは余計なお世話であったろう。

実務担当といえば、この小柄なプーチ師は、この僧院での、いわば警察権をも掌握しているものと考えられる。

夜が明けてたしかめてみると、副院長室は、葡萄酒醸造場に隣接している僧院本院末端の三階にあり、ヨナの小屋の斜め上にあたっていた。ヨナは、二日目からしてすでに人の見ていないところでは、どこででも、壁に耳を当てて内側の音を聞きとろうとする習慣がついてしまった。大きなネズミがどこを這いずりまわっているか、知れたものではなかった。

到着後の第一週目は、僧院の外へ出ることはなく、キラムに付き添われて、僧院内の俗人農夫や使役僧、また僧院外の村から通って来る農夫や運送の用に当っている連中、それから言うまでもなく様々の用務にあたっている僧たちに紹介をされたり、その用を言いつかったりして過ぎた。

僧院は、しかし、ヨナが思うに、路上と同じほどの、いわば全ヨーロッパ的な社会であった。プーチ師は、Puigと書いてプーチと読むことに明らかなように、この土地の人であったが、未だ姿を見かけたことのない院長は、アラゴン王家の人であり、僧たちもまたポーランドからポルトガルまで、なかには北アフリカのカルタゴ出身の、両眉の一つにつづいた人あり、クレータ島のギリシア人ありで、それはキリスト教世界の広さそのものを物語っていた。オック語の人などは只の人にすぎない。出身階級もまた種々様々であり、かつてパドーヴァの裕福な商人であった人から、貴族転じての乞食僧、あるいは托鉢僧であった人まで、あるいはカスティーリア王家やアラゴン王家の私生児で、行きどころのない人までが含まれていた。そうしてここでもまた、ヨナの路上語学の知識（！）が有利に働いた。敏感に、おのおのの僧のアクセントを聞きとり、ヨナは低ドイツ出身の僧にはその言葉で、オイル語の人にはオイル語で、ロンバルディアやローマの言葉にはその言葉で返事をした。中には、この土地の言葉がまったく出来ず、母語だけの人もいたが、そういう僧には一層ヨナは気に入られた。滅茶苦茶な引用ラテン語は、くつろいでいるときの僧たちの、音のない爆笑をさえ買ったものであった。

もっともヨナとしては、実はそうせざるをえなかったのである、自分の言葉がなかったのであるから。そうしてキリスト教世界は、自分の言葉を必要としない世界であるかにも、彼には見えていた。

というのも、如何なる仕事に従事しているにしても、つねに寡黙であるべきこと、祈りを絶やすべからざることが原則中の原則となっているのであってみれば、それはいわば沈黙のなかにおける、記号、あるいは信号の世界である。鐘の音は、その記号、あるいは信号のなかでの最大のものであり、僧たちの死もまた、鐘の音によって表示されるのみである。葬儀に際しての祈りもまた、天上への一つの合図、あるいは信号のようなものであった。

けれども、かくも地理的、階級的にも出身の別の甚しい人々が一つのところで、一つの、同質の生活に従事している場所が他にあろう筈もなく、しかも寡黙が原則であってみれば、思考や思想の交換も許されず、昼の間は頭巾を深くかぶって互いの表情もしかとは読み取れず、まして夜の暗さのなかで如何なる思惑が飛びかっているものか、それはヨナの想像の外であった。

たとえ貧しいものであったとしても、晩餐によって飢えがおさまり、葡萄酒によって心と頭に言葉が充ち満ちて来ても、終始一段高い説教壇で役僧が誦する詩篇に耳を傾けていなければならず、如何なる私語も禁じられているとすれば、その心と頭に充ち満ちた言葉がどこへ行くものか、あるいは行かないものか。

後にヨナは教義論争会が催されたとき、その爆発的な在り様に恐怖を感じるであろう……。これは自分などのいるべき場ではない、と。

もし不平不満というものが、神が支配し、かつ神への祈りのみに満ちている筈の、この静寂な空間にもありうるものとすれば、それが、たとえば昂じて行ったとして如何なる事態を出《しゅっ》来《たい》させるか。それもまた想像外である。

不平不満が、世俗の世界にあって、最高度に昂じて行った場合に出来する最悪の事態は、集団的には叛乱であり、個人的には殺人であろう。

ヨナが到着して一週目に、一人の下級僧が死んだ。教会での葬儀と埋葬の儀があった。ここでは、死んでも、あるいは殺されても、葬儀と埋葬の儀があるだけであろう。またたとえ殺人の下手人が判明し捕えられたとしても、夜の闇が始末をするだけであろう。たとえ頭巾を目深にかぶった人々の囁きがしばらく絶えなかったとしても、その後は沈黙があるのみであろう。

僧院領内の村から通って来ている、少数の村人たちは別として、石工、大工からはじめて、養魚池や馬、牛、豚、山羊、羊、鶏などを担当する使役僧の下の使役人、水汲みや料理、掃除、洗濯、糞溜などの係り等々の雑事に従事している俗人たちも、僧たちと同じほどにも、出自もそれまでに従事して来ていた職業も、実に種々様々で、いずれも一筋縄では行かぬ、したたかな顔付きの連中ばかりであった。世俗で何をして来たともはかり知れなくても、僧院内は〝法外の地《アジール》〟である。なかには、ヨナにはどうしても思い出せないにしても、たしかに、ヨーロッパのどこかの森蔭か、どこかの十字路で見掛けたことがあると思われる奴もいた。いずれも機さえあれば、何を仕出かしてくれるかわからず、如何なる事をでも仕出かすことの出来る連中である。ヨナにもあまり他人のことは言えないのではあったが。

ある日の午後、僧院の裏手で、真に怖ろしい悲鳴が、長く、天と石壁とのあいだの空気を引き裂いて轟いた。静寂のなかでは、それは背筋に寒気が走るような断末魔の叫び声であった。

ヨナは思わず腰のあたりをまさぐって身構えた。腰には何もなかった。自分のナイフがキラムに没収されていたことを思い出した。副院長とのはじめての会見のあとで、小屋へ戻ってからいくら捜しても見付からなかったのである。それを何とかして新調し、秘かに内股にでも縛りつけておく必要を、ヨナは感じていた。悲鳴は屠殺された豚のそれであった。ひょっとして豚の悲鳴と一緒に始末をつけられたりしたのではたまったものではない。

豚を逆吊りにして咽喉を切りひらき、血を桶に絞り取って凝結させ、血の腸詰めをつくるためであった。豚一体の、全部の血を絞り尽すためには、相当の時間を要した。

その豚の悲鳴はまた、僧院の沈黙と静寂そのものが、爆発寸前の何かの象徴であるかにも思われた。しかもその豚の悲鳴は、Nonaと呼ばれる午後の時禱を如何なる意味でも妨げるものではなかった。

また、ヨナは、屠殺人をはじめとするこれらの連中のいずれもが、副院長と通じているのではないか、と疑っていた。それはきわめて正当な、理由のある疑問と思われた。

僧たちの故郷の言葉を、たとえそれが片言の、滅茶苦茶なものであっても、いや、それがそうであればなおさらのこと、多少とも話すことの出来るヨナは、いわば人気があった。アレマン語系の言葉の僧たちが、特に親身にしてくれた。薬房を担当する僧が、さいわいなことにそういう人であった。ラテン語が如何に論理的な普遍語でありえたにしても、また如何に彼等が神に仕える人々であったにしても、それだけでは人としての心の通い合いに無理なのは当然である。また如何に神の下の普遍的《カトリック》な世界に生きるとしても、故郷を離れてあることのもたらす、ある欠落の感を埋めることもまた無理というものであろう。

あるときに、それは最大の行事の一つである受難週のはじまる前々日であったが、ヨナは聖遺物庫の用務僧に呼ばれた。呼ばれたのはヨナただ一人であった。

聖遺物ならびに金、銀、宝石などを鏤めた匣や器その他には触ってはならぬと言われ、それらを僧たちが取り出したあとの、棚の埃払いと乾拭《からぶ》き、及び床、天井などの清掃を命じられた。

聖遺物庫は主祭壇右脇の、小さな扉をくぐって入って行ったところにあった。まず丸太の材木を持って来て足場を作り、天井の煤払いからである。浮き出た四つの稜線に仕切られた交差穹窿の天井は、濃い紺青の地に、金の星宿が鏤められ、裸の天使どもが例によって遊び呆けていた。ヨナは足場の上に立ち、棕櫚の箒をふるって埃を払い落した。かくてすぐ眼前にこの天使どもを見たわけであったが、宙空を浮遊して遊び呆けていると見える、これらの翼の生えた子供たちが、その目だけは、すでに成人した大人にだけしか見られぬような、抜け目のない、人を疑う目付きをしていることに愕然とさせられた。

——嫌な奴等だな、小生意気な。

と、どうしても思わざるをえなかった。なかには、その小さな小便漏斗を放り出したままの奴までがいる。そうして四つの交差穹窿のおのおのには、例によって、とヨナは思うのであるが、四頭の怪獣が描かれてい、そいつらはみな、胴体にも翼にも、いくつもの目を持っているのである。その目は天使たちのそれと同じく、いずれも嫌らしい猫族の目である。

用務僧はオイル語を話す人であった。こういうことを聞いてはまずいかな、とは思うものの、いまのところ足場の下にいるのは、この用務僧だけであったので、思い切って訊ねてみることにした。

「この目ン玉だらけのけだものどもは、これは何なんですかい？」

と。

下にいた僧が上を向いた。頭巾がずれて、禿げた頭が露れた。

「はは、お前はヨハネの書のことを聞いたことがないのか。『御座《みくら》の中央と御座の周囲《まはり》とに四つの活物《いきもの》ありて、前も後も数々の目にて満ちたり』とな」

「しかし、何でまたこんなに沢山の目が……？」

というヨナの疑問には、僧は答えてくれなかった。呟くように言ったので聞えなかったのかもしれなかった。いずれにしても、こういうことに深入りをしてはならぬということは、副院長に言われるまでもなく、ヨナも心得ていた。

四つの穹窿の交差する天井の真中、中心点は、四重の円環あるいは光輪によって囲まれ、その白色の中央から、袖先を垂らした神の右手が、手首から先だけ、つまりは掌の内側と五本の指を見せて、差し出されているのである。神の像そのものは、ここにはなかった。手先だけである。神像そのものは畏れ多いということであろうし、手先だけというのは床しくてよいことであろう、というほどのことはヨナにも理解出来た。

「御控えなすって」

と、呟いてヨナは箒をその手先の方へもって行って埃を払った。御控えなすってExcuseというのは、遍歴をする職人たちが他の地方での同職の者のところへ行ったときにする挨拶の、その口切りの言葉であった。その他に、神の手に対してどう挨拶をしたものか、見当がつかなかったからである。

天井と側壁の煤払いを了え、足場を解体して運び出し、床掃除もおわった頃には、僧たちの数は三人に増えていた。

今度は聖遺物匣の安置してあった棚の乾拭きである。僧たちは、いかにも敬虔な面持ちで、あるいはそういう表情をつくって、両手で、小さなガラス箱、あるいは円筒形の水晶の箱などを持ち上げては、この宝物庫の中心にある大きな机の上に並べた。

聖遺物——それこそは、天井の四頭の怪獣どもにもまして、奇々怪々なるものの一大蒐集であった。

まずもっとも大切なものとされているらしい、紫水晶の小箱が取り出された。銀で縁どりがしてある。なかには金色の布団様のものが敷かれ、その上に小さな鉄屑かと覚しいものが載せてある。それをはじめの用務僧が大机の上に移した。ヨナはそのあとを乾いた布で拭く役である。

「これは何ですかい？」

聞いてはわるいかなとも思ったが、聞かざるをえない。

「お前はラテン語の碑銘くらいは読むと聞いていたが……。ここに刻んである通りだ。キリストの十字架の釘の断片だ」

ヨナは肝が潰れるかと思った。

「はあ……」

「ゴルゴタの丘から掘り出されて来たもの、と言われておる」

その次に取り出されたものは、細長い木箱に、ガラスの蓋がつけられていて、その蓋は四つの角のところで金《きん》の留め金《がね》でとめてある。中には、薄黒い、かつほつれの目立つ布が一枚置いてあり、その上に得体の知れぬ黒いものの一塊り……。最後の晩餐の際のテーブル・クロースとパンの一部であるという……。また水晶を抉って作ったかと思われるきわめて小さな瓶が出て来る。一人の僧がその中味を揺すぶってヨナに見せてくれた。何かの液体らしい、幾分濁ったものが細い窓から差して来ている陽光を透して見えている。聖処女マリアの乳汁だ、という……。

「と申しますと……」

とまでは口にしたが、あとは言わないことにした。キリストがこれを呑んで育たれたのですかい、とは、如何にヨナでも言いにくかった。また、キリストの茨の冠の一部は、藍色の玉の小箱のなかに、薔薇の花の乾し花を下に敷いて置いてある。マリア・マグダレナの髪、モーゼが紅海の水を分けたときの棒切れ、聖ペテロの皮草鞋の一部。聖マタイの財布。ガリシアの聖女マリーナが男装をしていたときの半ズボン。セビーリアの聖女エウラリーアの足の爪と獅子の牙は、前面にガラスをはめ込んだ瀬戸物のなかにある。

「聖女マリーナは、父が世を捨てて僧院に入ったとき一緒に入り、男装をしていたのだ。殉教をしたときにはじめて女性であるとわかった。エウラリーアはセビーリアの瀬戸物屋の娘で、獅子の檻に投げ込まれたが、獅子は噛みついたりしないで、彼女になついて足を舐めに来たのだ」

それだけではない。

ありとある聖者たちの、ありとある部分の骨。

頭蓋骨は言うまでもなく、腕の骨から背骨、脛骨、肩甲骨……。要するに聖者たちの骨だらけなのである。

聖遺物には属さぬが、貴重とされているもののなかには、滅ぼされたソドムの市の灰、ジェリコの壁土、一角獣の角から、一睨みで人を殺す怪蛇バシリスクの剥製、鯨の歯までがあった。ヨナは鯨の口から陸地へ吐き出されたことになっていたが、よくも嚙み殺されなかったものである。

ヨナは黙っていることにした。路上で、こういうものを背の箱にぎっしり詰め込んで、方々の僧院や教会に売り歩いている連中を、何人も知っていたからである。そういう連中は、がらくた製造のための安直となる、黄金伝説《レジェンダ・アウレア》という本までもっていた。しかしそういうがらくたが、このミレトの僧院のような、アラゴン王家とバルセローナ伯に仕える、格の高いところにまで蒐集されてあろうとは、彼にしても思い及ばなかったのである。

けれども、黙っていても、あらわれ出るものは、やはり色に出るのである。僧の一人が寄って来て小声で言った。

「お前は何が出来る?」

「はあ……」

何が出来るなどと闇雲に問われても困るのである。

「もし鍛冶職なのならば教えてやろう、いまは『釘』がはやるのだ、十字架の木ッ端はあまりはやらぬ」

「ははあ……。十字架の木の方は、他のところ、コローニュでお見掛けしたことがございます」

「そうだろう。ベツレヘムの秣桶《まぐさおけ》をはじめとして、全部をあつめたら材木屋でも開業出来る」

僧が低く、笑いを抑えて囁くと、他の二人の僧もがくッくッくッと、これも声を抑えて笑った。僧たちのあいだでも、気のおけぬ仲間同士でならばこのくらいのはなしは出来るのだ。

「巡礼者たちが来たときに、何か触《さわ》るものがないと、彼等もさびしがるからな」

「ははあ……」

すべて、わかっているのだ、と思わざるをえない。

無いものは、聖母マリアの遺骨くらいのものであった。もっとも、聖母マリアは死後に天国へ運ばれてしまっていたので、遺骨は無いことの方が当然であったのである。

乾拭きがおわって、その棚を動かし、棚の裏と、下の床とを掃除することになり、四人がかりで棚を移動させると、棚と壁の間から一枚の、大型の板絵が出て来た。

僧の一人が取り出して棚の右脇にたてかけた。絵は、古拙さを模してはあったが、明らかに近頃のものであるらしく、絵具が板の上で艶をもって光っている。キリストが描かれてはあるのだが、その腰紐には、明らかに財布とおぼしい、円筒形のものの上の口を銀の鐶でしめくくったものがぶら下げてある。その絵は隠してあったのか、それとも捨てられたのか、そのどちらかであろう。絵は埃と蜘蛛の巣にまみれていたので、ヨナは棕櫚箒をとりに戻った。

「これはいい……」

と用務僧が言い、板絵はまた戸棚の裏に戻された。

――キリストは財布をもっていたのか……。

――なるほど。

――いや……。

ヨナの頭のなかを二つのものが走って行った。

――Oc, oc...

――Non, non...

――なるほど、なるほど。

――いやいやそんなことは……。

しかしこれも黙っているべきことであろう。ましてや聖遺物庫の戸棚の裏に秘してあるのであるから。

掃除をおえて小屋へ帰る途中、ヨナは重苦しい思いにとらえられた。彼にしても、帯に大きな筒形の財布をぶら下げたキリストの像を見たのは、これがはじめてであった。それは大きな衝撃でさえあった。たしかに、十二人もの使徒とその家族だけではなく、多くの取り巻きを養って行くには、ある程度の財産がなくてかなわぬことは、これは当然であろうと思う。

しかしまたその一方では、何にしろキリスト教というものは、イエスの言ったという、『なんぢ若し全《まつた》からんと思はば、往きて汝の所有《もちもの》を売りて貧しき者に施《ほどこ》せ、さらば財宝《たから》を天に得ん。かつ来りて我に従へ』という言葉で成り立っている筈であろうと思う。『我に従へ』と言われた福音書のなかの若者は、大きな財産をもっていたので、それを売ったりは出来ず、『若者、悲しみつつ去りぬ』という次第ではなかったか。

しかしもしキリストが、たとえば尽きせぬ泉のように金《かね》の湧いて来る財布を帯にもっていたとすれば、この面倒な問題は解決するかもしれないではないか。

ヨナには、眼前の石壁、石柱、石棺などの、石だらけの僧院が、しかし、先の板絵の蜘蛛の巣のように、目には見えないが、実に複雑に錯綜したものに包まれているかに見えて来た。

ミレトの僧院は、知れば知るほどに、実に豊かな僧院であった。聖遺物の方は、大抵の大きな僧院や教会にある程度のもので、これといって大したものはなかった。格の高い筈のこの僧院の持ち物としては、むしろありふれたものばかりである。珍奇なものと言えば、聖処女のオッパイ汁くらいのものである。すべて聖遺物のかつぎ屋、行商人が売りつけて行ったものであろう。売った奴も売った奴なら、買う方も買う方である。おそらく僧院草創の時期に、あわてて備品として掻き集めたものであろう。ヴェネツィアの聖マルコの遺骸、サンティアゴ・デ・コンポステーラの聖ヤコブの遺骸などという飛び切りのものはなかった。けれども、この僧院領地からの上《あが》りとしての十分の一税や、アラゴン王家から托されてローマへと出て行く税金や献上物の量は、驚くべきものであった。それらの献上物は、旗指物に飾られた一隊が馬に積んで行くものであったが、金箱だけで六つもあった。《スベテノ道ハローマニ通ズ》などということは、この献上物から見ても、当り前すぎて冗談の種にもならなかった。

一般に僧院や教会が、また司教領や司教館などが、豪勢をきわめ、司教の女たちも金銀宝石に輝いているということは、それがそのままで『天国』であって、『さらば財宝《たから》を天に得ん』とはこのことなのか、とでもそれは思うより仕方のないほどのものであった。これらの教会や僧院を訪ねて歩く巡礼たちは、大概は貧しく、しかも貧しいがゆえに、自分たちとの対比などは思いも及ばず、絢爛豪華であればあるほど有難味はまして行くのである。

けれども、ヨナは、トレドで客死した学僧のセギリウスが、行く先々の僧院や教会で、機会のある限り、清貧論とでも呼ぶべきものを、ヨナの耳にさえいささか過激に、と聞えるほどに繰り返していたことを、しばしば思い出すのである。地中海岸沿いに歩いていたとき、ナルボンヌの僧院では、あわやつかみ合いの喧嘩になりそうなほどの口論をさえやらかした。そのとき学僧の青白い顔は、ほとんど憎悪と呼ぶべきほどの激情にひきつり、脂汗さえが滲《にじ》んでいた。

僧院長が最終的に、

――修道僧が清貧であり、しかもそれを収容する僧院が富んでいることは、神の恩寵の証左である。

と、何やら辻褄が合ったような合わないような裁定をして、そのときの論争はとどめをさされた。が、それがセギリウスに満足をもたらすものでなかったことは、ヨナにも明らかに見てとれた。

その後の道中で、このときの論争のことを思い出し、僧院長の裁定について、

「ああいうのを詭弁《ソフィスム》と申すんですかい？」

と言ってみたとき、余計なことを言うものではないとて、学僧にこっぴどく叱られたことも懐しい思い出であった。

そうしてこのミレトの僧院が、ナルボンヌの僧院からわかれて出て来たもののことであっ

たから、あの学僧もナルボンヌ以来目をつけられていたものであったかもしれぬ、と思われた。キリストがその帯に金貨の入った円筒形の財布をぶら下げていてくれさえすれば、それで解決のつく問題もあるのであるらしかった。しかしそれが聖遺物庫のがらくた棚の裏で埃まみれに、蜘蛛の巣だらけにされたままで、埃を払ってももらえないということは、あの板絵が役立たずだということに他ならないであろう。

役に立たぬ、むしろ邪魔になる聖画というものもあるのか。

財布をぶら下げたキリストと、笑うキリストとは、これも何か関係があるものなのであろうか？

かの学僧の二つのテーマであった僧職者清貧論と、笑いについての、その結びつきのことなどもヨナには解し難かった。

まだ時日はさほど経っていなかったが、ヨナはかなりに気が重くなって来ていた。あの学僧との縁《えにし》を自分のものにしたく、僧院に入れてもらいはしたものの、自分はやはり路上の者であろうか、と思う。

けれども、気が重くなって来はしていても、実は彼が命ぜられていた僧院領内の村人との連絡という仕事は、まだ一つもしてはいなかったのである。村へ行けば、気の晴れるようなこともあろう、と思って自らを慰めることにした。板と藤蔓で、自分で作った寝台が出来上り、居心地もまた多少はよくなって来てもいた。

受難週のはじまる日の前夜、朝課の時禱（午前二時）の鐘以前に、またまたヨナはキラムによって叩き起された。今度は小屋の扉を叩いて起したものであった。

「何ですかい、今頃？」

「聞えるだろう、あの音が……」

耳をすましてみると、遠く、盆地を囲む山の方からと思われる方角に、異様な、地鳴りのような音がしていて、それが次第に近付いて来ると思われた。

「悪魔が来るんですかい？」

「いや、太鼓《タンボール》の音だ」

「へえ……」

——どどッ、どどどッ。

——どどッ、どどどッ……

それは村を通って次第に僧院に近付いて来る。不気味な、地を這うような音である。キラムは時禱を免除されている使役僧や俗人の使役人たちを指揮して、この太鼓の音にともなっている人々を僧院前の広場に迎える準備にかかった。しかし準備といっても、大きな食卓を持ち出して葡萄酒とパンとチーズと腸詰めを用意し、石壁のところどころにしつらえてある松明《たいまつ》に火をつけるくらいのことである。

それでも、ぱちぱちと火花を放って燃える松明によって、その部分だけ闇は後退し、玄関正面の上の、両手をひろげて人々を迎えるキリストの像が、明らかに照らし出された。それはやはり荘厳な光景であった。平素は、それがそこにあることは当り前のことであって、何の不思議もなかったのであるが、松明に照らし出された、人々を迎えるキリストは、自らを犠牲にして人を救おうとした人だけのことはある、とつくづく思わせるものをもっていた。それはキリスト教徒であることの仕合せを率直に感じさせた。

そのキリストの明るい救い――とヨナには思われた――と比べては、どす黒い、しかも不可避な絶望そのものではないかと思われる太鼓の音が、重く地を這って来る。その一団もが、やはり松明をかざしてはいたが、これは、絶望どころか、死そのものであった。

村人たちによる、死の踊りの一団であった。Danza de Macabraと呼ばれる骸骨舞踏である。黒い頭陀袋のようなものを頭からかぶり、それに白い顔料で描いた頭蓋骨から背骨、肋骨《あばらぼね》、腰の骨盤、足と脛の骨、手足の骨と指、そうして草鞋《わらじ》の底には板をつけてカタカタと音がするようにしてある。手に手に、鎌をもち、大鎌を肩に担いでいる者もいる。そのうちの一人が黒い旗をもち、これには白抜きで《Lo Temps ès Bren 人生、儚《はかな》し》と記してある。

それは、太鼓の音と同じほどに不気味であった。踊り手たちは一切ものを言わず、ただ跫音をさせるだけで、あるいは四列に、あるいは円に、逆V字の形に、ゆっくりと、手を挙げ足を挙げして踊るだけである。

見物の僧たちも、一言もものを言わない。院長も副院長も出て来てはいない。村人たちのこの踊り、あるいは行列、あるいはデモンストレーションが、僧院によって歓迎されているとは到底思えなかった。

死の踊りの一団につづいて、大きな木の十字架をかついで受難のキリストが現れた。キリストは重い十字架にいまにも押し潰されそうである。その十字架には、奇妙なことに、あるいはあまりにも現実的に、梯子がくっつけられ、賽子《さいころ》までが三つもつけてある。十字架の頂点には鶏が一羽い、左端には紙の三日月がはりつけてある。何の記号、あるいは象徴ともヨナにははかりかねた。十字架のキリストのあとには、手に手に鎌や鍬や槍、刀の如きものと楯をもつローマの兵士たちがつづく。

明らかにそれは受難劇《パッション》の一部と思われたが、誰も一言ものを言わず、骸骨どももローマの兵士たちも、身振りだけでその十字架のキリストを弥次り、かつ侮辱をしてみせている。こういう死の踊りや村人たちによる受難劇は、時には支配者である領主や僧院に対する暴力的な抗議の表現になることもあり、教義上の理由から禁止している教会のあることを、ヨナは旅の間に知っていた。いずれにしても歓迎されてはいないのである。仮装行列はつねに危険なものであった。たとえ誰かが殺されても、仮装をしていたのでは誰が下手人であるか、わかりかねることがある。

やがて、松明の光の輪からはずれた一人が用意されたテーブルに近寄って、かぶりものをまくりあげ、葡萄酒、パンとチーズ、あるいは腸詰めを取る。ついでもう一人、つづいてまた一人……。ヨナはその食卓の係りである。踊り手たちのなかの一人が、

「あんたがヨナさんですかい、村の係りになられたとかで？」

と挨拶をした。

それは奇妙な紹介、あるいは初対面の挨拶の仕方というものであった。どうしてヨナをそれ

として村人たちが知っているものかわからなかったが、ヨナも丁寧に挨拶をかえしておいた。どうせ僧院にはわからぬことの方が多いのだ、とヨナももう覚悟をきめていた。

村人たちによる前夜祭は、沈黙の間にはじめられ、太鼓の人を脅かすような音が伴っていたとはいえ、沈黙のままで進行し、少しの葡萄酒を供された骸骨たちは、ひそひそと私語を交わしながら立ち去って行った。結局、闇から闇へと葬られたも同然であった。


けれども一夜が明けて、受難週が正式に開始されて、ヨナは闇のなかでの死の踊りなどよりも、もっともっと驚かねばならなかった。

午前九時の時禱が終ると、台の上に立った、ほとんど実物大のマリア像が十人ほどの用務僧によって教会から担ぎ出された。それを拝するのもヨナにははじめてであったが、その豪勢さにはつくづくと感じ入らされた。

全身にアラビア伝来の白絹をまとい、大きな光輪には小さな鏡の断片と思われるものがきらきら光り、その白い頰には大粒の真珠が、涙として鏤められてある。それはまことに花嫁さながらであり、胸には十二種の宝石による大きな胸飾りをもち、足の指にまで指輪がはめてあった。燦々と降り込む春の光に、光輪はその光をはねかえし、胸飾りの宝石は、いっせいに紅、青、黄、緑などの色光を放っている。

そうしてもう一つ驚かされたのは、その聖処女の前に立っている、はじめてお目にかかる僧院長の姿であった。院長はそれほどの年齢とは思われず、せいぜいで四十歳くらいと見えた。異様に生ま生ましい感じを与える、肉質の男であった。背も高く、背筋も伸びて堂々とし、むしろ武人を思わせるほどである。

「院長は前のアラゴン王の私生児だ。院長の職務を買ったのだ、値段は……」

その値段が、何ドブロンであったかはヨナには聞きとれなかった。千という数単位はヨナなどには用のないものであった。

キラムがいつのまにかヨナのうしろに立っていたのである。

担ぎ上げられた台上のマリア像は、正門を出て村への道を辿る。桃の花も梨の花もいまだに花ひらいてはいなかったが、蕾はすでに赤く白く色づいていた。

院長は、白いとがった冠りものをかぶり、そのまわりは黄金で縁どりがされてい、左手には大きな錫《しゃく》をもち、右手で祝福を与えて行くのである。白い院長服の首から左右に垂れ下ってい る頸垂帯《ストラ》も黄金の色に輝き、胸正面の十字架は、マリアの胸飾り同様に、十二の宝石によってとりまかれている。

それは僧たちの全員が供をしているその行列の質素さに比べてみても、また列をなして進んで行く村の、草葺きの小屋がやっと建物らしくなった程度の農家に比べても、何とも不釣合いな豪勢さ加減である。

キラムとヨナは行列の最後について行くことになっていたが、先頭のマリア像と院長のあたりには、小さな光の虹がかかっているかに思われた。

「青い色のものは、碧玉《へきぎょく》と青玉《せいぎょく》、紫水晶、または瑠璃《るり》だ。赤いものは、紅縞瑪瑙《あかじまめのう》か赤瑪瑙、緑色のものは、貴橄欖石《きかんらんせき》か緑玉髄、あるいは緑柱石か緑玉、黄色いものは、黄玉石だ。白い玉髄もある」

ヨナには返事の仕様がなかった。

「いまわしが言った宝石の数をかぞえたか?」

「いえ……」

「数は十二なのだ。そうしてヨハネの預言書によると、天からやがて下って来ることになっている、聖なる都エルサレムは、この十二の宝石の石垣と真珠の門によってかこまれている。『都《みやこ》の大路《おほち》は透徹《すきとほ》る玻璃《はり》のごとき純金なり』と書かれているのだ」

「へえ……。してみますと、ここの僧院は、もう天から下ったエルサレムそのものなんですかい？」

「左様に心得るがよかろう……」

そういう話は、かつてかの学僧のセギリウスからも聞いたことがなかった。

それにしても、この豊かな、エルサレムの再来であるらしい僧院をもつ盆地の民は、貧しかった。豊かな土地に住むだけに、その貧しさは一層身にこたえるものではなかったろうか。

行列がさしかかり、小銭が撒かれると、女子供たちが寄ってたかってそれを拾った。

村人たちの主だった連中が、キラムとヨナに挨拶を送って来た。キラムもヨナも頭をかしげて挨拶をかえした。

「昨夜、お前は連中の全部に紹介をされた筈だ」

「いえ、誰にも紹介などされませんでした」

とヨナが答えると、

「莫迦！」

と短く罵ってから、

「神が紹介をなされたのだ」

とキラムが言った。

……なるほど。

と思わざるをえない。

村道は、玻璃でも純金でもなかったが、菜の花の黄と緑は、目に痛いほどであった。

行列が村々をまわり、僧院へ帰り着いたのはすでに夕刻に近かった。そうしてその夕刻に、タラゴーナの大司教の許から受難週の使節団が訪れて来た。タラゴーナは地中海に面した、ローマ帝国時代からの古都であり、トレドの大司教区とはつねに争いが絶えなかった。

トレドは金銭的にも物質的にも貧しかったが、学問という富をもっていた。そうしてタラゴーナは、地中海のもたらすすべての富をもっていた。たとえば大理石が必要とあれば、ピレネーの山中からでも、イタリアや北アフリカの、ローマ時代の遺蹟からでも、取り寄せることが出来た。

従ってタラゴーナ大司教使節団の一行も、実にけばけばしく絢爛たる装いをもって現れたものであった。使節団の持って来た土産は、ピレネー山脈からもたらされた氷に漬けられた、ありとある魚介類であった。生きたままの巨大な海老や蟹は、そこらをごそごそと這いまわって、内陸生れの僧たちに恐慌を強いた。鮑《あわび》は調理所の石の床に張りついて、スコップをもって来なければ取り上げることも出来なかった。鮪《まぐろ》や鯛《たい》は、いずれも巨大かつ重く、半分にぶち切られて氷入りの樽に入れられ、二人の人足が担いで来た。

その夜の宴会は、その海産のもろもろのものと、当の僧院が提供した、豚の血の団子などを前菜として、豚、牛、羊などは言うまでもなく、葡萄酒と香辛料でシチュウ煮をした鳩は殊のほかの好評をえ、アーモンド入りの米を詰めものとした兎の肉は赤銅の大皿に二十数匹も積み上げてあったにもかかわらず、あっという間に姿を消した。そうして食後の菓子は、瑠璃萵苣《るりちしゃ》のパイ、白豆を蜂蜜糖でかためたものなどであった。葡萄酒は、十二年貯蔵のものが惜し気もなく大型の酒壺によって供され、食後には、胡桃酒、あるいは黒苺や龍胆《りんどう》の根などによるリキュウルを透明なガラス器を捧げもつ用務僧たちがついでまわった。

それは、驚くべき饗宴であった。

しかもこれらのすべては、森厳な祈禱書の朗読によって伴われていたのである。

言うまでもなく、ヨナなどはその残りを相伴にあずかっただけであったが、それにしても瞠目に値するものであった。

そうしてヨナたちが相伴にあずかった、そのまたの残菜はいくつかの樽に詰められて村へ運ばれて行った。ヨナは、それらの樽が二種類あったことを見逃さなかった。もう一種類の樽には、魚類のはらわた、また使用しなかった牛、豚などの腸などが生まのままで入れてあり、ある樽は、白く長い牛の腸を引きずったままで車に乗せられ、村へ送り込まれた。

もはや朝明けの近い夜の闇のなかに、その白く長い腸の色が、異様に印象深いものとヨナの目に残った。

そうして、その頃に僧院内では大宴会後の食堂ではなく、聖堂内部の祭壇で、泥酔した下級僧たちが、平素の聖歌の猥雑な替え歌を、調子はずれの合唱で呶鳴り合い、説教壇では、荘厳なものである筈の説教の、これも猥雑きわまりないパロディを大声を張りあげて喋くっていた。

その物狂わしい声音と馬鹿笑いは聖堂の穹窿に反響をし、眠りかけていたヨナの耳にまで達していた。それを聞いていて、ヨナはつくづく情けなくなって来た。キリストが笑ったかどうかを調べにトレドまでも行って、そこで死んでしまった若い学僧のことが、心からいとしく思われたのである。

第四章　僧院の外

　受難週のさまざまな勤行が終り、金銀の、もろもろの器の類いや装飾用品などもが、マリア像とともに、聖遺物の庫とは別の宝物庫に無事に収納された。僧たちには流石に疲れが見え、僧院のなかはひっそりと静もっていた。

　ヨナはキラムに伴われて、はじめて、いわば公式に、盆地と山地の双方の村々を訪れることになった。僧院の門を出て、そこに広々と拡がっている葡萄畑を眺めわたしてみて、その葡萄畑がヨナの知っている、他のそれと少々異なっていることに、すぐに気付いた。葡萄の株と株のあいだが、充分にとってあることが第一であった。それは収穫の際の人手の豊富さを物語るものであり、第二は、村から遊びに来ている子供たちが、歌をうたいながら菫の花で花冠をつくっている、そこまでは受難週のあけたこの季節として当り前のことであったが、この子供たちが野っ原から、小石を選んで、裸足の足先で器用につまみあげては葡萄畑へ投げ込んでいることが目に立ったのである。なかでも大きな子供は、赤ン坊の頭ほどある石を、これは葡萄の株にあたらぬように、方角を定めて投げ込んでいた。

小石を選んで、というのは、茶色っぽい、石に小さな穴の目立つ軽い石を選んで子供たちが投げ入れていることに、ヨナはすぐ気が付いた。

「なるほど……」

と、ヨナが呟くと、キラムが、

「何を一人で感心しているのか？」

と、聞きかえして来た。

「わたしはブルゴーニュのあたりでも見たことがありましたが、あの小石は、大雨のときには水を含んで、表層の土が流れ出すのを防ぎ、日照りのときにはその湿気を葡萄にかえしてやるんですわい。それから、日照りの少い、寒いときには、昼間の熱を保って夜間にその熱を葡萄の葉や実に照りかえす、保温の役を果すんですわい。うまくやっとりますな。ここの連中は頭がいい」

キラムもが驚いたらしかった。

「ああそうだったのか。何故葡萄畑に石を蹴込むものなのか、つねづね不思議に思っていたのだ」

「あなたは北国の方ですから、御存知ないという、それだけのことですわい」

「いや、それだけではない……」

と言ってキラムは口をつぐんでしまったが、キラムとしてはこの浮浪人が、副院長の言う通り、油断のならぬ奴だ、ということを確認せざるをえなかった。それだけに、うまく使えば使いでもまたある筈であった。

「ああいうふうに気遣いをしてありますから、ここの僧院の葡萄酒は笑っているんで……」

「なに……、葡萄酒が笑っている、というのか？」

「左様でございます、味のまるい葡萄酒のことを、業者たちは〝笑っている〟と申します。それもゲタゲタ大声で哄笑するのではなく、にんまりと……」

「微笑《ソリッソ》をする……」

「左様でございます」

浮浪者としての、自分に直接にかかわったことでもないことを観察しうる能力が、このヨナにあることは、これで確認出来たのであった。

村の入口には、菜の花に蜂を放っている養蜂の連中がたむろしていた。

挨拶がかわされる。

彼等はオック語で返事をして来た。ピレネー山脈の南側にあるとはいえ、村人たちはすべてオック語を話していた。

「あの白山《モンブラン》の向う側には、いまだにアラビア語をまぜている連中がいるという話だ」

とキラムが教えてくれた。

「はあ……、トレドで聞きましたところでは、あのあたりでは十に一つはアラビア語が入っているということでしたが……」

「左様、アラビア語は程度の高い言葉なのだ」

「トレドで亡くなられましたセギリウス様も、そう言っておいででした。あの方は、アラビア語もヘブライ語もギリシア語もお出来だったそうで。お若いのに、惜しい方でありました」

「そうだ、わたしはむかしボローニアで一緒にいたことがある。いつかセギリウスのことを詳しく聞きたいものだ。彼が何を研究し、何を話していたかを、いつか聞かせてほしいものだ」

副院長もそうであったが、このキラムもまたセギリウスのことをもっと詳しく聞きたいと言う……。

これは気を付けなければならない、とヨナの内心が警告を発していた。

僧院は、世外の、平和地域《アジール》ではあったが、信仰に関する理屈の上では、安全なところではなかった。ヨナは、僧院で理屈をこね上げ、喧嘩口論の上で追い出され、浮浪をつづけている僧を、路上で、あるいは森のなかで、何人も知っていた。彼等はみな、村の十字路などで、その禁断の理屈を述べたて、村人から喜捨をうけて暮していたのである。


村の葡萄の樹々は、足許に小石をあつめて〝微笑〟をしていたが、村そのもののたたずまいは、土地の豊かさに比べては、極貧というのではないにしても、やはり貧しかった。

家、というよりは、小屋の屋根は草葺きのものと、山に産する鉄平石まがいの平たい石で葺かれたものと両方あったけれども、家畜といっても豚くらいで、たまに牛を飼っているものがある程度であった。

「村はこの盆地にいくつありますのですかい？」

「十三ある」

「それはまた不吉な数ですな」

「その通り。もう一つはいますぐ出来る筈だ。すべて僧院に属している」

それにしては、見た眼には如何にも貧しいではないかなどということは、言ってはならないであろう。受難週の大宴会の余り物が樽詰めにされて、村々へ送り出されたことの理由もそこにあったと思われる。

「このあいだ、ローマへの贈り物や十分の一税が出て行くのを見ましたが、ローマからは何かお返しがあるのですかい？」

「法王の、この僧院と村々のためのお祈りが返されて来る」

「はあ左様で……」

それは有難いことであった。霊界の王であり、天国の代表者である法王がじきじきに祈ってくれることなど、誰が期待出来ようか。それにしてもそのローマと、タラゴーナの大司教と、それにもう一つ、アラゴン王家までがこの盆地の産物を要求するとなると、如何に豊かであったとしても、村人の暮しが成り立つかどうかは、やはりあやぶまれるのである。

しかしそれもまた、言ってはならぬことに属していた。掘立小屋同然の農村と、天に聳え立つ大伽藍との対比は、この世界の当然の在り様であったからである。

「夏が来て桃や梨、オリーブの実などがなりはじめたら、お前は村々をまわって、村人と一緒に一本一本、その実の数をかぞえる仕事をしなければならない。数字を知っているか？」

「いえ、十以上はだめです」

と返事をしておくことにした。要するに、五つ目ごとに、卌として数えて行けばそれで足りるというものであろう。

それにしても、とまたまたヨナは考えざるをえなかった。それは、断崖の下の村を出てからはじめて就く、きまった仕事というものであり、そんなものをやり切れるものかどうか彼にはまったく自信がなかったのである。これまでのヨナは、たとえ地平線の果てまでが見透される野原の道を歩いていたにしても、なおかつ、いわば深い霧のなかを歩いているも同然であった。一歩先に何が待っているか、何が起るか、森から狼や盗賊が襲って来るかもしれず、雷に撃たれて死ぬかもしれなかった。しかしそれが彼の生であったのである。きまった仕事があるということは、毎日時禱をくりかえすこれらの僧たちのように、時間と季節にしばられて暮すということである。

ましてや、石壁に囲まれた僧院と村々とのあいだを往ったり来たりするということは、その対比そのもののなかに生きることであり、二つに引き裂かれて生きなければならぬことであった。村々の木の実を一つ一つ数えて歩くなどとは、何にしても厭な話であった。

ともあれ、村々をキラムと一緒に、あるいはヨナ独りで歩いてみて、この僧院領の村が僧院領であるにも拘らず、あるいは僧院領であればこそ、僧院に対して憎しみ、あるいは敵意とまでは言わないにしても、決して敬愛の念をもっているのではないことを知らなければならなかった。木材で骨組みを作り、練土《ねりつち》をかためたものを壁とした農民たちの家は、大旨二階建てになっていて土間に竈《かまど》があり、そこが生活の中心であった。そうして階上は板で仕切りがしてある程度である。板仕切り程度では話し声はつつ抜けであり、ここの百姓たちが囁くような小声でしか話をしないのはそのせいかと思われた。この家を、穀倉や豚小屋、鳩小屋、稀には牛小屋などがとり囲んでいるので、百姓たちやその家族の、家への直接の出入りが人目につくことは滅多になかった。それは誰かをこの家に隠しているとしても、人目にはつかぬようになっていると受け取られた。従って、どの家もが何かの秘密をもっているかに思われた。彼等の多くはこの土地の生れの者ではなく、僧院の修道僧同様に、方々から集められて来て、僧院の草創期には僧たちと一緒に開墾に従事していたものであった。従って同じ村の者同士でもろくに言葉が通じない場合もあるらしいことを知って、ヨナはある意味で胸をなでおろしたのであった。何故なら村人との連絡役を命じられていながら、彼等の言葉が半分もわからなかったからである。大体の共通語はオック語の、そのまた一つの枝であるカタラン語と称されるものであるらしかった。

言いまわし方を少しずつ覚えながら、ヨナは村人たちと、これも少しずつ親しくなって行った。もとはと言えば、彼もまた寒村の貧農の子であったのである。けれども、彼の記憶に残っている農民としての常識は、ここでは通用しないことに、まず驚かなければならなかった。

第一に、村から村へと行ってみる度に、僧院領地と、彼等の自由地とを区別する標識の石、境界石が少しずつ移動しているのである。それは明らかに犯罪であった。動かした者が現場をおさえられれば極刑に処せられても、また村を追放されても文句は言えなかった。ヨナの幼児としての最初の記憶は、隣村との境界石の上に立たされて、思い切り引っ叩かれたことであった。境界石の位置は、それほどにも重要視されていたのである。

ところがここでは、石を少しずつ僧院領の方へ押し出して行って自分たちの自由地を拡げようとしているのである。ヨナは目を瞠った。けれども、黙っていることにした。

第二には、キリスト教の安息日の戒めが一向に守られていないことであった。日曜日にも祭日にも、彼等も、また女たちもが野に出て悠然と働いているのである。

あるときにヨナはその一人に聞いてみた。

「今日は日曜じゃないのかね？」

と。

答えは、

「それがどうしたというのかね？」

という、木で鼻をくくったようなものであった。

「日曜日は安息日だろう？」

「旧約聖書にそんなことが書いてあるそうだが、あんなものは悪魔の本だ」

「へえ……、お前さんそんなものを読んだことがあるのか？」

「本など読めるわけがなかろう。徳の高い方《ペルフェクティ》がそう言われたのだ」

「ペルフェクティなんて、いったい何のことだ？」

「お前さんには関係のないことだよ」

ヨナは突っ放されればされたで、それ以上のことを問うたりはしなかった。そうすることが信頼を得る所以であることも心得ていたのである。

そうしてよく気を付けて見ていると、特定の使徒や聖人の日なども、休んだり休まなかったりまちまちなのである。

村々は大旨貧しかったが、なかには石で、館というほどのものではないにしても、小屋ほどの家を築いている、豊かな家もあった。

そういう家の主の一人と知り合いになったときのことは、ヨナは一生忘れないであろう。それを思い出すごとに、ヨナは独り笑いに笑い出してしまうのである。

それは桃の花の花盛りのある日のことであった。その満開の花樹にとり囲まれた石の家から、花よりももっと赤いもので口のまわりや胸を濡らした中年の男が、何かを声高に叫びながら飛び出して来たのだ。男は意味のないことを叫びながら手で口のまわりを撫でまわすので、手にも腕にもその血紅色のものがひろがって行く。その赤いものはどう見ても血であった。だから、すわ人殺しか、とヨナが身を硬くしたのも当然である。

「どうした？」

とヨナが声をかけると、途端にその男は大声をあげて泣き出してしまった。

事情を聞いてみると、男は親戚の娘と寝ているところを、野良から突然早帰りして来た――この辺では畑仕事は主に女の受持ちであった――女房に見つけられ、その女房の月経の血を呑まされたのだ、という……。

女房の月経の血を呑ませると、夫の浮気封じになる、という迷信があったのである。迷信は迷信でいいとしても、いったいどんな恰好で呑まされたのかを考えると、腹をかかえて笑わざるをえない。その血の出所《でどころ》が出所だからである。

それは呆れ果てた話ではあったが、僧院支配下の領地とも思われぬほどに迷信や呪咀がはびこっていた。道を鼬《いたち》が横切れば、これを凶兆として元の道を引きかえして行ってしまい、猪や梟《ふくろう》が鳴いたりすると、一切仕事の手を休めてしまうなど、その頃としてはすでに無視されていた迷信が、ここではまだ生き生きと残っていたのである。女婿を娘に従わせようとして呪いをかけたりは日常のことであった。ということは、僧院の把握力が弱いか、あるいは僧院としては村のことなどは放置してあり、年貢と十分の一税と人頭税がとれればそれで足りるとしているかの、どちらかでなければならなかった。

またある日、僧院からもっとも遠く離れた村へ行くと、そこはすでに盆地をとりまく山にかかっていて、傾斜地に麦が植えてあったのであるが、そこで働いていた連中が、これはもうヨナも見たことのない異様な恰好をしていた。上から下まで真黒な粗衣を着て、その上に、頭からこれも真黒な頭巾をかぶり、あたかも麦畑に、枝葉を削ぎ落した真黒な樹々が立っているかの感があった。

それは実に、異様と言うよりも、不気味な光景であって、しかも、手前に窪地があったためにヨナがほんのしばらくその傾斜地の上方の黒い者どもを見失っているあいだに、影も形もなく掻き消えてしまったのである。

その後に、村人たちに、あの黒い亡霊のような連中は何なのだ、と訊ねてみたが、ある者は、あんたの目の錯覚だろうと言い、またある者には、お前さんの知ったことではない、と素気なくつっぱねられてしまった。

しかしヨナは自分の目を疑うことは出来なかった。

何かわからぬもの、あるいはことが、これらの村々に在ることだけは疑えなかった。

村々の配置についての心得が大体のところ出来て来た頃に、ある村からある村へ行くについて、道を辿ってではなく、やや深い森をつっ切り、近道をして行こうとして森のなかに粗末な小屋を見付けた。

それは雨を避けるという程度のものであったが、なかをのぞいてみてヨナはまた驚かされた。小屋のなかには、細長い一本の大理石が置いてあり、石細工の諸道具にまで、いまのいままで石工の仕事をしていたことがまざまざと見てとれたのである。仕事をしていた男か女かが、森のなかを踏みわけて来るヨナの跫音を聞きつけて、どこかへさっと隠れたものであろうと思われた。

スカートをはいた人形のような石の、その顔の目鼻口などのかわりに十字を彫り込んだ、奇妙な十字架像もが転がっていた。

しかも小屋の梁からは、例の黒く長い、衣類とも言えぬ粗布がぶら下っていた。

盆地を囲む山から、質のいい大理石が出るということは、ヨナも聞いてはいた。けれども、何もこんな森のなかで細工をすることはないであろう。細長い大理石の一端は、唐草模様を彫り出している最中であった。そうして不思議なことに、石切りの道具の傍に指輪が一つ置いてあり、Bという文字が刻み込んであった。それは町方のものであり、このあたりの女どもは指輪どころではなかったのである。

女が森のなかで暮して大理石を刻んでいるのか、それも黒い長衣をまとって……？

ヨナはあたりを捜したりはしないことにした。衣食が足りているときには、積極的に何かをするよりも、しないことに重点をおいた方が安全であることくらいは、流浪者の常識であった。近頃新たに手に入れた腰の短剣に手をあててヨナは森を抜けた。

それにしても、ここらには黒い樹々のような、特別な流浪者の群れがいるらしいことは、もはや確実であった。

村まわりを続けていた、また別の日、遠くまで足をのばし過ぎ、また村人との雑談に時をとられすぎ、正門の閉まる時刻に遅れてしまったことがあった。あたりはすでに暗くなっていたが、ヨナは石工たちの出入りするところならば誰かがあけてくれるであろうとたかをくっていた。

僧院の輪郭が夜空に茫と浮び上っているのが見え出した頃に、どう見ても女と思われる村人が二人、二人ともが小脇に籠を抱えて、ヨナのはるか先を歩いている。すでに村を離れて、そこから先は僧院があるだけなのである。

——どこへ行くのか……?

——こんな夜なかに僧院へ行くのか……?

日が落ちて数時間もすれば、すでに深夜であった。

前の方を行く二人連れの女を、目を凝らして見詰めながらも、ヨナはあの黒い樹木のような連中は一体何者なのか、とそればかりを考えていた。いままでのところでは、〝旧約聖書などは悪魔の本だ〟とか、〝ペルフェクティ〟という何のことかわからぬもの、だから日曜も祭日も気が向けば働くのだ、ということくらいしか解く鍵はなかったが、しかしこれとてもあの黒い樹木どもと結びつくものかどうかは、皆目見当がついていなかった。

まさか女房の月経の血を呑まされた莫迦男などは、関係があるまい……?

女たちの背中に目を凝らしながら歩いていて、ヨナはあっと声を出しそうになった。

おそらく、あの黒い樹木どもがいたところには、きっと洞窟があるのだ、と気付いたのである。そこへ、余所者が近付いて来たときに、さっと消えてしまうのだ、と。

ところで、前方を行く女二人である。あまり近付いて気付かれては困るのであったが、これはもはや僧院へ行くものと考えて間違いがなかった。女たちの用件はわかり切っている。僧院は言うまでもなく女色禁制の場所であったが、そんなことが守られている僧院があったとしたらお目に掛かりたいくらいのものであった。大きな都市などには、司教の経営する女郎屋まであったものである。僧院のなかでも、なかには昼日中から自然に怒張した一物を扱いかねて、僧服の前を小山にして歩いている莫迦僧もいたのである。

そういえば、あの学僧のセギリウスもトレドで、文書館の同僚に誘われて女郎屋へ行き、帰って来てさめざめと泣いていたことがあった。女郎屋へ行って来たとは言いもしなかったのであるが、そのくらいのことを見抜けぬヨナではなかった。

――何を泣くことがある、勿体ないことをするものだ。

とヨナは思っていた。

しかしそういうくさぐさは別として、問題は女たちがどこから出入りをし、どこで仕事をするか、であった。

ヨナは跫音をおさえながら少しずつ女たちに近づいて行った。夜の闇は次第に濃くなっていた。僧院の壁に沿って大きな糸杉が並木をなしている部分があった。石工たちの出入りする通用門の左側あたりからその糸杉の並木がはじまっていた。女たちは通用門から入ったりは勿論しないで、しかし奇妙なことに、通用門の前でくるりと左に折れて糸杉の列の内側に入ったかと思うと、途端に姿が消えてしまったのである。

——やっぱり消えたか！

と呟いて、ヨナはあたりを調べにかかった。

石工の仕事小屋が近かったせいもあり、糸杉と壁のあいだには、いろいろな形の、まだ鑿《のみ》を入れてない原石がごろごろと置いてあった。この僧院への到着初夜の事件以来、動く石、あるいは動かせる石のことが念頭を離れたことがなかった。石は闇に白く浮き出て見えはするものの、どれがあの女二人の力で動かせるか、そこまでの判断はつかなかった。

しかし問題は、まず第一には石なのではなくて、壁なのである。この壁を石あるいは何かを踏み台にして越えるか、それとも土台の下から潜って出るか、そのどちらかでなければならない。壁はヨナの背丈の倍は充分にあり、これを乗り越えることは、梯子を用意しない限り不可能であった。とすれば、後に残るものは、穴を見つけることだけである。

女一人が出入り出来る穴に蓋をするとなれば、その石は平たくかつあまり重いものであってはならないであろう。学僧セギリウスは、アリストテレスという人は論理学者とかというものであると言っていたが、論理学とは何のことか見当もつかないにしても、物事は順序だてて考えなければならないものであるらしかった。ヨナは四つん這いになり、両手で動かせる程度の、なるべく平たい石をさがしはじめた。

それは、しかし、呆れるほどに簡単であった。たとえ石材が何十というほどに多く置いてあって、どれを動かしたらよいか見当もつかなかったにしても、論理的に詰めて考えれば、謎を解くための鍵はおのずと用意されて来るのである。夜の暗さがかえって有利に働いたのでもあったであろう。昼日中であれば、何十という石材がかえって目を眩ませたかもしれず、第一日中にはそんなところから潜り込んだりする必要がない。

壁にたてかけてあったヨナの背丈ほどある石材と、もう一つの、割れ目があって使用不能なのかと思われるやや小さ目の石とのあいだに、ほぼ正方形と見える平たい石があり、壁と直角になる部分には、手を入れるだけの欠けた部分まであり、簡単にひき起すことが出来た。穴のなかはU字形のトンネル状になっていて身を曲げて天井になっている部分の石を押すと、これも難なく動いた。

何のことだ、これだけのことか、とは思うものの、実はそれだけではなかった。難なく僧院の内側へ潜り込めたことはたしかであったが、出て来た場所が場所であった。黄楊《つげ》の樹の植え込みで作られた迷路の、その真只中へ放り出されたのであった。女たちはこの迷路の辿り方を知っていたのである。

この人工の藪による迷路は、それを上から俯瞰するか、それともあらかじめ図によって研究をするかでなければ、常人には到底抜け出ることの出来ないものであった。ましてや、その只中へ放り込まれたものにとっては、右すべきか左すべきか、曲がるべきか曲がらざるべきか、第一に判断のための材料がない。またもう一度、ましてや闇夜である。

こういう石壁のなかの通路や抜け穴、迷路の設計などは、大旨アラビア人技術者たちの、ヨーロッパへの遺産であった。

歩くにつれて、黄楊の樹を好む蝸牛《エスカルゴ》を踏みつけることになり、気持のわるい音が足許でしはじめた。

ヨナはあっさりと諦めることにした。黄楊は硬い木であり、枝は実にこまかく生い茂っていて、短剣で切って穴をあけたりは思いもよらない。それに、迷路は、それが迷路であるが故にこそ迷路なのである。それを強いて、あるいは努力をして抜け出そうなどとは、傲慢なことであろう。あっさり諦めて、この迷路のほぼ中央かと思われる、曲り角のある場所の砂地に横になった。

――穴の次に迷路が用意してあるとは、御丁寧に手の込んだことがしてあるものだ。と呟いてみてもどう仕様もなかった。やがてあの女どもがもう一度やって来るに違いないのである。そのときには……。

しかし考えてみれば、この穴と迷路はあの女どもの通い路だけに用意されてある筈がなかった。ここを通って、何かの密使でもが出入りしているであろうことも考えられるのである。

夜空を見上げると、いつのまにか金星《ヴィーナス》が赤金の色に輝いていた。

それで納得が行ったのである。金星は恋の星であった。金星の支配下で生れた者は、恋と夫婦運に恵まれることになっている。修道僧たちの女色の日であったのである。それは、艶やかなものを思わせるよりも、へんに生ま生ましくて胸糞のわるい思いをさせた。ヨナはだからといって僧たちを咎めようとは露思わなかった。けれども建前と実情のあまりな違いは、人にある苦い思いを味わわせる。しかし何のことはない、金星の輝く夜に、この迷路の入口あたりで待ち伏せていれば、おそらく只で女にありつけるであろう。

――呪われろ！

などと思っているうちに、眠ってしまった。砂地は背に、むしろ軟かでさえあった。

……ヨナは長くつづく夢を見ていた。夢のなかで、風景と登場して来る人物たちが、次から次へと変って行った。すでに長の歳月を路上で過したヨナとしては、その風景、場所が果してどこであるかを特定することが出来ず、夢のなかで自ら、ここはどこだったか、この運河は、この山は、この通りの名はなどと、もどかしがりながら考えていた。出て来る人物についても、つい近頃までの主人であったセギリウスや、ブルターニュの海岸からパリまでの女の名などはともかくとして、すべては川の流れのように流れて行っているのである。何物も何者も、とどまりはしない。ヨナ自身もまた川の流れ、あるいは流れる川の一部分であり、都市も運河も、森林、平原、渓谷も、そこここで知り合った人物たち、貴族や騎士、高位の僧や乞食、泥棒、人殺し、遊芸人などまでが、すべて一緒に流れて行っているのである。王、貴族、騎士たち、法王、枢機卿、大司教、司教たちなどと、堅固な、近頃方々の市《いち》の立つ大都市に建てられはじめた、天空に手を差し伸べているかのような高い塔をもつ教会や大城塞のように、立体的に層々としているこの世の中の仕組みが、ヨナの夢のなかでは、層をなしているどころか、何もかもが一緒くたに、塵芥のように流れている。あるいは路を歩いている。路上を彷徨して歩いている。その川、あるいは路のある曲り角では、流れは渦をなして泡立ち、そこで土も貴族も法王も大司教もが流れから姿を没してしまう。……法王や貴族や司教などだけが、もし救われるものとすれば、この千年のあいだだけでも天国は大混雑であろう。……しかし杖程度の枝につかまっていたヨナは難なく切り抜けて行く……。それにしても王や司教などは、ぱりぱりと音をたてて流れて行くものか……誰かが蝸牛《エスカルゴ》を踏みつけている……。

迷路に閉じ込められたからこんな妙な夢を見るのかな、と夢のなかで考えていた。

そういう、夢のなかでその夢をもう一つ腑分けするという、二重の異様な夢を見ていたとき、突然誰かがヨナの足と肩をどすんと踏んづけた。

実のところを言えば、ヨナはこれを待っていたのである。あの女どもが戻って来たら、二人ともを並べて順にやっつけてやろうと思っていた。けれどもその踏みつけ様は尋常ではなく、足は挫け、肩が抜けたかとさえ思われた。乞食業をして歩いていた頃に痛めた膝をいやというほどに踏みつけられた。目を覚して見上げると、そこに満天の星辰を背景にして雲つくばかりの大男が立っていた。男は僧服ではなく、騎士の恰好をしていた。肩に小型の長持のようなものを担いでいた。

その大男が、声を抑えて、くッ、くッ、くッと笑っている。

「お前は何者だ、こんなところで何をしておるか?」

その言葉は、ヨナにとって、離れて久しい、されば懐しいロンバルディアのアクセントをもったプロヴァンス語であった。

「わたしの名は、路上のヨナ《ヨナ・デ・ロッタ》と申しまして、法王さまのお使いのセギリウス様の従者でございます」

別に寝呆けていたつもりはなかったのだが、すらすらとそういう科白《せりふ》が口をついて出てしまったのである。

「なに、お前があのセギリウスの従者であったか？　おお、お前は街道の有名人だ」

気持がわるい、有名人もあったものではない。

「旦那はセギリウス様を御存知でしたかい？」

ヨナの問いに対して、大男は何も答えてくれなかった。

「それにしてもこんなところで何をしている？」

ここが迷路の只中であって出るに出かねていることは見えすいたことではないか、と思うが、仕方はない。それからもう一つには、二人の女ではなくて大男があらわれたことについての口惜しさも手伝い、村から女の後をつけて来たことなど一切合財をぶちまけてやった。大男は、これに対してもくッくッくッと、これも声を抑えて笑うだけであった。

「立て！」

「どうか肩を踏んでおいでの足をどけて下さい」

「ああそうか。立て、それからこれを持て。お前のことはトレドとサラゴーサでくわしく聞いておる。これからはわしの従者になるのだ」

「いや、わたしはいまはこの僧院の……」

と説明をしようとしたが、

「そんなことはどうでもよろしい」

と中途で絶ち切られてしまった。四の五の言うな、という次第である。肩から小型の長持のようなものをおろしてヨナに持たせた。長持はどすんと重かった。騎士であるからには、鎖鎧くらいはなかにあるのであろう。

そのとき植え込みの迷路の外から声をかけた者があった。

「そこにおいでの方は、コンコルディアの大秘書官《プロトノタリオ》ですか？」

「然り、案内《あない》を乞う。迷路の出方を覚えておるとは限らぬ。従者も一緒だ」

植え込みの外から声をかけて来たのは、何のことはない、キラムその人であった。

「承知しました」

と言ってキラムがあらわれるまでには、二分もかからなかった。

「従者とは……、お前、ヨナではないか」

「たったいま従者にしたのだ」

「はあ……」

今度は、コンコルディアの大秘書官、と呼ばれた騎士が声に出して笑い出した。何にしても陽気なロンバルディア人である。プロトノタリオとは、法王の秘書官の謂いである。二人がヨナに先立って迷路を廻り、僧院の庭に出た。案内を知ってみれば、迷路を抜けることも容易なのであった。

「途中つれていた従者が不始末をしたので撲ったところ、逃げ出した。何を仕出かすかわからぬので、夜をついて独りで来た。馬は外の糸杉につないでおいた。朝になったら入れておいてほしい」

「はい、サラゴーサから先刻通知がありましたので、プーチ師も、夜間に到着されるかもしれぬとて御心配のようでした。それから馬はいますぐ手配を致します。何分よからぬ者どもがあそこから出入りしているようですから」

そういう会話が前の方から聞えていた。そうして、よからぬ者云々のところでキラムが後ろを向いてヨナを睨んだ。

僧院に近付いて来てヨナの驚いたことに、この大秘書官は、キラムとともにヨナの小屋に入り、そこから壁の石を除《の》け、秘密の通路をのぼって副院長プーチ師の部屋へ向うのであった。これもまた法王の密使なのであろうと思われた。正式の使節であれば、もっと大人数のお付きがついている筈である。

そうしてもう一度驚かされたのは、大秘書官がヨナに、

「お前も来い、これを持ってついて来るのだ」

と言ったことであった。


小柄なプーチ師は、卓子に向ってうずくまるように腰をおろしていた。この前のように蠟燭ではなく、二つの灯明が卓上と師の顔を照らしていた。師が立ち上って、

「閣下 Reverendissima Excellentia」

と騎士に呼びかけたときには、ヨナは驚いた。それはほとんど最高の敬称というものであろう、と思われたからである。

「ローマにおいでてさえあれば、法王の私室においでの筈なのに、御使命により騎士としての

御苦労、忝《かたじけ》なく存じます」

「いやいや、こういう役目の方が私は好きなのです。ローマは陰気くさくて……」

ヨナのまるい目は、ますますまるくなって行った。

師と騎士との挨拶が終ると、会話はすぐに本題らしいものに入って行った。

「それで、問題の文書を入手されましたか？」

「左様、向うもなかなかに頑強でしたが、法王庁の権威を持ち出し、やっとのことで入手しました」

騎士はヨナに持たせてあった小型長持の鍵をあけ、十数枚の羊皮紙をとり出した。そうして灯明の火に照らして朗読をはじめた。そこまでの会話はプロヴァンス語であったが、朗読はラテン語であった。何の説明もなかったが、ヨナは文書が故セギリウスの草稿であると本能的に知った。

朗読は、はじめの一枚だけで、プーチ師がとめさせた。それは内容の項目別の標題であるらしかった。そうしてその後の問答がまたプロヴァンス語に戻ったので、ヨナにもセギリウスが何を言おうとしていたのか、大旨のところを解することが出来た。そうしてヨナは自分が深くセギリウスを愛していたことを知った。ヨナの理解した大旨のところは、次のようなものであった。
一、あらゆる人間の魂にあって、神に対する信仰は同じものであること。その表明の仕方が異なるのみであること。
二、教会が、その固定した教義《ドグマ》を、それに背く者に厳罰の脅しをもって上から課するのは誤りであること。
三、教会が、聖書の自由な講読を禁止するのは誤りであること。木版の技術の普及にもっと努めるべきこと。
四、教会が、迷信を信者に強制することは誤りであること。地獄の脅しによって人々を恐れさせるべからざること。
五、ヨハネの預言を、教会の利益を正当化するために勝手に解釈すべきではなく、またこの預言書を聖書からはずし、附属書とすべきこと。
六、教会が占星術を用いるのは誤りであること。占星術は迷信の一部に属するものであること。それは人間の尊厳に背くものであること。
七、されば改革さるべきは教会自体であるべきこと。教会が教会自体についてのみ心を占め

られ、ただ存続のための政治のみに心を奪われ、他世界を無視し、あるいは敵視するのは
誤りであること。

等々……。

いちいち覚えていることなどは不可能であったが、それは相当以上に過激な提言であった。

ヨナは師と騎士の会話を耳を澄ませて聞いていた。とりわけて、その項目表に《笑い》という項が出て来たところの会話は、ヨナの胸を掻きむしった。

騎士「この項目表によりますと、たとえ聖書に《キリストが笑った》とするところが見当らなかったとしても、イエスが人間であったとすれば、笑いは人間の尊厳を傷つけるものではあるべからざること、とありまして、これは項目表だけで、原稿はそこまで書き切れてはおりませぬ。死がそれを妨げたのでありましょう」

セギリウスのことが哀れでならず、ヨナの目に涙が浮んで来た。

師「それで、アリストテレスの喜劇論はあったのですか？」

騎士「これだけは、トレドの偽学者どもや翻訳に従事しているユダヤ人やアラビア人どもも、言を左右にして、あるともないとも、否定も肯定もしませぬ。詩学が現存していることがわか

っている以上、そのなかに悲劇論と喜劇論があることは当然であり、……」

師「もしその喜劇論がありましたとしたら……」

騎士「これを用いて人間としてのキリストの復権を、おそらくセギリウスは考えたものでありましたろう。その上で、人間の笑いというものを、キリスト教のなかに大きく復権せしめえたとしたら、と、おそらく目論んだものでありましたろう」

師も騎士もそこで沈黙してしまった。僧院全体の深い沈黙のなかに解け込んでしまったかのようであった。いつの間にかキラムが師の背後にまわって来ていて、立ったままで何かを筆記していた。

ヨナもまた暗闇のなかに沈んでいたが、これらの問答を通して、少くともこの騎士がセギリウスの敵でないことだけは確認出来た。沈黙はなおもつづいていた。ヨナは、思い立って一言だけを言ってみた。

「セギリウス様の死の前の一言は、Ô Comedia de Aristoteles というものでございました」

と。

沈黙は一層深くなり、その深間《ふかま》のなかで、両の石壁が音をたてて崩れて来るのではないかとさえ思われた。その死を目の前にしての一言でさえも、その喜劇論なるものがあったともなかったとも、セギリウス自身がそれを目にしたとも目にも出来なかったとも、何物をも啓示するものではなかったからである。

無言で騎士が十数枚の羊皮紙を整理し直して、師に呈出した。

「あなたのお帰りのときまで、ここに保存を致します」

と言って師が受け取り、文書棚の文箱に収め鍵をかけた。師はふたたび卓子に戻り、暗闇にかくれているヨナを見据えて、

「ヨナ、村々を見て来たか？」

と訊ねた。

騎士と同席の場でそんなことを聞かれようとは思ってもいなかったので、ヨナは一瞬狼狽した。が、これもまた騎士同席の上での一種の試問なのだろうと思い、気をとり直した。

「はい……」

「見聞の一端を語れ」

「はい……」

と二度答えて、ヨナは僧院領の地にあった楓の大木を僧院が切らせてしまったことを、村人たちがひどく怒っていることを語った。

「あの楓は、何でも五百年もの大木だったとかで、村人たちの記憶にもない頃から崇敬されていまして、寄合いもその下で、また婚約をした若者たちの逢引きもそこでされたとかということでした。またあの楓の木もとうにキリスト教徒になっていて、その証拠に幼いキリストを抱いたマリア像が木の幹に彫ってあったということでありました。村人たちは、真底から腹を立てているようでした」

「村人たちが如何に怒っても、院長の命令は絶対なのだ」

「左様で」

「あの木に彫られていた聖母像は、誰からも祝聖を受けておらぬ」

「それでも村人たちが……」

「村人たちは司教でも助祭でもない」

「左様で……」

これはまさにセギリウスが書いていたという第一項目と第二項目、及び第七項目にぴったりではないか、と思うものの、ヨナは黙っていることにした。そんなことを言うのは彼の仕事ではなかった。キリスト教が如何にその教義《ドグマ》を普遍的なものであるとしようとしても、古い古い地霊までを取りおさえることは不可能であった。地霊はどこまでも教義に抵抗し、こちらを叩けばあちらに、と、地の中から楓の木のようにどこからでも生えて出て来るものであった。

「僧院がお切りになりました楓のあとに、新しい苗木の楓が植えてありますが……」

「それはそれでよい……」

とプーチ師がいくらか口許をゆるめて言ったとき、騎士がひそかに笑ったようであった。この副院長はなかなかの世間知りだ、とヨナが考えていると、きびしい声で今度はプーチ師の方から質問が飛んで来た。

「村で、黒い茸を見なかったか？」

黒い茸……。そんなものは知らなかった。

「存知ませんな。黒い茸なんかは毒茸にきまってまさ。たとえ見付けても手も出しませんわい」

「莫迦……。そんなことを言っているのではない」

「では何のことで……？」

と答えながら、ヨナははっとして気付いた。黒い茸とは、あの黒衣の、黒い樹木のような連中のことであろう、と。しかし彼等を見掛けたことはたしかであるが、彼等と話をしたわけではない。言葉もかわさなかった者とは、出会ったことにはならない。

「黒衣の異端どものことだ」

「はあ……」

やばいことは黙っているに限る、というのが路上の人の信条でなければならない。ましてや、またまたこの騎士に従ってどこへ行くのか、とにかくどこかへ、この僧院を出て行かなければならないらしいのだ。黙っているに限る……。

「黒茸などは存知ません」

見たことと、知っていることとは別のことだ。おれは知ってはいない。

「知っているか、と聞いているのではない、見たか、と聞いているのだ」

これは一種の異端審問《インキジション》か、とふと思い、背筋が寒くなった。そのときに、騎士が助《す》け手を出してくれた。

「師よ、哲学問答は無理でしょうが……」

と。

「いや、こいつは見たことの十倍は知っている。その時でないと思っておるだけなのです」

プーチ師は、その時、ということばを強調した。

「黒茸は存知ません」

少くとも茸は見ていない。それにいまは春だ。

「よろしい。ではその他の村での見聞を話せ」

「はい、背中と胸に黄色い十字をつけた連中が少々いまして、これでは人前にも出られぬと歎いておりました」

「左様、ろくでもないことを言ったりしたりして、教会から放逐（破門）された強情者どもだ」

放逐された者を見るのは、ヨナにとってもそう珍しいことではなかった。しかしその不都合さは、破門された当人になってみなければわからないことに属していた。第一に村の教会にも行けない、従って村の話し合いからは除外され、村の外へも行けない。死んでも墓地にも埋めてもらえない。彼の作った作物は不浄のものと見做される。ろくなことがなかったのだ。しかし近頃では、特に都市にこの黄色い十字のしるしをつけた者が目立ち、たまには領主、貴族や大商人でさえそれをつけているものがいた。それをつけて威張りくさっている者をさえ、北イタリアでもリヨンのあたりでも見たことがあった。

「それから……」

とプーチ師が催促をした。

「色付きのものと申しますと、口を真赤にして家から飛び出して来た奴がいました」

「何と申すか……」

そこでヨナが、浮気をして女房の月経の血を呑まされた男の話をはじめると、騎士ははじけたように爆笑をし、その笑い声は石壁と天井の、見事な桁と木組みに反響をして部屋の周辺の闇にひびきわたった。副院長は顔をかくすように手を額にかざして、苦笑いをしていた。

「僧院内について何かあるか？」

「はい、この僧院には星占いの名人がおいでのようでございます」

「星占いと言うのか？　ここでは占星術は禁じられているのだ」

「左様でございますか。それでも今夜は金星の日で、男にとっても女にとってもおめでたい夜のようでございます」

プーチ師は額にかざした手を引っこめ、振り向いて窓の外の夜の闇を見すかすかのような身振りをしてみせたが、途中で思いとどまり、何と受け答えたらよいものかと考えているらしかった。すべては承知の上なのだ、と察せられた。再禁止や懲罰にも、そのための、時、というものがある筈である。

騎士が口をはさんだ。

「師よ、私は腹が減っておりますので、ここらでお許しをえたいと存じます」

「察しておりました。調理人を一人起してある筈ですから、ヨナに案内させます」

プーチ師が扉を指さした。穴から戻らなくてよいとの指示であった。

食堂へ下りて行くと、灯明に照らされて一人分の夜食が用意してあった。

「ヨナ、お前のはないらしいから、そこらから何かを調達して来い」

食堂裏の、食器を洗う水屋はきれいに洗われ掃除もしてあったが、何とはない生臭い臭いが鼻についた。

――ははあ。

と思わざるをえなかった。そうして星の光に照らされている石の床に、腸詰めが一本落ちていた。これも、ははあ、と思わざるをえない。おそらくあの女たちが報酬にもらったものを一本忘れたか落して行ったのだ。そのために二人とも籠をもって来ていたのである。

昼間の光で見る騎士は、堂々たる偉丈夫であった。赤褐色の短い顎鬚を生やし、眼は緑色で青い胴衣をまとい、騎馬用の長靴をはいて腰に剣を帯びていた。

「旦那さまは何というお名ですか、何とお呼びしたらよろしいでしょうか？」

「ああ、それをまだ言ってなかったな。アントン・マリア・デ・コンコルディア。伯爵《コミティ》と呼んでもいいが、メセーレ・アントンでよい」

「コンコルディアには行ったことがありませぬが、ロンバルディアの東、エミリア地方のポー川の流れをうけた大平野にあり、高い塔のある城があると聞いています。あなた様はそこの……」

「城主の三男だ。ドイツ皇帝フリードリッヒ二世の代表として法王庁に居る」

気さくに何でも答えてくれる、快活な貴族であった。歳の頃は三十二、三歳であろう。

北イタリアの城主の三男が、ドイツの皇帝を代表して法王庁に居る、などという話は、まったく珍奇どころか、むしろ奇怪というべきほどのことであり、今日はローマと結んでフランスに対し、明日はドイツと結んでローマに抗し、昨日はフランスと結んでローマに抗したといった、目まぐるしいばかりの北イタリアの政情に通じたものでなければ理解出来るものではなかった。

「それでセギリウス様とは以前からお知り合いでしたか？」

「きわめて仲がよかった。歳の頃も同じだったしな。もっとも考えは違っていたが……。それにしてもあんなに頭の鋭い男は、法王庁にも多くはいなかった。自分から志願をしてトレドへ調べ事をしに行ったのだ。わたしもそうであったが、幼少の頃にマラリアを患っていたので、いつも病弱であった。だから、子供らしいことは一切せずに育てられ、十歳のときにはもうギリシア語が読めたそうだ」

溢れたモーゼル川が方々に沼沢地帯をつくって引いていったとき、のこされた沼沢はマラリア蚊の巣になった。同じことがポー川沿岸のロンバルディアやエミリア地方についても言えたのである。

「お前はセギリウスが好きであったか？」

「はい、お世話の仕甲斐のある方でしたが、欠点はあまりお話をなさらないことでした」

「そうか、何分お前はお喋りだからな。しかし、お前にも何も話していないのか。それは、しかし仕方がない」

「セギリウス様のことをお調べですか？」

「左様、お前は彼の死に立ち会っている。死に様はどうであったか？」

「これはわたしだけの推量ですが、毒殺であったと思います。黒い血を吐いてお亡くなりでした」

「やはりそうか。トレドでも検察関係以外の者は、もっぱらそういう噂をしていた」

「それと、アリストテレスとかというものの、ラ・コメディアというものとは、何か関係があるんですかい？」

「それがわからぬ。謎だ。例によって、トレドはまだまだ秘密をかくしている。それからトレドでは、教会内に埋葬するについても、議論があったようだ。知っていたか？」

「はあ……。あなた様はセギリウス様のことをお調べになってどうなさるおつもりですか。もう亡くなられてしまいましたのに？」

「ローマには、死後放逐（破門）権というものもあるのだ」

桑原桑原、というものであった。

「死んでしまっても放逐ですかい？　教会が天国まで支配しておいでということになりますと、神様はどこをおさめておいでですかい？」

意地のわるいことをするものであった。それではセギリウスの魂は、天国から地獄へと真逆さまである。

「神と教会は一体である、ということになっておる」

「ところで旦那様、もう一つ伺ってもよろしいですか？」

「何でも……」

「お連れになっていた前の従者はどうなさったのですか？」

「おれが始末をした。セギリウスの書きのこした文書を盗もうとしたのだ」

思わずヨナは騎士の腰の剣を見た。

騎士も密偵《スピア》ならば、その従者も別系統のそれであり、ある意味ではセギリウスもまたそうなのかもしれなかった。二重三重である。

「馬のお世話をして参ります」

と言いのこしてヨナは走り去った。

背後で、法王付大秘書官《プロトノタリオ》兼ドイツ皇帝代表、伯爵アントン・マリア・デ・コンコルディアが、高らかに笑っていた。

第五章　ピレネーの洞窟

「メセーレ・アントン……」

　と下からヨナが声をかけた。

「何だ？」

　と馬上の伯爵が気さくに応じてくれた。

「旦那はどうして、槍をもっておいでではないのですかい？」

「槍は必要ではない。おれは和親・平和の使者《ミッシヨネ・デ・コンコルデイア》だ」

「では、やっぱり密偵《スピア》ですかい？」

「人聞きの悪いことを言うな、お前は口が悪い」

「でもセギリウス様は、自分は法王庁の密使《ミッシヨネ・コンフイデンツイアレ》だと言っておいででしたが、トレドではみなが法王庁の密偵《スピア》だと言っていました。おかげでわたしもいじめられました」

「ああそうだったのか。それは気の毒をしたな。しかし密偵《スピア》が多いこともたしかだ」

「それがみなあの穴から迷路を通って出入りするのですかい、何でそんなに多いので？」

「法王は自分の軍隊を持たない。教義の権威があるだけだ。だからその教義に障《さわ》るものを常に監視していなければならないし、ローマに攻め込もうとしたり、法王領に手を出す奴を防ぐためには、つねにどこかと同盟していなければならないからだ」

独り歩きをしていて、ヨナのような者にも何でも気軽に話をしてくれる伯爵などというものも、そこらここらにいるものではなかった。

「もう一つお聞きしてよろしいですかい？」

「何でも……」

「このあいだはいったい何があったんですかい、お坊さんが二人も三人も薬房へ、引っ掻き傷やら打ち傷やらでやって来て、なかには片目を潰しかけの人までが来ましたが……」

「ああ、あれか。僧院では定期的に教義の論議をすることになっている。そこで論争があり、しまいにはつかみ合いの喧嘩になったのだ。そして一人が机の角で眼を打ったのだ。何分ラテン語のよく出来ない僧が多いから」

「どういう論議ですかい、わたしにわかりますかしらん」

「いや、わかる必要もあるまい。一つは、天使は女か男か、という論議で、もう一つは三段論法《シロジスム》についてのものであった」

「へえ、天使は男か女か……、どっちでもいいことじゃないんですかい。彫刻や絵ではみな男のようですがな。三段論法のことは、わたしも少しは聞いて……」

「はっはっは、サラゴーサの宮廷でそれをやらかしたんだろう、お前は」

「聞いておいででしたか？」

「……マリア、マリア、漁師女のマグダレナのマリア、アヴェ・マリア、アヴェ・マリア！ラザロの姉のマリア、聖処女のマリアもマリアなら、漁師女のマリアもマリア、さればマグダレナのマリアと聖処女マリアとは同一人なり。アヴェ・マリア！　はっはっは」

馬上の騎士は如何にも愉快そうに、腹をつき出して哄笑していた。

「けれども、そんなくらいのことで、どうしてつかみ合いの喧嘩になるんですかい？」

「僧たちは平素、沈黙を強いられている。だから一旦、公開論議となると、内にこもっていたものが爆発する。それに、世間のことは噂でしか知らないのだから、僧院や教会のなかが世界の全部だと思っている。そうしてその世界だけが正しいと思っておる。わかるか？」

騎士は覚めた眼と頭をもっている、と言うべきであったろう。

「はい……」

この話はこれで打ち切ることにした。何故かと言えば、この先をもっと追って行くとすると、再び伯爵の使命《ミッショネ》に触れることになるであろう。何にしても人は物事を問い詰めてはならない、というのがヨナの人生訓であった。

伯爵は僧院に十日ほど滞在し、それから一応南下して地中海岸のタラゴーナの大司教に敬意を表して、それから海岸沿いに北上して行く予定になっていた。たとえ密使であるとしても、トレドの大司教に敬意を表したのに、同じことをタラゴーナの大司教にしないでこの地を去るわけには行かなかったからである。ヨナとしては、ミレトの僧院に未練はなかった。もともとそれほどに長くいるつもりもなかったのである。未練があるといえば、薬草のことをもう少し知りたかったくらいのものである。石壁のなかを大ネズミがごそごそと這いまわったり、穴から迷路へ突き出されたりはもう沢山であった。

ところが、盆地を囲む高い、遠くから見ると妙に紫色に見える鉱物質の山を越え、おだやかな地中海の紺碧を眺めながら平野へ下りて来ると、様子がいささか不穏であった。ある村では、教会の鐘を鳴らすのではなく、棒で叩いていた。オレンジ、桃、梨などの果樹や水稲で如何にも豊かそうに見える村々で、人々は水車小屋などに集って、ひそひそ話をかわしている。

言うまでもなく、ヨナはすぐに聞きに行った。

対岸のアフリカエからベルベル族の海賊がタラゴーナを襲った、というのである。もう引き揚げたらしいが、タラゴーナは散々に荒され、多くの人死にが出たという。このあたりはアラブ・イスラム教徒を追い出してから、一世紀とほんの少ししか経っていなかった。イスラム教徒たちはこの国の南西部で、まだまだ盛大な王朝振りを誇っていた。

「ヨナ、お前は武器が使えるか?」

「短剣でしたら、少しは」

「短剣は最後の武器だ。どこかで何かを手に入れろ……」

「はい……」

とは答えたものの、いざとなったら逃げ出すつもりであった。そうして騎士が生きていたら、またひょっこりと姿をあらわす……。

タラゴーナに近付くにつれて、教会の早鐘の音は聞えなくなって行った。

農家を見付け次第たずねて行って、とうとう鉞《まさかり》つきの槍を一丁買い求めた。代金はもとより騎士が払った。農民は本来武装を禁止されていたが、一度戦場になったことのある地方には、いくらでも武器がかくしてあった。

「どうだ、いくらか騎士付きの従者のような気がして来たか?」

「いえいえ、こんな先の重たいものを担いだのでは、身が反《そ》っくりかえってしまいますわい」

傭兵どもが反っくりかえって歩いているのは、ひょっとすると槍が重いのであって、威張っているのではないかもしれない。何事も実際に当ってみないとわからない。

海岸の低い丘の上にあるタラゴーナの、城壁に囲まれた町は、ローマ帝国の遺趾と、その神殿跡を利用した大教会と、狭い石畳の通りに、アラビア風の小さい窓をもつ石の建物との入りまじった、すべてが石、石で、巨石だらけの異様に抽象的な町であった。その巨石に比べて、そこらをちょこまかする人間どもは、何か情けないものに思われた。

大司教の居館も、壁はローマ時代のモザイクで飾られ、それもメデューサ神であるとか、チンポコ放り出しの収穫神だの、立ったままの男女媾合図などでいやに色っぽく、床にはありとある魚類のモザイク図などがあり、きわめて異教的な雰囲気であった。

騎士とヨナは二重跨橋になっているローマ時代の水道橋に沿い、その高架水道から洩れて来る水を浴びながら内陸側の城門から入り、直接大司教館へ行ったので気付かなかったのであったが、ヨナが鉞槍を大司教館の門衛にあずけて町へ出てみると、海賊どもの急襲が容易なことでなかったことに気付かされた。三日前のことであった。

海側の城門のあたりは流された血がかわいて黒くこびりつき、ついに追い出された海賊たちが戦った海沿いの円形劇場には、海賊たちの死骸が十いくつも、強烈な日射しの下にうち捨ててあった。死骸も、それをのせている巨石同様に、人が始末をしない限り動くものではなかった。

海賊たちは、

――アッラー！　イッラー！　アッラー！

と口々に叫んでまだ暗い海から上って来、内通する者があって城門が開かれたところで大混乱になり、いろいろな物や人に被害があったが、結局のところ大損害は、ローマへ行く大枚の塩税が姿を消していたことにあったという話であった。ここからさらに南方の、エブロ川の河口附近の沼沢地に、大きな塩田を所領として持っていたものであった。

この塩税の奪取、あるいは紛失が本当の話か、それともどさくさまぎれに企まれた陰謀であるかを、またまた法王付大秘書官《プロトノタリオ》は調査をしなければなるまい……。

海岸沿いにオックの国へ北上して行く計画は放棄された。ベルベル族の船団が北上して行った、と聞かされたからであった。

「しかし旦那《メセーレ》、わたしはピレネーの山越えの道など知りませんぜ」

と一応は言ってみたものの、大きな商港であるバルセローナの町も襲われたと聞かされると、道を山にとることも当然と納得された。危険を犯すことはないからである。

雪のきらきら光るピレネー山脈が見えて来た。渓流が水をほとばしらせているところでは、ヨナは簗をかけて鱒をとり、アントン・マリアを喜ばせた。

「お前は実に器用な奴だ」

というのが伯爵の褒めことばであった。鉞槍が邪魔になるので、何度か始末したいと申し出たのであったが、伯爵はそれを許さなかった。

山道とはいうものの、道は渓流沿いにのぼる一方であったから、水かさが多ければ道のようなものは消えてしまい、四本足の馬を通してやるのが容易でないこともあった。雪解け水が牙をむき出し、大きな石を転がして来ることがあった。時には断崖に懸けられた、危っかしくかつところどころに穴のあいた桟道までを通らなければならなかった。

時に渓流に石積みの橋が架けられていた。それは千年前にローマの兵士たちが架けたもので、溢水のために、部分的に壊れたものもあった。修理の加えられているものもあったが、大部分は壊れたまま放置されている。人々はこの千年間、何をしていたのかと考えさせられるものであった。

「この馬は立派な体軀をしていますが、どうして〝ジェム〟なんぞという奇妙な名なのですかい？」

「うむ、ジェノヴァのアラビア人から買ったからだ」

そういえばジェノヴァにアラビア人たちだけの一郭があり、そこの女郎屋にヨナもかつて世話になったことがあった。

山にかかってから、しかし、伯爵には一つの変化が来たしている、とヨナに思われたのである。

これまでならば、この馬、ジェムのことを問うたとして、おそらく彼はジェムについてのくさぐさの出来事や、ひょっとして武勇伝などを話してくれたに違いないと思われるのに、問答としてはこれだけでおしまいになってしまったのである。冷たい流れに入って鱒をとって料理したときにも、挨拶は一言だけであった。口数が極度に少なくなって来ていた。内心に、何かを思い詰めているらしい様子なのである。山道にかかって来て、いつとはなく憂い顔の騎士にかわって来ていた。

そうしてそのことを、元来はきわめて陽気な北イタリア人の筈の彼もが自覚をしていたと見え、ときに爆発的に話し出すことがあった。

「ヨナ、お前はアッシジを通ったことがあるか？」

「いいえ、あの辺を通りましたときには戦争がありまして、海側に難を避けました」

「そうか、このあいだ通ってみて、おれは本当に驚いた」

「左様で……」

「清貧と貞潔と、貧しくかつ不運な者たちへの奉仕を旨として、一カ所に定住せず、托鉢と労働によって生きる筈のフランチェスコ会の、本拠――元来そんなものがあってならぬ筈なのだが――は、まるでアラビアのバザールの如きことになっていた。もとは丘の上の教会をめぐって家々のぽつぽつと散在するだけのところであったのに。平和と清貧どころか、小屋掛けの店でごったがえし、人々はおしあいへしあいで、商人たちは金切り声でお客を呼び入れようとするわ、驢馬は鳴くわでまったくやり切れぬところになり果てていた。売っているものと言えば聖遺品をかたどった偽物や、護符、いろいろな土産物、それから古道具の市までが立っていた。免女郎屋もあるだろう、きっと。あの分では裏で何を取引きしているか知れたものではない。免罪符まで売っているかもしれぬ。フランチェスコが亡くなられて何年たっていると思う？　もうこれなのだ。しかも会派では、私の使命が何であるかをさえ予め知っていた」

　騎士は自分で自分を抑えかねるかに、いささかならず激して話していた。

「そりゃそうでしょう、フランチェスコ会は〝目をもち、耳ももっている〟と世間で言うじゃありませんか？　〝お犬様の会派《ドミニ・カネス》〟と対抗して行くためなら何でもするだろう、と言われていますよ」

「〝お犬様の会派《ドミニ・カネス》〟などではない、ドミニコ会派だ。しかもこの会派でも、はじめは托鉢と乞食だけで僧は暮しをたてて行く筈であったのだ」

「左様ですか。セギリウス様もそのテの話をなさったことがありました。しかし考えてみますと、わたしたちのようなものも、この両会派がともに財産集めに熱心になるように、肩を貸したかもしれないと思うですよ」

「どうしてだ？」

「乞食をしていましたときに、商売の邪魔になりますから、托鉢のお坊さんたちを町や村から追い出したものでした」

「……なるほど。そこで両会派ともに、護符だの免罪符だのというものを、無智蒙昧な連中の迷信につけ込んで、それをかえってあおりたてるようにして売り出した。おれはときに、巡礼を見ていると反吐をはきたくなることがある」
ヨナがじっと見上げると、馬上の騎士の目に何か光るものが湛えられていた。反吐をはきたくなるのは巡礼の方ではなかろうか、とヨナは思うが、折角口を利き出したのにいらぬ口をはさむことはなかった。

ピレネーの山越えはきつかった。空気が薄くなり、馬は駈けもしないのに口に泡を吹くことがあった。ヨナの生れ故郷もまたアルプスの山に近く、山中で道に迷い凍傷で腐りかけた足を引き摺って、転げながら村へ入って来る旅人が年に一人や二人はいたものであった。まだピレネーの山そのものにとりついていないところでも、もう春だというのに吹き溜りにどのくらいの深さがあるものかわからぬほどの根雪が溜っていた。ヨナは何度も罠を仕掛けてみたが、鹿も兎もそう簡単にはかかってくれなかった。けれども大抵の村には山羊の大群がいたので食料に困ることは幸いにしてなかった。そうして山に入ると、寒風とごろた石たらけである。騎士の馬の蹄鉄が割れて来たので、ヨナは馬の〝ジェム〟のために、木靴までをつくってやらなければならなかった。その木靴はしかし、道のあるところでは、山間《やまあい》の谷間に、実に耳に快い響きをとどろかせた。

馬が乾いた木靴の音を谷間に谺《こだま》させると、そのリズムにのせるようにして騎士が歌をうたいはじめた。

恋をする、恋をする、
何がわるかろうぞ。
われらは若く、美しい、
ましていまはカルネヴァール。

Fazzo l'amor, xe vero.
Cossa ghe xe de mal?
Son zovene e bela.
E semo in Carneval!

それは若者たちがヴェネツィアの謝肉祭《カルネヴァール》のときにうたう歌であり、長い詞をもつものの一部であった。ヨナもおしまい二行の繰り返しの部分は知っていた。それで彼も声をあわせたが、騎士は少しも嬉しそうではなかった。そういえば、というふうに思い出してみると、彼がこの歌をうたうのはこれがはじめてではなかった。しかもそれは、騎士が気分的に落ち込んだようなときに歌われたものであった。

思い切ってヨナが訊ねてみた。

「旦那《メセーレ》は結婚しておいでですかい?」

「いや、妾《めかけ》はいるが……」

「奥さんがおいでにならなくて、お妾さんだけがおいでですかい、そりゃまた珍しい……。旦那は僧籍に入っておいでではないのでしょうに」

「いや、僧籍はある。しかし表向きは騎士として通しておる……」

と言って騎士は弱く笑った。それはかつての腹を抱えての哄笑ではなかった。何か事情があるのであろうと思わざるをえない。ヴェネツィアのカルネヴァールと関係があるのかと察せられたが、これ以上ヨナの踏み込むべき話題でもなかった。

ピレネー山脈は、ヨナの故郷のアルプスのようにはモンブランやマッテルホルンや、あるいはモンテ・ローザなどのように、独立して聳え立つ名高い高峯はもたなかったが、山々は大西洋から地中海まで西から東にかけて層々と重なりあった、部厚い、威厳のある山塊をなしていた。山々のふところは深く、渓谷もまた深く抉れている。従って一つの渓谷に入り込んだ人は、右にも左にも、つまりは東にも西にも行き様がなく、その渓谷をあくまで昇って行くより他に法がない。その渓谷が尽きたところで山を越え、また別の渓谷へ入って行くことになるのである。

渓谷から渓谷へと、この嶮峻な山々を越えて行くについて、〝ピレネーの主〟と呼ばれる熊を何度も見掛けたが、熊や狼などの自然それ自体ではなくて、騎士とヨナは、そこに二つの驚くべき人間のあらわれを見た。

一つは、数百頭の山羊をつれて歩く牧童以外に人気《ひとけ》のまったくない筈の谷間や、あるいは小高い台地に、時に三、四十人もの人々が集っていて、急峻な勾配を綱で石を引き上げていたり、あるいは山上から石を下げて来たりして石小屋様の教会を作っていることであった。

それは本当に、

――こんなところに！　どうして！

と問いたくなるほどの荒涼たる山地での事業なのであった。

屋根に鉄平石を置いた家、あるいは小屋が四、五軒あってどうにか村と呼べるところもあったが、なかには家などまったくないところに教会を造っているところもあり、完成を見た教会のなかには、あっと声に出したくなるほどに見事な壁画さえが描かれていた。

石を引いている男女は、馬同様に、肩に綱をかけて喘ぎながらも営々として石を引っ張っている。

聞いてみると、この山中の人々は少く、彼等のなかのある者はカタルーニアの貴族であったり、バルセローナの豪商や、領主夫人などまでがまじっていて、すべてこの世における罪障の償いと来世の救いのために、牛馬のように、働いているのであった。巡礼に出る代りに、という心持ちの人もいるようであった。そうして馬までが、人間同様に、肩というよりは首に引き革を直接かけられて石を引かされているのであるから、引けば引くほどに馬の首がしまり、馬は息が出来なくなる。

騎士が胸帯の作り方と使い方を教えて、大いに感謝されたものであった。

それは驚くべき光景であった。

荒涼として無人の、高寒なる山中に、白い石の教会がつくられ、その脇には三層、あるいは時に六層もの鐘楼までが添えられてあった。

――神は讃えらるべきかな！

と騎士が心から称えたときには、ヨナもまったく同感であった。そこに本当に純潔な信仰心のあらわれを見る気がしたのである。

けれども、よいことばかりがあるのではなかった。人々が喘ぎながら引いて来た石を刻んでいる石工たちは、いずれもロンバルディア地方から来たものであり、彼等は、実は何とかして早く仕事を終えてこの山の中から逃げ出したいと考えているのであった。騎士とヨナが話しかけると、彼等はいっせいに、近頃方々の都市でつくられはじめている、高い尖塔をもつ大教会建築のことを知りたがり、こんな石小屋などはどうでもよい、と口を揃えて言うのである。

騎士が、

「それは心得違いというものだ」

と説得をしても、パリのノートル・ダームはどんな形式かとか、ランスのそれは、アミアンのそれはどうか、ケルン、ストラスブールのそれは、とかと質問は次から次へと続いた。石工の世界は、他の職人同様に、キリスト教世界での汎世界的なものであったから、どこのどういう組合がそれを請負っているかということにも重大な関心があった。騎士よりもヨナの方が数多く見ていたが、ヨナには建築用語はちんぷんかんぷんであり、いくらロンバルディアの地方語同士で話は通じても、説明の仕様などあるわけもなく、

「パリのノートル・ダームは大分出来た」

「ランスもアミアンも手をつけたばかりだ」

「ケルンはまだまだ、ストラスブールは半分くらいだ」

ぐらいしか答えようがなかった。

騎士は、

「心配するな。慌てることはない、いずれもあと百年や二百年はたっぷりかかるのだ」

となだめたが、聞き入れてくれるものではなかった。

石工たちにも流行はあり、

「こんな地面に這いつくばった亀みたいなものや、土管を立てたようなものは、もう沢山だ！」

と言い出すのも無理からぬか、と思われる節があった。

従って敬虔に詩篇の歌をとなえ、あるいはうたいながら石を引く人々と、石工たちとのあいだはしっくり行っていなくて、行われている事業、あるいは完成した後の、無人の山中にあって、神への直かな信仰表明となるであろう結果との、何とも肌寒い矛盾の表明がそこにあった。

それにもう一つは、利用すべきローマ時代の神殿の石材が皆目ないことも、彼等石工たちの不満の種であった。

高寒な山中にあって、実に天の方が近いのであったが、それでも、如何に山高しといえども、地上は地上なのであった。

そうしてもう一つのあらわれなるものは、もっと気味がわるくて、どちらかと言えば悲劇的な雰囲気を肌に押しつけて来るものであった。

それはミレトの僧院領の端っこの村でヨナが見たと同じ、黒い樹々であった。副院長の言った、黒い茸である。

はじめてその二、三人の群れを見掛けたのは、山越えの間道のあるらしい森のなかであった。騎士とヨナは渓流をへだてた対岸にいたので、ちらとその姿を見ただけで、彼等はすぐに茂みに身を隠してしまった。騎士もがそれを見たかどうかはわからなかったので、ヨナは黙っていることにした。

そうして二度目は、高さ百メートルは充分にあろうと思われる断崖の上に突き立っていた、黒い樹々である。このときは、騎士とヨナの方が森のなかの道を歩いていたので、黒い樹々の群れの方が気付かなかったのであった。

森のなかから、じっとその断崖上の黒い樹々を見上げて騎士が言った。

「いるな、やはり。きっともっと頻々と見掛けるようになるだろう」

と。

道は森を出て再び渓流沿いに行くようになっていたけれども、二人は彼等に気付かれぬように森のなかを続けて行くようにした。騎士はこれらの黒い樹々を脅かさないように気を配っているかに思われた。しかし、おかげで二人は森のなかで道に迷ってしまった。

迷ったならば休むにしかずである。枯木を集めて火を燃やし、腸詰めをあたためていると、騎士の方から口を利いて来た。

「副院長が黒い茸のことをお前に訊ねたとき、お前は知っていたのだろう」

「はい、いいえ……。いいえ、はい……」

「何だ、それは？」

「プーチ師は、黒い茸を見なかったかと言いました」

「そうだ、それで？」

「わたしは黒い樹木の群れのようなものは見ましたが、黒い茸などは見ませんでしたから」

「ああ、それでお前は知らぬ存ぜぬで通したのか？」

「左様で……」

「図太い奴だ、お前は。あのプーチ師の眼光に抵抗出来る者などそう多くはないのだ。拷問にでもかけられたらどうするつもりだったのか？」

「桑原桑原ですわ。それでも黒い樹木と黒い茸とでは大分違いますぜ」

「まだそんなことを言っとるか？」

騎士は苦笑をしたが、それ以上は追及して来なかった。

そこでヨナの方から、思い切って訊ねてみることにした。

「旦那《メセール》、カタリ（Cathare）とは何のことですかい？」

「やはり知っているな。カタリとは古いギリシア語から出ていることばで、汚れなき者、純潔にして純粋なるもの、という意味だ。ローマからはとうに異端宣告をうけている」

「汚れていない者が何で異端ですかい？」

「それを言い出したらきりはない。フランチェスコでさえ異端だという意見が、ローマでは非常に強かったのだ。それを振り切って認めたのが、イノケンティウス三世の大英断だったのだ」

「それではもう一つ、ペルフェクティとは何のことで？」

「このカタリ派の司教のようなもので、ことば自体は、完璧なるもの、完全な徳をそなえた者、という意味だ」

「女の人もそのペルフェクティとかというものになれるのですかい？」

「稀にはあるようだ……」

　騎士は急に首をうなだれた。

「しかし、そんな汚れのない、完徳の人たちが、何であんな黒い汚れた頭陀袋のようなものを、頭からかぶっているんでしょうか？」

「真白なものを着て、森のなかや洞窟をさがして逃げかくれしていたのでは、汚れてかなわぬだろう……」

「左様ですな。しかし先刻、旦那はあの連中をもっと頻々と見掛けるようになるだろうと言われましたが、どうしてですかい？」

「イノケンティウス三世が異端討伐の十字軍をさし向けたことは、お前も知っているだろう」

「噂は聞いていました。方々で何十人かの人々が生きたまま焚かれたとも聞いていますし、一度や二度はわたしも目撃しました。けれどもあれくらいの異端なら法王様の足許のイタリアにもいくらでもいる筈ですぜ。わたしは、ですから、〝お犬様の会派《ドミニ・カネス》〟が兵隊をつれて来て、この辺の地付きの信者を苛めつけて勢力を拡げようとしているのか、と思っていました」

「〝お犬様の会派《ドミニ・カネス》〟ではない、ドミニコ会だ」

「その十字軍の頭目だったシモン・ド・モンフォールという方と、お犬様の方のドミニコ様とかとはお知り合いだったそうで……、ですから……」

騎士が眉をしかめて問い質した。

「どうしてそんなことを知っている、誰に聞いたか？」

「セギリウス様が話して下さいました」

面倒なことはセギリウス様におっつけておけばよかった。（セギリウス様の霊の安からんことを！）けれども、世の中に大きな争いごとが起るとき、その内情といわれるものは、人々によって意外に適確に把握されるものであり、知らぬ顔をしているつもりなのは当事者だけかもしれなかった。

そろそろ、しかしやはりきな臭くなって来たので、この話はこのくらいにしておくことにした。騎士の方から話してくれるならば、話は別ではあったが。

「法王は、その宣告のなかで〝サラセンの不信者どもよりも、なお悪い〟ときめつけている」

「あんな黒いものを着て逃げ隠れている連中がですかい。フランチェスコ様もお犬様の方のドミニコ様も、はじめは財産はもたないで物乞いで暮せとかで、兵隊を使って他人を攻めつけることなど……」

と言いかけて、ヨナははたと喋るのをやめた。騎士がうつむいていたからである。

山越えはやはり只事ではなかった。これが最後の村だというところで雇った道案内が、馬連れで氷河をのぼることは不可能だ、と言い、騎士も馬と別れることを考えたようであったが、行けるところまで行くことに定められた。余程馬のジェムと別れたくない事情があるらしかった。

近道の氷河を避けて遠まわりの雪渓をのぼりはじめたが、木靴では馬は滑ってばかりいて、その木靴をさらに荒縄や草の蔓などでしばってやらねばならず、その縄や蔓がまたすぐに切れてしまうのである。夜の泊りは、山羊をつれて山越えをする牧童たちのための石小屋であった。そうしてそういう小屋にも、牧童たちではなくて、おそらくはあの黒い連中がいたらしい痕跡があった。

とにもかくにも、ようやくのことで峠と目される嶺の上に到着し、ところどころ白雪によってまだらにかくされている地を遠望していた騎士が、

「やっとフランスが見えて来た」

と言ったとき、道案内の村人が怒り顔で、

「フランスではござんせん。アラゴン王の支配するオクシタニア（オック語の国）でございます」

と断固として言ってのけたのには、ヨナもびっくりしたものであった。

騎士は、これもびっくりしたような表情で振り向き、

「いや、わるかった。まだオクシタニアであった」

と訂正したが、まだという言い方が道案内にはやはり不満であったのであろう。騎士に、約束の金をくれ、これ以上はおれの任ではない、と言い張りはじめた。約束は山を越えて、はっきりした道が見えるまで、というにあったが、山の民の強情さには勝てなかった。

馬の尻にのせてあった小型の長持から、金袋を取り出して払ったのであったが、もはやあまり金はないように見受けられた。

「旦那、お金はもうこれっきりですかい？」

「莫迦、心配するな。現金を持ち運ぶのは危い。フィレンツェの銀行の手形から、行く先々の僧院や教会で現金化して受け取るのだ」

「僧院や教会が銀行《バンコ》も兼ねているんですかい。それは存知ませんでした」

「セギリウスもそうしていた筈だ」

「セギリウス様は貧乏でした。食い物以外にはほとんど金を使いませんでした」

セギリウスの思い出は、時日のたつとともに、反比例をしてなつかしさをまして行くと思われた。

「セギリウスとあの黒い連中のことを話したことがあったか。何と言っていたか?」

「セギリウス様は、異端は選択の問題だ、と言っておいででしたが、選択とは何のことでございますか。賭けのことですか?」

「選択の問題、か……」

騎士が額に皺を寄せてむずかしい顔をした。そうして、凝っと、ヨナの眼を見詰めた。ある疑いが萌しはじめたからである。それまでも、本当にこいつは……? という疑いをもたないでもなかったことにも気付いた。

がしかし、ヨナは丸い顔に、深く窪んだ眼窩の奥の目で、これもまた凝っと騎士を見ているだけである。

しばらく黙っていて、騎士は、

「選択の問題だというからには、選択がなされるそれ以前に、人間の、各個人の自由な意志というものがなければならぬ。……」

と言ってその後に深く黙り込んでしまった。……各個人の自由な意志というものがなければならぬ。そうして、それを認めるならば、結果としてあらゆる宗教宗派を認めるということになるであろう。しかしそういうものは、ローマの認めるところではない。もしこれを認めるとすれば、それは普遍公教《カトリクス》の瓦解を意味するであろう。けれどもフランチェスコ会やドミニコ会その他の複数の教団が出来て来ている以上、選択はすでに事実上、存するも同然である。そうして人間の、また各個人の自由な意志というものを主にして考えた場合には、その教義、あるいは教団がローマによって公認されているいないは、第二義の問題ではないか……。

もしこのヨナもがローマの密偵《スピア》であるとして――それは、ありえた。ほとんどの法王が、枢機卿をも含めて、何百人という各階層にわたる手先《アジエンツィア》をキリスト教世界の全体に派遣していた――、何をさぐらせているものであるか。

アラゴンのある僧院で聞いたところによると、旅芸人どもと一緒に来たヨナが、《不法ナレドモ有効ナリ》などという、聞き齧りの――であるかどうかはわからぬとしなければならぬであろう――ラテン語までを使って僧たちを爆笑させたというのである。それは触っただけでも手を切るような危険なテーマであった。

分水嶺を越えてしまうと、オクシタニアの側は傾斜がゆるく、南側よりも余程楽であった。雪も少く、下り一方であったからはかが行ったけれども、馬のジェムにとっては下りはのぼりよりも難儀で、ときに小石や砂まじりのところでは騎士とヨナが交替でジェムの首の下に入り、自分たちの足で制動をかけてやらなければならなかった。


いま少しでアックスと呼ばれる湯治場へ出る筈の、その手前で、アリエージュ川に沿った急斜面を、これが最後の難所であろう、湯治場へ出たらしばらくゆっくりしよう、などと話しながら降りていたとき、どこからともなく、異様な歌声、いや歌声ではなくて、何かを唱《とな》えるかのような、長くあとを引く音声が聞えて来た。それは明らかに人間の声であった。抑揚もあり、一人が唱え、複数の人々がそれに従って唱える……。それは周囲の山々に反響をして一つの美しい音楽のようにさえ聞えた。いや、山々に反響をする以前に、それは何かですでに増幅をされて、殷々としてどこかから出て来ていたのである。

ヨナは本能的にあたりを見廻して洞窟を捜した。

が、そんなものはどこにもなかったし、ミレトの僧院でのように石を動かしてみるにしては、ピレネーの山の石はどれも大きすぎた。

しかし、どこかに洞窟がなければならなかった。それは大きな口を開いた洞窟なのではなくて、小さな口をしかもたず、しかも内側は巨大な洞窟となっているという、鍾乳洞のようなものであるかもしれない。さればこそ、内側で増幅された音が、その小さな口から噴き出るようにして山々に谺するのであろう……。

これが騎士とヨナとの推定であった。そうしてその推定は正しかった。

山坂をもう少し降ったところに、ほとんど半円形の、滑らかな岩の台地様のところがあり、その奥に一つの、高さ一メートルほどの穴があいていて、そこからその殷々たる音声が洩れて出るという以上に、噴出していたのであった。そうして、この半円形の台地の下は断崖であり、あたかも半円形の、その奥に秘匿された劇場からの声が、ピレネー山脈の無人の大渓谷に在る大聴衆、あるいは大観客、あるいは無数の忠心な平信者たちに、彼等の祈りを大音声に放っているかの観があった。谺は二度三度とその祈りを繰り返していた。

断崖の直下には、雪解けの水をためた、澄明な小さな湖があった。折から谷間は白い雲をいくつか鏤めた青空に飾られ、雲雀がその空に鳴き、大きな角をもつ鹿が岩の上に、一頭、二頭、のぞみ見られた。彼等のみが聴衆なのであった。

馬のジェムは、この半円形台地と断崖の少し上の方の樹木につないで来ていたのであったが、騎士がヨナに、馬のところへ戻れ、と命じた。命令には服従をしなければならなかった。けれども、ヨナは、この大山塊の下にある大洞窟が出入りのための穴を一つしか持たぬ筈はない、と推定をしていた。そうしてこの推定も正しかった。ジェムをつないだ樹木から遠からぬ斜面に、おそらくは人の手によって荒された苔のついた石を一つ見つけた。

両手でそっと、その大きな石を押してみると、石はあたかも人の言うことを聞くかのように、滑るように動き、そこからも祈りの声が噴出しはじめた。

……聖なる父、よき精霊たちの正しい神よ、あなたとは違いまする、異なる神の支配しますこの俗世での死を怖れるあまり、自らを欺いたり、嘘をついたり、疑ったりも決してならぬ、聖なる父である神よ、どうかあなたの知っておいでになることを、私どもにも知らせて下さい、またあなたの愛されているものを、私どもが愛することが出来るようにして下さい。

何故なら私どもはもうこの世のものではありませぬし、私どもにこの世は用なきものでございますから。……

——もうこの世のものではなく、この世も、もう用のないものだというのか……。

祈りは大西洋から地中海までの、このあたり広く通用する平易なオック語であったから、ヨナにも充分に理解出来た。そうして誰にしても、上は領主から下は庶民にいたるまで、いずれも部分的に理解するだけで、大部分はちんぷんかんぷんのラテン語でない祈禱というものを聞いたのも、ヨナにははじめての経験であった。

その祈りが一区切りついて谷間に静けさがかえって来たとき、今度は騎士の大音声が噴き出て来て響きわたった。おそらくあの穴から首をさし入れ、洞窟の内側に向けて声をあげたものと思われた。これもまたオック語であった。

「聞け、聞いてくれ。余は、イタリアはエミリア地方、コンコルディアの伯爵、アントン・マリア・デ・コンコルディアである。余はその名の通り、和親《コンコルディア》・平和のための使節であって、異端撲滅のための使者ではない。また、完徳者《ペルフェクティ》、善きキリスト教徒《ボニ・ホミネス》、並びに平信者《クレデンテス》の諸氏よ、あなた方の同信者がイタリアにも数多くあることは、あなた方も御存知であろう。余はこの地方をイタリアの辺境と考えている。多くのローマ帝国時代の遺蹟がそのことを物語っている。諸君の話すオック語もイタリア語の兄弟語だ。余を迎え入れて貰いたい。話し合いが致したい」

そこでぷっつりと声が途切れてしまった。

ヨナの眼の前で、苔が人為的にむしられた跡のある石がひとりでに動いて、声の洩れる穴にぴたりと蓋をしてしまったのである。おそらく洞窟の内側に光が射し込むので気付かれたものと思われた。

洞窟の内側にいる人々が、それを厭だとするのならば致し方はなかった。無理をしてまた石を動かすこともないであろう。それに石の動かしっこは、ミレトの僧院でだけで充分であった。けれども、馬のジェムとは話をするわけにも行かないので、騎士の帰って来るのをぼんやりと待っているよりほかにすることもなかったが、それにしてもこの大渓谷の雄大な景観は、ヨナに多くのことを考えさせ、かつ語りかけて来た。

黒い樹々のような人々の閉じこもっている、この洞窟の前の、あの半円形の岩の台地から、その断崖の下の湖を見下したら、おそらく水に映る自分の顔が見られたかもしれない、と思う。自分がいまどんな顔をしているか、長いあいだ鏡をのぞいてみたこともなかったので見当がつかなかったが、頬から顎にかけて生えている鬚をなでまわしてみて、生れ故郷を離れてから実に長い時間が経った、とは、つくづくと思うのである。

この万年雪に蔽われた岩山とそれが持つ谷間の景観は、ヨナの生れ故郷のアルプスの南側と、ほとんどそっくりであった。山の高さも同じほどであろう。帰りたいとも別に思わない。セギリウスの話では、近頃ではパリのフランス国王の軍隊やブルゴーニュのそれが、ミラノと手を結んでヴェネツィアやフィレンツェと争ったり、あるいはその反対であったりして、アルプスを南へ越えたり北へ越えたりで、谷間の連中は有無を言わさず傭兵にとられたり、荷担ぎをさせられたり、散々な目に遭っているという。そんなところへ帰っても仕方はない。路上の人であることは、とりわけて病気と死を考えた場合に、それは辛いことであったが、死に際しては、どこかの、『貧シイ旅人ヲ保護シ埋葬スル兄弟団』が葬ってくれるであろうと思う。路上にあったればこそ、たとえば英国国王の国璽尚書とかという使節に使われたり、セギリウスのような学僧や、多少得体の知れないところはあっても、悪い人物ではない、いまの騎士のような人も知りえたのである。それが自分のなりわいであってみれば、別して感謝をする必要もなかったが、実にさまざまなことを知り得たことも事実である。

路上に出て知った第一のことは、何といっても信仰というものと、来世の救いというものの重大さ加減について、であった。山のなかにいた幼い日々には、そんなものが重大なものだとは別に誰も言いはしなかった。ヨナの祖父の如きは、断崖の下の大きな石を毎日拝んでいたものであった。小さな石小屋の礼拝堂はあるにはあったが、助祭は半年に一度ほどやって来て、洗礼やら聖餐やらをまとめてそそくさとやって行くだけであった。説教はヴェネツィアの方言でやるので、わかる人もほとんどいなかった。路上に出て、《司祭ハ泥棒ナリ《プレラーティ・ピラーティ》》という地口を覚えて以来は、あんな山のなかへ来ても一銭にもならないせいであったか、と思うにいたったが、当時はそんなことに気付きもしなかったのである。

　けれども、宗教は実に大変なことなのであった。北イタリアにいたときには――あのあたりは数知れぬほどに往ったり来たりしたものであったが、いまはあまりにも法王の軍隊やら皇帝の軍隊やらが荒しまくっていたので近付かないことにしていたのである――、この宗教というもののせいで、町なかの十字路で生きたまま火炙りにされた人をさえ見た。その人は、キリストの教えを説く者は、財産をもってはならない、人を裁いてはならない、誓いをたてても、たてさせてもならない、ローマのキリスト教はすべてこの反対であるから、ローマ法王こそ反キリスト《アンチ・クリスト》である、と説教をしたからだ、ということであった。太い、よく乾いた薪を井桁に組み、そのなかにも、またそのまわりにも大量の枯れ枝を底拡がりに積み、宣告の後に、数人の、三角帽に眼の穴だけをくり抜いた役僧が火をつけるのである。

　火炙りにされた人は、悲鳴もあげずに、天の一角を睨みつけて、業火がその人の頭にまで及んで、身体を繋縛していた綱が燃え切ると同時に、燃えさかる井桁の内側へ足から吸い込まれるようにして落ちて行った。

それは凄まじい光景であった。

また南ドイツにいたときには、女の薬種屋が、これは魔女だとして同じく火刑に処せられるのを見た。あれは魔女などではない、ただの薬種屋だということは、同じ路上の仲間から、その火炙りの現場で聞いたことであった。

――貴婦人たちはな、男の医者に身体を触れられるのを嫌うんだ。しかし女の医者はいないから、女の薬種屋を使う。薬をつくるには、薬草はもとより、精の強い毒草や、それから蛇でも蛙でも蝙蝠《こうもり》でも、何でも釜でぐつぐつ煮てつくるんだから、そんなことを家のなかで秘密にやるならともかく、山や野っ原で夜なかに火を焚いて釜をかけていたところを捕まったのさ。相手が貴婦人だから金になるのさ。その金が羨ましくて告げ口をされたんだろう。

というのが仲間の説明であった。

そういえば、というふうにして思い出してみると、都市近くの山のなかや、岩場などで髪振り乱した恐ろしい形相の女が釜で何かを煮ていて、何か食わしてくれ、と言って近付いて行ったヨナは呶鳴りつけられ、石や火のついた木片を投げつけられたこともあった。

そうしてただの女薬種屋を魔女だとして告発するのもまた司祭であり、これを裁く者は異端審問官であった。そうとすれば、本当に悪いのは、男医者に触れられたくない貴婦人の方であろうが、教会は貴婦人が悪いなどとは露言《つゆ》わなかった。

魔女だとされた女は、後ろ手に縛られ、首に縄をつけて連れて来られるうちから金切り声をあげて叫びつづけ、火のなかでも獣のように吠えつづけて、火の井桁のなかへすとんと落ちて行った。

それもまた見るに凄まじい光景であった。

町の人々は、しかし、歓声をあげ、手を拍《う》って見物し、女が火のなかに落ちると、手に手をとってぞろぞろと居酒屋へ繰り込んで行った。火刑は、大抵は町村の祭りの際に執行された。見世物の一つとは言わないまでも、それに近いものとして執り行われるものであった。

カタリ派・清浄なる人々と称される一派の人々は、ヨナの理解するところでは北イタリアから西へ向ってリヨンをかすめ、プロヴァンス語あるいはオック語の話される地方一帯に広く、かつ根深く存しているものであった。その人々もまた多く火炙りの目に遭っていた。領主や村の名主、ときには司祭たちまでがその派に入っていたから、根絶などは出来るものではなかろうと思われた。だからローマ法王は、北フランスやドイツの国王や領主をそそのかし、〝十字軍〟をもって打ちかけて来たものであった。特に北フランスの小領主たちは、南部《ミディ》の、異端の領主たちの土地を征服の代価として与えると約束をされていたから、それは異端に対する戦いであると同時に、切り取り自在な、実入りのいい征服戦争であった。それにもう一つ、十字軍は法王の『滅ぼすべきは《アド・アボレンダム》』という怖るべき名をもつ勅令によって、犯罪や残虐行為からも免罪をされていた。そこから『すべてを殺せ、神はおのれに属する者を知り給う』という、戦陣の叫び声が出て来た。十字軍戦闘の第一戦であったベジエの町では、二万人の老幼男女が悉く虐殺されていた。

　戦いは断続的に、すでに三十年以上も続いているのである。この地方の各地でも、すでに数百人の男女が火炙りの刑に処せられていた。

　それでもなお、黒衣の人々は、こんな大渓谷の洞窟や、またトゥルーズの町なかで、山を越えてはカタルーニアやアラゴンの各地で、秘かに、ばらばらに、あるいは小さな群れをなしてかくれていた。トゥルーズはこの派の中心をなす町であったから、何度も攻囲や破壊、殺戮の対象となり、オック語でトゥルーズはトローサと呼ばれ、トローサ・エル・ドロローサ、苦難のトローサと呼ばれる所以であった。北フランスが、この織物業と、大青《たいせい》草からとれる藍の染料などで豊かな、誇り高いオクシタニアの中心であるトローサを支配して以来、町はトゥルーズと北フランス風に訛って呼ばれることになるのである。

教会《エクレシア》や宗門《オルドオ》としてはすでに体をなしてはいなかったが、町や村に、この派に特有の〝救慰礼《コンソラメントウム》〟や〝致信礼《メリオレトウム》〟を求める人があれば、どこからともなく、黒い風のように、山から森のなかから黒衣の人があらわれてそれを施してくれると言われていた。

この三十年は、ヨナが路上の人となって経たとほぼ同じほどの歳月であった。

回想は甘いものではなかった。

陽が翳って来て霧雨が吹きつけて来た。そうして急激に温度が下りはじめたので、ジェムのつながれている大樹の下に戻り、そこで毛布をかぶって眠ってしまった。回想は彼にあってはつねに眠りと結びついていた、たとえそれが眠りの甘さとは懸け離れたものであったにしても……。

——ヨナ、起きろ！

と騎士に呶鳴りつけられて目覚めたとき、あたり一帯はすでに薄暗かったが、向いの山々はまだ陽光のなかにあった。

「急ごう。どうしてもアックスまで下りなければならぬ」

「はい……」

谷底に、小さな湖に沿って一本の道があった。見上げる断崖はすでに闇に沈んでいた。洞窟の人々は肉食をしない人々であったが、何を食べているか、あるいは食べていないか。馬のジェムの木靴の音が、渓谷の一帯に響きわたり、その他に、渓流の音を除けば、音というものがまったくなかった。

音はまったくなかったが、しかし、ときどきは山の間道を誰かが駈けて行くような音が耳に達した。

騎士が独り言のようにしてぽつりと言った。

「案内人《ドクトーレス》か、手引者《ヌンキャリィ》が歩いているらしい……」

騎士はむずかしい顔をしていた。

ヨナも、余程ためらっての後に、小さな声で聞いてみた。

「どうでしたかい……?」

「平信者は解放したらどうか、とすすめたのだが、聞き入れてくれる者が一人もなかった。救慰礼の按手《あんしゅ》をしていた完徳者が、行きたい者は行ってよい、この騎士は悪い様にはしないであろう、と言ってくれたが、駄目だった」

騎士の声も心なしか沈んでいた。

「何人くらいおいでしたかい？」

自分の声もがやはり畏怖にふるえているとヨナは自覚していた。

「さあ、なかは暗くて、灯火は祭壇に一つだけだ。それにあの黒衣だから、よくはわからなかったが、十五人くらいはいたと思う」

「旦那《メセール》は何をお話しになったので……？」

「左様、君たちの宗派は、死と絶望の教派だ。この世を悪として拒否し、肉慾を拒否し、婚姻を拒否し、肉食を拒否し、私有を拒否し、権力を拒否し、武器を拒否し、裁判と処刑を拒否する。洗礼を拒否し、聖餐を拒否し、終油も拒否する。残されているものは、死だけではないか、と」

「そうしたらどう言いましたか？」

「完徳者が、静かに、幽霊のような声で、〃然り《オック》〃、と一言だけ言った。そう言われて何か返事の仕様があるかね？」

「はあ……」

「だからわたしは、たとえそうであっても、人間の世界は生きるに価値ある世界であり、生きる余地はまだまだある。山を越えてアラゴンへ行け、迫害はあってもここほどではない。君たちは、宗教問題だけではなく、ローマ法王と北フランスの王との取引き、とりわけて北フランスの王の、オクシタニア支配のための犠牲ともなっているのだ。アラゴン王の下でということが望ましくないとあれば、もっと南へ下って、イスラム教徒の支配するコルドバか、グラナダへ行け、イスラム教徒は、もっと寛容である、とすすめた」

「あの豚を食わぬ連中が寛容ですかい？」

「残念ながら、ある種のキリスト教徒よりもずっと寛容である。わたしは彼等の支配下で、キリスト教徒たちがユダヤ教徒とも一緒に、嬉々として暮しているのを、この眼で見ている」

アックスの部落には、硫黄の臭いのする湯気がたちこめていた。

第六章　ヴェネツィアの謝肉祭《カルネヴァール》

アックスには二十数人の湯治客がいた。それは、北フランスからの十字軍がこの地方に攻め込み、ベジエでの大虐殺が行われたり、またカルカッソンヌの城攻めなどだけではなく、フォア、ミルポア、パミエ、リムウなどの戸数二百ほどの町や村も何度も惨憺たる目に遭わされ、荒され殺され燃やされていたのであってみれば、のんびりと湯治というのは、異数な風景であった。

アリエージュ川の渓谷に熱湯の湧くところがあり、そこから太い木管で湯を導き、同じ川のなかに石で囲った湯舟で水とまぜあわせる仕掛けになっていた。一応屋根らしいものも葺いてあった。女性用の湯舟は別になってい、女たちは白い下着様の浴衣を着て入っていた。そうして宿は、一応は民家にそれを借りるというかたちにはなっていたが、貸し宿をほとんど専業にしていると見受けられた。湯治客も種々様々であった。その大部分は、男女ともにリューマチに苦しむ人々であり、それは石造の家や館に住む人々にとっては、当然至極の業病であった。

ヨナは、騎士にどのくらいここにいるかを問うても言ってくれなかったけれども、ともかくゆっくりと、痛む膝の治療をしたいものと思っていた。到着後すぐには馬のジェムの蹄鉄をうち直すために、近くの村の鍛冶屋さがしとその手伝いで時を取られた。蹄鉄がうまくはまると、騎士はジェムに乗り、ヨナを連れないで一人で出掛け、時には二晩も帰って来ないことがあったので、その間はゆっくりと湯治が出来た。たとえ路上の人であるとしても、一応も二応も騎士の従者であることになっていたから、湯舟でも差別をされたりはしなかった。騎士は一人で出掛けては何かを調査しているもののようであった。

この湯治場でヨナが面目を施したのは、湯舟の底の石の一つが、ある浴客の不注意で動き、それが騎士の足にあたったときのことであった。湯舟のなかといえども川底は川底であり、ごろた石がごろごろしていて、ともあれ水中であったからこそ騎士の足も傷つきはしなかったが、それは湯治客としては、最低の振舞い方というものである。騎士は当然激怒した。相手の言っていることがさっぱりわからなかったせいもあった。普通ならば血を見てしかるべき、大喧嘩になったかもしれなかった。

ヨナが、その相手の言葉を聞いていると、

「I am sorry, so sorry, my Lord...」

と言っているのである。

英語なのであった。それを騎士に告げて、その謝罪の意をいれさせ、その場がおさまった。英国国王の国璽尚書の一行に付いていていたのは、もう何年も前のことであったが、日常使われる英語くらいは、わかるだけの期間は雇われていたのであった。

これがきっかけとなって、――この英国人もまた騎士であった――両者は予想を超えて親密になって行った。そうしてこの英国人騎士、ジェームス・グレーヴス氏 James Graves ――それはヨーロッパ人には発音のしにくい名であり、結局はアントン・マリアは彼をハイメ Jaime と呼ぶことに話がついたのであったが――、この騎士ハイメに、もう一つ驚かされたのは、この騎士が日常、赤、青などのおそろしく派手な格子模様のスカートをはいていることであった。そうしてヨナの微笑を呼んだのは、この騎士もが、毎朝ベーコンの脂で引っ掻きまわした卵を食べることとであった。ヨナの騎士と同じく、この英国人騎士ハイメも身体にどこか故障があってこの湯治場に来ているのではなく、やはり一種の情報収集のために、この人々の往来するところを根拠地にしているものと見受けられた。騎士は秘書を一人と、飛脚をかねた従者を二人連れていた。北西フランス、特にアキテーヌの地とアラゴン王家の動向には、元来英国はつねに重大な関心を持ちつづけていたからである。

会話は語学の問題ではなかった。お互いの母語にあって共通すると推定される語彙を選んで使い、あとはラテン語で補充をすれば、何とでも話は通じるのである。

青い胴衣に乗馬用の長靴をはいたヨナの主人と、派手なスカートと長靴下に短靴の騎士とが肩をならべてこの谷間の部落周辺を歩いている光景は、それにしても珍妙なものであった。

あるときに湯舟のなかで、騎士がヨナの耳もとに口を寄せて小声で言った。

「人間、こうして裸になってしまえば、英国人も、アントン・マリア・デ・コンコルディアも、ヨナ・デ・ロッタも区別がつかぬ。ひょっとして、ここにいる連中のなかには、黒衣の人々もいるかもしれない。裸になってしまえば、黒衣の人も英国人も何も同じだ」

「左様です。それが着物を着ますというと、騎士と従者とでは天地の違い」

「左様、カトリックと異端とでは生死の沙汰ということになる。どう思うか……?」

どう思うかなどと聞かれても、そんなことは返事の仕様があるものではなかった。

湯のなかでの、ヨナのもう一つの驚きは、この騎士の巨大な男根であった。それはまことにもって立派なもので、こんなもので女陰のなかを引ッ掻きまわされたら、女は物干竿につるされたぼろ屑のようになりはせぬかと思う。またこれだけの長大な逸品を股間に持つこの男は、色事だけではなく、屹度何事かをなし遂げるであろうと思う。これまでの道中、艶っぽいことは何もなかったにしても、である。

そうして、それにしても、というふうにして思い出されるのは、またしてもセギリウスのことであった。如何に僧ではあるにしても、あの学僧は、学問にはげみすぎたせいか、まだ若いのに、エブロ川での水浴の際に見たそれは、コドモのそれのようにあわれにしなびたものであった。

ヨナが妙なことを考えて黙り込んでいると、騎士はひとりごとを言うようにしてぶつぶつと言い続けた。

「わたしはある種の聖職者のように、アリストテレスを異端呼ばわりはしない。またこの大学者が、美女の色香に迷って、その美女の言うがままに、美女の馬になって這いずりまわらされて大恥をかいた、などという作り話をでっちあげて学者としての信用をわざと傷つけ、なおかつ彼の学問を異端だなどというのは、間違っている。いずれパリ大学あたりの神学者が、ローマへのお追従のためにやらかしたものだ。けれども、この大学者に一つだけ気に入らぬ点がある。それはこうだ。

『スベテノ関係ハ転換スルモノニ対シテイワレル、タトエバ奴隷ハ主人ノ奴隷トイワレルシ、主人ハ奴隷ノ主人トイワレル。〃ヨリ大キナモノ〃ハ、〃ヨリ小サナモノ〃ヨリ大キイトイワレ、〃ヨリ小サナモノ〃ハ、〃ヨリ大キナモノ〃ヨリ小サイトイワレル。他ノモノニツイテモ同様デアル』云々。

これではいつまでたっても主人は主人で、奴隷は奴隷だ。この湯舟のなかでのように、神のもとにおける、和親《コンコルディア》・平和は実現しないであろう」

アリストテレスの言だといわれた部分は、もとより、いくら注意して聞いていてもちんぷんかんぷんであったが、またまたセギリウスのアリストテレスが出て来たことに驚かされ、またこの湯治場が天国とひとしいかに言われたことにも驚かされた。天国は共同風呂屋の如きものか。

「セギリウスさまにはそんな話は聞きませんでした」

「そうだろう、奴は新しいアリストテレスをさがして、アリストテレスを復権させようと目論んでいたのだ」

古いアリストテレスも新しいアリストテレスもヨナにはまず関係のないことではあったが、この騎士の言説には、まことに法王付大秘書官《プロトノタリオ》とも思えぬ節がこれまでもしばしばあったとは、ヨナにしても思うのである。たとえば黒衣の人々に対して、イスラム教徒のもとへ行って生きよ、そこはもっと寛容である、などということは、キリスト教徒だったら舌を抜かれても言ってはならぬことではないかと思う。ましてや黒衣の人々は、彼等こそが真のキリスト教徒であると思っているのであったから。

しかし、いろいろな人がいて、いろいろなことを考えていることは否定しがたい。それが事実であり、真理というものでもあるであろう。

ヨナの騎士が、騎士ハイメにローマの異端禁圧政策をどう思うか、と訊ねたとき、ハイメは一言のもとに、

「一方通行にすぎる」

と断じたものであった。

もっとも、この“one way only”なる騎士の英語が、ヨナの騎士に通じるまでには、ヨナはもとより役に立たず、オック語からラテン語を経て、ついにアレマン語で落着をみたものであった。英国の宮廷には、陰謀や待ち伏せを防ぐために、一方通行にしてある廊下があるものだそうであった。

一方通行にすぎる、と言い切ったあと、ハイメは言葉をついだ。目に一丁字もない無学の民

衆、この無学の民衆には時に領主や貴族、騎士も含まれるが、そういう民衆はローマの教義などには無関心である。彼等は彼等に直接近付いて来てくれる――それが異端であろうがなかろうが――説教師の方が身近なものに感じられる。彼等から、いま現在の生活そのものとは違った可能性、あるいは世界がありうると教えられれば、しかもそう説教する人が本当に敬愛すべき清貧と禁慾の生活を送っていて、その教えにふさわしいと思えば、その方に傾くのは当然である。すなわち、その説くところは、《為ス人ノ業《ワザ》＝徳ニヨリ Ex opere operentis》である。これに反してローマは自分たちの教義の維持とローマの繁栄のみを考え、聖職売買、聖職者妻帯などの悪を行いながら、しかもなお、《為サレタル業《ワザ》ニヨリ Ex opere operato》などと称し、また《不法ナレドモ有効ナリ Ilicita sed valida》などとも称して、聖なる秘蹟をさずける資格もないのに、恬《てん》として恥じない。クリュニーの大僧院を御覧になったことがおありか。数百の支僧院を持ち、その収入と富裕は莫大なものであり、僧院長はまさに地上の君主そのものであり、僧院領は一つの世俗国家でさえある。そういうときに、異端とローマが見做すものを一方的に武器をもって殺戮し、あまつさえ『殺せ、皆殺しにせよ、神は自らに属する者を知り給う』などと言い、かつその十字軍の戦争を《聖戦》だなどと称するのは、烏滸がましい限りである。聖戦もまたただの戦争なのだ。一方通行にすぎると言う所以である……。云々。

この騎士ハイメの主張は、ヨナにも堂々として理の筋が通っていると思われた。

また騎士ハイメが、にやにや笑いながら、

「おれは楽観主義者《オプティミスト》だ。人間に関する知識をもちすぎた厭世主義者《ペシミスト》のことを、楽観主義者《オプティミスト》ということを御存知か」

と言い出したときには、ラテン語での OPTIMUS（とてもよろしい）と PESSIMUS（とてもわるい）の定義をめぐって議論が長々と実に半日もつづき、これもまたヨナにはちんぷんかんぷんであったが、ローマの法王庁に直接宮仕えをしているヨナの騎士よりも、英国の騎士ハイメの方が、何となく余裕とユーモアをもってこの世に接していると思われた。ヨナの騎士もよく笑ったが、何がなし苦《にが》いものがいつもつきまとい、騎士ハイメの笑いには翳《かげ》がなかった。

そうして、ヨナの騎士がほとんど最終的に、

「北方の島より来たれる騎士よ、わたしもコリント書に、

『汝等のうちに是《ぜ》とせらるべき者の現《あら》はれんために党派も必ず起《おこ》るべければなり』

とあるのを承知している」

と言ったとき、騎士ハイメがつづけて、

「同じコリント書に言う、

『体《からだ》は一つにして肢《えだ》は多し、体《からだ》の肢《えだ》は多くとも一つの体《からだ》なるが如く、キリストも亦然り。我らはユダヤ人《びと》・ギリシヤ人《びと》・奴隷・自主の別《わかち》なく、一体《いったい》とならん為に……』

と、あたかも歌をでもうたうかのように朗誦をした。

そうしてもう一度騎士アントン・マリアが、

「されば、神はいずれにおわすや？」

と、これも朗誦口調で問いかけると、その答えは、

「神が安んじておわす場所などというものが、どこかにあるものであろうか？」

という、問いのかたちでまた返事がかえって来たものであった。そうして間髪をおかずに、このスカートの騎士が、

「ワッハッハッハァ、ワッハッハッハァ、ワッハッハッハァ……！」

と、爆発的に笑い出し、その高笑いはピレネーの山々に谺して、山のどこかが裂けはしないかとさえ思われた。

ヨナの騎士は深く黙り込んでしまい、騎士ハイメが、

「では、これにて、さらば」

と鄭重に別離の挨拶をしても、

「さらば」

と小声で言っただけでろくにものも言わなかった。

騎士ハイメの高笑いは、長く山々に谺をしつづけていた。

ヨナには、何が何してどうなっているかはもとよりよくわかりはしなかったが、何かしら背筋がぞくぞくして来るのを感じていた。

かくてその明る日、騎士ハイメは、秘書と従者二人をつれ、行き先は告げずに出立して行った。二度と会うことはないだろう、とヨナの騎士が言った。

「おそらくナルボンヌへ行くものであろう。あそこはかつて英国と深い関係をもち、近頃異端者として破門された貴族が二、三いた筈だから。それにナルボンヌ伯領は、ひょっとして法王司教領として没収されるかもしれない。そうとすれば、これは英国王にとっても重大な問題なのだ。それに英国王はトゥルーズ伯と同盟関係にある、たとえ形ばかりとしても」

騎士アントン・マリアは、ヨナをアックスの湯治場においたままで、ただ一人でジェムに乗って出掛けることが、また頻々として起りはじめた。湯治場に、さしたる用もなくてひとり残されることは、むしろ有難いことであったが、これだけ相身互いに、騎士と従者として親しんでみると、一人でどこへ何をしに行っているものか、と不安になることもまた避けられなかった。その間に、ヨナは膝の治療につとめ、またピレネーの山々をまわって歩き薬草の採取にはげんでいた。

ある時、三日がかりの旅から、かなりに疲れ果て、かつは憂い顔で帰って来た騎士に、ヨナは真面目な顔をして問うてみた。

「旦那《メセーレ》、何をしておいでなのですかい？」

と。

騎士の答えは長かった。それは蜿々として半日も続いた。疲労と憂愁の思いが話を長びかせたもののようであった。

その話をつづめ、かつまとめてみるとすれば、それは次のようなものであった。話は二つ、あるいは三つの部分にわかれていた。

騎士は湯治場を出て、ピレネーの下山《したやま》の各地に、いずれも見上げて仰ぎみなければならないような岩山の、その天に程近い山巓に築かれた石の城塞に立て籠っている、黒衣の人々を訪ねて歩いていた、というのである。

その山巓の城郭は、なるほど一つや二つではなかった。

ロークフィジャドの城、ペイルペルトゥズの城、ラストゥールスの四つの塔をもつ城、ケルビウスの城等々、いずれも、それを築くだけでも、如何にしてかくも急峻な槍の穂先のようなところに、石を積み上げる作業が可能であったか、と疑われるような、それだけでも驚くべき城塞の数々であった。そうして、これを断崖の下から見上げただけでは、城攻めの素人には、ただ難攻不落としか見えない筈のものであり、元来は、アラゴン王国の出城として築かれ、時にこのピレネー山脈の南側の王国と、北側の諸領主との間にいさかいのあったときに、双方が降伏、あるいは条約による開城等によって所有者の手が替ったことがあった。それは何度もあり、その多くはすでに放棄されているか、あるいは政治情勢次第によって無人であった。

しかしいずれにしても、赤褐色の鉄を含んだ岩と、灰白色の石灰岩系の岩とで構成された巍峨たる山塊は二千メートルを越え、太陽の在り様によって、その山容は鉱物的な紫色から血紅にまで色を変えた。岩にこびりついている連翹の鮮黄色の花と、背の低い、葎《むぐら》様の、あるいは蘚苔類に近い高山植物以外には、植物をさえ受け付けぬものであった。烈風が吹けば、これらの葎様の草は根から引き抜かれて飛び去って行く。また昼と夜との、時には十五度から二十度ほどもの温度差によって脆くされた岩の表面から、石片さえが飛び散った。さもなくても落石は頻々として起り、時には家屋大の岩さえが、もろもろの岩石を連れとして渓谷へ轟々たる音をたて、石雪崩となって落下して行った。

そうしてこれらの城塞にあって、井戸がどこにあるか、それだけは外部に対してよく保たれた秘密であった。それが城内にあっても、城外から導き入れているものであっても、不使用時には偽装はつねに完璧であった。水はすなわち、致命事である。

しかしこれらの巍峨たる岩山の山巓に立つ城塞とその塔などの楼上に、頭から黒衣をかぶった人々が立っている、しかもこの世との一切の関係を絶ち、かつその一切を悪と観て拒否して楼上に立っているという、その姿は想像してみるだに背筋が寒くなるようなものであった。死は、その悪としての現世からの出口であり、天に在って合体を待ちうけている善き霊との再邂逅のための、悦ばしい待伏せなのである。善と悪との、決定的な二元論が、この教義の根底であった。されば、イエス・キリストが聖処女から生れて来たにしても、そうではなかったにしても、神の代理者、救済者としてのキリストが、悪魔の与えた肉体をもった者などではありえなかった。イエス・キリストは、救済の可能なることを、この悪としての地上に示唆した、一つの幻像にすぎなかった。

手に入る限りにおいてのパンと塩と水、少量の穀類と魚類を除いては、肉類と、同じく肉慾も一切拒否している、いわば司祭としての完徳者《ペルフエクテイ》は、フランチェスコ会やドミニコ会の、ほんの始祖たちが見せた清貧ぶりを、いわば極端なまでに、《死ニ至ルマデ》をも通り越して、《死ニ至リテハジメテ》という、生の限界を超えたところまで押し進めたものであり、あくまでも現世にあって、しかも現世のその支配者であらねばならぬローマ教会とは相容れぬことは当然であり、一方が他方を、他方がその他を異端視することも必然事であった。されば異端討伐と審問の最前線に出て来たのは、まずドミニコ会の創始者である、後に列聖された同名のスペイン人であった。

かくまでに、現世を厭い、それを死によって超越するというところまで事が押しすすめられれば、はじめ同じく清貧を旨としたフランチェスコ会もドミニコ会も、ローマによってその教義を公認されたとなればなお一層に、彼等、黒衣の人々を敵視しなければ、その存在理由がなくなるであろう。また両会派ともに、その始祖たちがいなくなるとほとんど同時に、修道僧たちの恰好は一切飾りのないものであったにしても、その僧院は大領地を持ち、免罪符などを売り出して巨富を貯えるものとなった。さればこそ、また一層に、黒衣の彼等の存在は、苛立たしく憎むべきものとなるのであった。

死に際しては、救慰礼《コンソラメントウム》という、完徳者からの按手《あんしゅ》によって天上の善き霊との再合体が保証された。完徳者が完徳者であって、この地上にあってキリストの山上の垂訓をさえ守らぬ司祭などでさえなければ、この完徳者による単なる按手だけで、事は足り、祝福をもって死は迎えられたのである。悪しき現世の水による洗礼などは、背徳の僧によって汚水をぶちまけられるだけのものとして、彼等には受け取られていた。

彼等は、ひたすらに使徒の時代、原始教会への回帰のための、熱烈な、しかも凍てついた焔のような情熱を、その黒衣にかくしていたのである。

元来、善悪二元論《マニケイズム》は、アドリア海と黒海の中間の地から発生、あるいはペルシアのツァラトゥストラ（ゾロアスター）の教えに由来をしているなどという、まことしやかな論考などは、彼等にとってはどうでもよいことであった。生あるものは命を絶たず、肉を絶ち肉慾を絶つ完徳者たちは、しかし、平信者たちにはきわめて寛容であった。ただ、この地上はすべて悪であるから、誓いを立ててはならぬという教義の一端は、婚姻の誓約を認めないことと相俟って、いわば悪用され、婚外の女を妾としても自由、と解され、領主たちや諸貴族、とりわけて都市の、新興商人や職人たちに迎えられたという面は、これを認めなければならないであろう。しかし悪用され誤解されないイデオロギーなどというものがどこにあるか。現世否定から禁慾主義だけが出て来るというのは浅見としなければならない。一切放任という逆のものまでが出て来かねないのである。現世に価値なし、とすれば、非行とされるべきもののもまた存在しなくなる。更に霊に性別がある筈もなく、救済に男女の差別のあろう筈がない。また現世にあること自体が、最大の断罪であり、処刑そのものの状態にあるのであるとすれば、地獄は存在しない。煉獄の火なるものなどもローマの僧たちの創作であり、人々を脅かして免罪符などを売りつけるための、虚偽の道具であるに過ぎない。

唱導者の意図を離れて、思想が独り歩きをはじめることも何等不思議なことではなく、あらゆる宗教が平俗の民に信じられるためには、平俗に誤解をされる必要性さえがあるであろう。煉獄や地獄からの解放が、如何に大きなものであったかは、これまた言を俟たない。それは、大いなる吐息を地に吐かしめるほどのものであった。それは、地そのものが、古き地霊もろともに、安堵の声を挙げたものでさえあったであろう。

騎士アントン・マリアは、しかし、法王付大秘書官《プロトノタリオ》として、残虐な、しかも屢々理不尽な異端討伐が開始されてすでに三十年もの歳月を経た以上、完徳者はともかくとしても、少くとも平信者は解放されてしかるべきである、と固く信じていた。そのための根拠はある、それがコリント書である。

そうして、これらのことがもう一人の、英国から来た騎士ハイメによっても確認されたことは、力強い限りであった。

また、三十年間にもわたる加虐は、それ自体でもはや充分以上《バスタンツィア》であり、もう沢山である。

すでに、ぼつぼつと、自発的に山を下って来る黒衣の人々の姿を見掛けてもいたのである。

山から下りて来て、さていずくへ行くべきかと、路上に佇立しているそういう人たちは、本当に、ヨナの言う通りに、黒い樹木のようであった。

「何処《いずこ》へおいでか？」

と訊ねても、彼等は何も答えてはくれなかった。

彼等が異端なのではなく、彼等を異端とするから、異端に成るのである。そうして彼等は、かの書に言う『党派』であり、『肢《えだ》』なのだ。手足である『肢《えだ》』がなくて何が『体《からだ》』なものか。それが存在することこそが、むしろ『体《からだ》』を『体《からだ》』たらしむる所以である。死と絶望の宗教をもつ彼等をも含んで、人間は素晴しいものである筈だ。

コンコルディア（和親・平和）のアントン・マリアとしては、騎士としてのわが名に賭けても、それをなし遂げなければならぬ。破門は、小破門ならば一度は経験済みであり、これも覚悟の上である。しかもそのためには、出来るだけ多くの彼等に接し、法王への報告も権威あるものにしなければならない。また公会議において、強力にこれを主張してくれるべき僧を、それも学問のある僧を求めねばならない。

その意味でも、セギリウスの死は、身を切られるほどにもアントン・マリアには応《こた》えていた。彼が生きていてくれれば、という思いはどこどこまでもついてまわった。けれども、自らトレドまで行って、その死をたしかめて来たのであってみれば、それは、やはり諦めねばならなかった。

それにもう一つ、彼等のなかに、どうしても捜し出して、わが罪をあがなわなければならない者を一人、アントン・マリアはわが罪としてもっていたのである。われひとりの個人的理由もがあった。

そのためにも、出来るだけ多くの、黒衣の人々の仲間である案内人《ドクトーレス》や手引者《ヌンキャリィ》と知り合いになる必要があった。彼等こそが、森のなかの間道を走って、十字軍の到来を知らせ、死に近い人があれば完徳者に臨終の救慰礼をしてくれるように通報し依頼し、また森や洞窟のなかの彼等に食糧を運んだりもしていたのであった。……

ここまでの話は、ヨナにもわかるところもあり、わからぬところも多かったが、この後の、騎士の話は、話としてヨナにも面白かった。

……若い頃に、おれはパドヴァの大学にいた。教会法《カノン》の学生であった。学生はあちらこちらの大学をわたり歩くものであったが、アントン・マリアはパドヴァだけにいた。

「旅路を歩く学生たちには、わたしも沢山出会っていますが、大抵はろくでもない奴等ですぜ」

「こら、話の腰を折るな」

「へい……」

……教会法《カノン》というものは、はじめ原始教会にあっては、単なる信仰のための取り決めという程度のものであったのが、教会が組織だって来て普遍《カトリック》かつ公的な一つの体制となると、すなわちキリスト紀元三二五年の、小アジアはニカイアでの公会議で、教会法《カノン》は強制的かつ義務的な、《争うべからざるドグマ》となり、かつ《盲目的服従》を要求するものとなった。それまではいまも言ったように、単なる取り決め、約束程度のものであったのだ。かくてキリスト教は、ローマでの新たな独占的国家宗教となり、この組織の外のキリスト教徒は、再びローマの地下墓窟《カタコンベ》へ逃げ込んで隠れなければならなくなったのだ。聖霊は一つなのに、法は何度でも変る。聖霊は人を生かすが、法は人を殺す。いまこの現在、もしイエス・キリストがローマにあらわれて新約聖書に説かれている説教をしたとしたら、果して如何なることが起るか……。

云々。

ヨナも大口をあけてびっくりしたが、騎士の方も、われながらその言説の過激さに気付き、これも自ら衝撃をうけたようであった。

「いや、こんなことを話そうと思っていたのではない……」

騎士自身も、自らの興奮からは、なかなかに覚めがたいもののようであった。

……パドヴァから、アドリア海の潟《かた》に浮ぶヴェネツィアまでは遠くはない。

それは凍てつくように寒い、月もない夜のことであった。綱を使って城壁を乗り越えた数人の若者たちがいた。アントン・マリアは言うまでもなくそのなかにいた。城壁外の百姓屋に馬が数頭用意されてあり、湿っぽい夜霧をついて亡霊のような一団がアドリア海の海岸に辿りついたときには、すでに夜が明けていた。そこで馬を捨て、これまたあらかじめ用意されていた、帆と四つの櫂をもつ小舟に乗り、濃い霧のなかをヴェネツィアに向った。

ヴェネツィアは、外部からの侵入者に対して、実に厳重な警戒体制をしいていた。入市のための査証《ヴィザ》を持たぬ者は一切上陸させず、この共和国は怖るべき警察国家でもあったのである。Sbirro と呼ばれる、黒衣の外套をまとった秘密警察は、殊に恐れられていた。濃い霧は潟を警戒するスビロの眼を避けるにもって来いであった。小舟は無事に、ユダヤ人たちが多く住むところからその名の由来している、ジュウデッカの島に着き、直ちにあるユダヤ人の舟隠し場に隠された。港であればこそ、舟を隠す必要があった。彼等の一団もまたここに身を隠して夜の来るのを待った。

ヴェネツィアは、いわば独身者の町であった。金持ちたちは、第一にその資産の散ることを恐れて、息子たちのうち、ただ一人だけ——多くの場合、最年少の男子——にしか正式の結婚を許さなかった。その他の男たちは、独身を通すか、イタリア本土へ移るか、僧になるか、三つに一つしか法がなかった。それはまたこの狭い、限られた土地しかない海上都市においての、世界史上はじめての人口政策でもあった。男子にしてかくあれば、女性の結婚はもっと難しかった。多数の高級娼婦《コルティジアーナ》と、異常に多くの尼僧院が、この都市国家を形成する島々に存する所以がそこにあった。そうしてこれらの高級娼婦たちも尼僧院も、双方ともに特別警察《バリジェル》の厳重な監視下にあった。

しかし謝肉祭《カルネヴァール》の一週間は別だ。すべては許されていた。但し、尼僧院はまた別である。尼僧院に例外は適用されなかった。

そうして明日は謝肉祭の第一日、その開始日であった。

舟隠し場で五人の学生たちは夜の更けるのを待った。そうして夜半直前にそこを出て、ヴェネツィア出身の学生の案内で――ヴェネツィアに大学はなかった――ある尼僧院の洗濯場の出入口の前にうずくまった。夜半十二時の鐘が鳴りはじめて、十まで数えたとき、その両開きの扉の鉄門にかけられた鍵の音がかすかに聞えて、一人だけがようやく出られるほどに扉が開き、若い尼僧と思われるものが、一人、二人、三人、四人、五人、出て来た。

暗さは暗し、誰が誰とも、老若の区別さえつかなかった。それに夜は凍えるほどに寒く、こまかい雨さえが降って来た。顔もよく見えぬままに、アントン・マリアは、小声で、

「ルクレツィア……？」

と女の名を呼んだ。

すると五人のうちの、背の高い女が彼のもとへ寄って来た。ルクレツィアとアントン・マリアだけを除いて、あとの男女八人は闇のなかで、闇雲に、ともかく一対ずつの組を組み、急いで舟隠し場へ戻った。そこで、学生たちはあらかじめ用意されていた女羊飼いの服装をつけ、尼僧たちは学生たちの着ていた服にかえた。これも、一行のなかのヴェネツィア出身の学生が考え出した計画のなかのものであった。すなわち学生は女羊飼いとなり、尼僧は学生になり、その上でユダヤ人が用意してくれていた仮面を皆がかぶった。

ヴェネツィアの謝肉祭である。誰がどんな恰好をしようが自由であり、貧しい人々は大金持

ちに化けたがり、大金持ちは普通の市民の恰好をしたがった。尼僧が学生になり、学生が女羊飼いになるなどは、仮装とも言いかねる程度のものであった。なかにはサン・マルコ広場の鐘楼そのものに化けた者までが、かつていたものであった。そうして誰も彼もが、思い思いの仮面をかぶる。この一週間は、警察は極度に警戒を強めていたが、カルネヴァールのヴェネツィアに道徳はなかった。警戒を強化、というのは、誰も彼もが仮装仮面をしているとなれば、たとえ街頭で殺人事件が起ったとしても、またそれを目撃しても、誰が誰を殺したかは、瞬時に判別がつかないからである。私怨を晴らすには、よい機会でもあったのである。

またヴェネツィアは、アレクサンドリアから運ばれて来た聖マルコの遺骸を守護聖人としてもつにもかかわらず、こと宗教に関しては、いわば自由都市であった。ユダヤ人はユダヤ教の教会《シナゴーガ》をもち、トルコ人やアラビア人は回教教会《モスケア》を公然ともって、自由にその信仰と礼拝をすることが出来た。政教分離の原型がすでに出来ていた。この都市共和国で、異端のかどで処刑をされた者は一人もなかった。さればこそ、無政府状態を避けるためにも、尚更に、共和国は秩序の維持に細心の注意を払い、警戒を強めていなければならなかったのである。

またこのきわめて現世的な、商業至上の都市にあっては、禁慾主義などはまったく人気がなかったが、それでもやはりここにも黒衣の人たちが少数隠れ住んでいた。アドリア海の対岸の地、ダニューブ川下流にこの二元論宗教は発生源をもつと言われていた。

朝八時、今度はユダヤ人が公然と用意をしてくれた舟に、女羊飼い姿の学生たちと、学生服姿の尼僧たちが乗り込んで、サン・マルコ広場へ漕いで行った。天はカルネヴァールの第一日に、白雲のなびく好天を与えてくれていた。

学生と尼僧の歌声が、大運河《カナル・グランデ》とカナレ・デラ・ジュウデッカの合流する広い水の上に流れて行く。

恋をする、恋をする、
何がわるかろうぞ。
われらは若く、美しい、
ましていまはカルネヴァール……

歌の詞がごく単純なだけに、それが繰り返されればされるほど、このカルネヴァールが如何なる神秘の幕をひらいてくれるかと、男女服装の倒錯した若者たちを刺激した。仮面はいずれも鼻までであったから、唇を寄せ合うには何の不自由もなかった。櫂を扱うのがおろそかになるだけである。

ルクレツィアは、美しい娘であった。尼僧に特有な蒼白い、それでいてすぐに血の色が浮び上って来る、透きとおるような皮膚をもっていた。眼は青く、白眼には血の筋があった。黒の、首まで詰襟となった学生服の上着に、胸は美しくふくれ上り、すらりとした肢体に膝までの短袴と赤紅の長靴下がよく似合った。そうして黒の大きな三角帽のなかに、赤味がかった豊かな金髪が髷様に結いあげられて隠されていた。

「ルクレツィア、お前は美しい！」

ルクレツィアはコンコルディア伯領がヴェネツィアと同盟をしていたときに、ヴェネツィアへ供されていた傭兵の娘であった。父がミラノ軍との戦いに死んだときに、ひところはコンコルディアの城のなかで母親とともに養われ、後にヴェネツィア共和国との交渉によって、その尼僧院に引きとられたものであった。アントン・マリアとは幼馴染みであった。ポー川沿岸にマラリアが蔓延しはじめれば、一緒にアルプスの下山の飛び領地に逃れさせられもしていた。

そうして彼女が尼僧院での生活を嫌っていることも、彼は承知していた。

「尼僧になる誓いはたてたの？」

「いえ、決して。尼僧など、偽善的なものにはなりたくもありません」

それだけで、アントン・マリアには充分であった。あとはカルネヴァールの歌をうたっていれば、海風が如何に冷たくても、悦びが胸からつき上げるようにして溢れて来る。

青春はそれ自体、星座融合の如きものである。

海に、サン・マルコ鐘楼をはじめとして、ヴェネツィアのありとある教会や僧院の鐘の音が響きわたり、カナル・グランデには、黒と金の地に、花飾りや花綵《はなづな》、色さまざまな小旗をめぐらせたゴンドラの群れが数百艘もたて込むようにして浮び、その乗客たちは相互に色紙の小切れを吹雪のように投げ合っていた。

サン・マルコ広場での、赤と金、青と銀などの色の長旗、旗旒、あるいは人々の外套や女性たちの刺繍つきの衣裳などの、その色彩の氾濫、また音楽と爆竹の音、祝砲の爆音の度に飛び立つ数千羽の鳩、その鳩の群れを見上げる度に目に入る、家々の窓から垂れ下げられた、華麗なタピストリーのことなどは、いまさら言う必要もないであろう。飛び立った鳩の群れは、まわりすべて海であるから行くところもなく、すべてまた町の屋根に戻って来るのであったが……。

共和国の八つの地区を示す、それぞれに緋色を地とした旗に先立たれた共和国統領《ドージェ》は、緋色天鵞絨《ビロード》のマントオをまとい、このマントオは金と白貂《てん》の毛皮で縁どりをされ、頭上には東洋風の天蓋がさしかけられている。その後ろには、大トルコ帝国大使とドイツ大使を筆頭に、フランス、アラゴン、英国、ナポリ等の王国やミラノ、フィレンツェ共和国の大使一行が続く……。ローマ法王は、ヴェネツィア大司教によって代表されている。すべては白と金、銀、紺、青、緑、赤紅である。

五組の学生と尼僧、いや羊飼いの娘と学生たちは、再会の場所と時間を約束して、散った。別れ際に、ヴェネツィア出身の学生が一片の羊皮紙をアントン・マリアに手渡した。それには通りの名と番地がしるされてあり、耳もとに口を寄せて、

「ヴィオレト、と言えば開けてくれる。すべては用意してある」

と囁いた。

羊飼いの娘と学生は、広場を離れた。細い運河と橋と迷路のような狭い道路が交錯する道を、人々はすべて仮装仮面をしてサン・マルコ広場へと向うのであったが、手に手をとった羊飼いの娘と学生はその流れに逆らって歩き、次第に人々の数も少なくなって行った。

しかし人々の流れに逆らうことは、それ自体で人目を惹くことであることに、彼等は気付かなかった。

《ヴィオレト》と称される家は、オレンジと桜桃の樹を植えた小さな前庭をもつ――それはヴ

ェネツィアでは珍しいことに属した――瀟洒な二階屋であった。小さいけれどもすべて磨きたてられた家具や机をもち、書棚には背金の本が詰められていた。番人の老婆の話では、主人は現在アヴィニヨンにいるとのことであった。アントン・マリアの与えた銀貨に、欠けた前歯を見せて礼を言った。二階の、書斎と覚しい部屋には、冷たい料理と果物、菓子、それにヴェローナの香り高く緑がかった酒までが、アルプスの雪で冷やされてあった。夏の暑熱と運河の臭いを避けるために小さく穿たれた、窓の鎧戸をはね上げて外を見ると、その方角とも思えなかったのに、狭い、ゴンドラ一隻で一杯になるであろう運河と、美術アカデミアの裏庭が見えた。羊飼いの娘と、黒衣の学生はかたみに仮面を取り去り、何度も唇をあわせた。食事と緑色の冷たい葡萄酒は、海風に冷えていた体をあたためた。一方の壁にはトルコ風のまるい大きな穴があけられていて、内側に紫《ヴィオレット》のカーテンが掛けられていた。寝台があるにはさまっていた。

「コンコルディアの伯爵、アントン・マリア！」

とルクレツィアが呼びかけた。

これに対して、アントン・マリアは、

「ルクレツィア・レカセンス！」

と、正式に彼女の名を呼び返した。

それは婚約の一つ前の段階を意味した。

「わたしは尼僧にはなりませぬ」

「待っていて下さい」

「ですが、いまは尼僧院にいる身」

「されば美しき体軀に口づけを許されよ。コンテンプラツィオーネを」

「コンテンプラツィオーネとは？」

「プロヴァンス地方やオック語の話される地方の騎士たちが、崇拝し渇仰する貴婦人に、最終的に許される儀式です。

騎士にして、わが欲する所のみを為すと誓わば、
夫に代りてわが胸に来らしめん。

愛のミサとしての節度は守ります。わたしはまだ騎士ではありませぬが」

コンテンプラツィオーネとは、渇仰する騎士に対して、貴婦人が報いる〝裸身顕示《コンタンプラシオン》〟の儀式のことであった。

黒衣の学生が声を挙げずに、白い歯を見せて口許をゆるめ、黒の三角帽をぬぎ、髷を解いて頭を振ると、赤味がかった金髪が両肩に散った。そうして学生の方から、紫のカーテンを引きあけて内側に身を入れた。羊飼いの娘は、金髪の学生に介添えをして、彼、あるいは彼女の黒衣と、ふくらんだ短袴及び長靴下をぬがせた。裸身顕示なる、彼の地の吟遊詩人たちが、愛の最高のミサとして、ハープを搔き鳴らしながら声高く歌う、騎士と貴婦人との、その儀式である。愛する者の寝台に侍して、脱衣を手伝う光栄である。しかもそれを羊飼いの娘が行うことは、性倒錯による極限の愉悦でもあった。

ほの暗き灯火の光に、
やわ肌の白き裸身を、
まざまざと見る《コンタンプラシオン》。
その身に口づけを許されよ。

「アントン・マリア……」
と、見るにまばゆい裸身で横たわったルクレツィアが言った。

「あなたが羊飼いの娘の恰好をなさっているのは、如何にも可笑しいでしょう。せめて……」

「ルクレツィア・レカセンス！　裸身顕示《コンタンプラシオン》の次に騎士たちに許されているのは、試練《アサーク》というものです」

羊飼いの娘は、裸身のルクレツィアの体軀のあらゆるところに口づけをつづけながら、羊飼いの服装を一枚ずつ脱いで行った。ルクレツィアはその身に痙攣を来たしていた。

吟遊詩人の歌う、

いやはての愉悦はたとえ無くしても、
羞《はじら》い多きわれらが裸身の抱擁を。
そは愛と無私の忠誠のしるしなれば。

目も口も手も足も、学生も羊飼いの娘もともにいそがしく立ち働いていた。いや、裸身とあれば、もはや学生も羊飼いの娘もなかった。愛が二人を駆り立てて、ただ一つの業《わざ》を除いて、その欲するすべてはなされた。

窓外の小運河からは、カルネヴァールの歌をうたいながら行くゴンドラの櫂の音が響いていた。……


ヨナは驚いた。

あの騎士どもは、城の貴婦人たちとこんなことをやらかしていたのか。莫迦なことをやっているらしいと聞いてはいたが、男女が裸で同衾をして、愛撫をかわしながら、一つの業《わざ》だけを除いてとは、何たることだ！

「では、入口だけでうろちょろですかい、騎士なんというものは何とまだるっこしい……」

「こら、また話の腰を折るか！　貴婦人の入口から奥の、城内の宮廷《みやい》は夫に属しておるのだ」


裸身の愛撫は長くつづいた。

さすがに日が暮れかけて来ていた。

ふと、アントン・マリアが、戸外での激しい口論の声を聞きつけた。開けろ、開けられぬ、という玄関番の老婆との口論である。相手が誰かはわからない。老婆は高声で、主人はアヴィニヨンへ行って留守だから開ける必要はないと言い張り、片方は男の声であったが、その内容は聞きとれなかった。

しかし、それがアントン・マリアにある危機感を与えるのに、手間暇はかからなかった。

「ルクレツィア、着物を着ろ！」

と言う間もなく、階段に足音がした。

あのヴェネツィア出身の学生であってくれと祈りはしたが、扉を叩き割るようにして侵入して来たものは、まず、剣の切っ先であり、ついで二人連れの、黒の長いマントオを羽織った警官《スビロ》であった。

二人はまだ着衣を了えてはいなかった。あわててルクレツィアは、羊飼いの上着を着て、学生の短袴をはきかけ、アントン・マリアは……。

現行犯逮捕であった。

カルネヴァールの期間に道徳はなかった。貴族や大商人の館も扉は開け放しで、誰でもが出入りして飲み食いも何も仕放題であった。若者たちが、その大商人や代議官の奥方の着衣を脱がせて裸にしても、誰もが手を拍って笑い呆けるだけであった。

しかし、こと尼僧に関しては、話はまったく別であった。尼僧院内が如何に乱倫なことになっていたにしても、それは共和国当局の関知するところではなかった。けれども、尼僧が外に出て、あるいは脱け出して、または奪取をされて町なかでスカンダルを起されたのでは、ローマの目を怖れなければならぬ。ローマは何を言い懸りにして、法外な金を要求して来るともはかり知れなかったからである。

尼僧院から、すでに早朝、五人の尼僧奪取に関する通告が出ていた。ましてルクレツィアは共和国政府から依託をされている娘であった。特別警察《バリジェル》はカルネヴァールの開始時刻以前から捜索をはじめていたのである。

羊飼いの娘と学生が、人々の流れに逆らって次第に人気《ひとけ》の少くなった細道へ消えたことが、直ちに彼等の知るところとなった。一時は見失ったにしても、この狭い海上都市のあらゆる家に関して、彼等はすべてを知っていた。家屋の内部は、たとえ安全地帯《アジール》として彼等の無断立ち入りは一応禁止されていたにしても、特別警察《バリジェル》は特別警察《バリジェル》であるが故に、そんなものを守りはしなかった。

ルクレツィア・レカセンスは、ジュウデッカ島の尼僧院へ突き返され、アントン・マリアは、かの悪名高い、統領府の裏に、運河一つを距てて建てられている大監獄《ピオンビ》へ投げ込まれた。この運河に架けられて、統領府と大監獄《ピオンビ》とを結ぶ《歎きの橋》と称される小さな窓つきの橋を渡るときも、橋を渡ったことに気付きもしなかった。

ピオンベという名は、この大監獄の鉛屋根《ピオンビ》から来ていた。

「余はコンコルディア伯爵、アントン・マリアである」

と主張をしても、獄吏はそれをちょっと記帳しただけで、あとは鼻先きで笑っていた。

カルネヴァールの一週間は、喚いても叫んでも、誰も来てくれなかった。

祭りが終ったとき、呼び出されて統領府の裁判室へ出頭した。

アントン・マリアの伯父にあたるジョヴァンニ・デ・カヴェッツォ侯にして法王付大秘書官《プロトノタリオ》がそこにいた。裁判はなかった。

高齢の伯父は、ローマからこの度のカルネヴァールを視察に来ていたものであった。この伯父はアントン・マリアを愛していた。無言で伯父は開かれたままになっている扉を示し、二人は統領府の横出口から出て、迎えの舟に乗り、コンコルディアへ帰った。

アントン・マリアの耳には、おそらく永遠に、

Fazzo l'amor, xe vero.
Cossa ghe xe de mal?
Son zovene e bela.
E semo in Carneval!

の歌が残響を放ちつづけるであろう。

そうしてルクレツィア・レカセンスは尼僧院での監禁期間が過ぎての後、単身脱走をして運河で溺れたとも、異端者の秘密集会所に匿まわれたとも言われていた。いずれにしてもその以前に、教会からの放逐処分を受けていたから、もし溺れたのではなかったとしたら、若い娘にとっては行くところがなかった。そうして後者は、その後に法王庁の圧力によって厳重な捜索を受け、そこにいた人々は本土へすべて追放された。

アントン・マリアは、ルクレツィアが彼女の母親が働いているコンコルディアの城へ戻って来てくれることをひたすらに願っていたが、願いはかなえられなかった。もっとも、もし戻って来たとしても、教会から放逐されている以上、結婚は出来なかった。また、まだ生きていたにしても、すでにして地下生活者であった。

この事件でアントン・マリアも小破門の処置をうけ、これが解かれるまでに三年の歳月とカヴェッツォ侯の多大な手助けを要した。その後にカヴェッツォ侯は高齢を理由に大秘書官《プロトノタリオ》の職を辞し、それを教会法《カノン》を専攻していたアントン・マリアに譲った。前歴や年齢は問題ではなかった。一度ならず、二度三度も破門処分をうけた王侯や皇帝でさえが珍しくはなく、聖職売買はなみ普通のことであり、十四歳の枢機卿さえがいる世の中であった。

第七章　苦難《トローサ・エル・ドロローサ》のトゥルーズへ

「ヨナ、これを着ろ。出立する」

と、アントン・マリアに言われたのは、この騎士が何度目かの独行の旅から帰って来たときであった。騎士が独行の旅から帰って来るごとに、眉間の皺が深くなる、とヨナは感じていた。陽気な高笑いの騎士から、次第に憂い顔の騎士に変って来ていた。

ところで、与えられた衣類は、膝までのやや長い胴衣で、長袖がついていい、これに赤と緑の色違いの股引きであった。胴衣の胸には赤い十字架が縫いつけてあった。それと、底皮のついた、皮草鞋ではない、皮靴を一足与えられた。

「どこへおいでになりますので？」

「トゥルーズへ」

「トローサですかい」

「左様」

トゥルーズとは、北フランスのオイル語を話す野蛮人たちの、ガロンヌ川沿いの都市の呼び名であり、オック語を話すオクシタニアの人々は、トローサと呼んでいた。

騎士は小長持のなかから、またこの徽飾は、小旗様の徽飾を取り出し、これを馬の首から下げさせた。飾り紐がついていた。また二つに折りたためる楯も取り出し、これはヨナが持つことになった。内側のなっていた。いざとなれば、柄をつけさえすれば、旗にもなりうるように枠と持ち手もが金属で出来た見事なものであった。

「これは何ですかい？」

「法王付大秘書官《プロトノタリオ》の徽飾だ」

「今度に限って、何でこれをおつけになりますので？」

「また十字軍が押し寄せて来ているのだ」

その噂は湯治場へも届いていた。敵も味方も見境のない傭兵どもに見間違われてはならなかった。

行路はどこもかしこも山だらけであった。けれども、新しい蹄鉄をつけてもらった馬のジェムは、機嫌がよかった。ヨナの作ったおかしな木靴などは、馬にしてみれば気色のわるいものであったろう。

「旦那《メセーレ》、一つお聞きしてよろしいですかい？」

「何だ？　何でもいいぞ、話をしながら歩くことは、何にしても気が晴れる」

「ではそのルクレツィア様は、いまどこかこのあたりにでもおいでで、それを旦那はさがしておいでなのですか？」

「お前はよく気の廻る男だ。ヴェネツィアは法王の手前があるので、彼等を本土へ追い払い、処刑はしなかった。しかし本土へ渡った連中は辛い目に遭わされた」

「でも旦那、わたしは旦那ですから申しますが、ピエモンテ地方の山の中には、まだまだその手の連中が沢山かくれて住んでいますぜ」

「それはワルドオ派といって、清貧を目ざすことにかけては同じかもしれないが、ちょっと違うのだ。同じく異端ということにはなっているが、法王庁もそれほど気にはしていない」

「ワルドオという方は、リヨンの大金持ちだったそうで」

「お前は何でも知っているな」

「いえいえ、路上にいますれば何でも聞えて来ます。ただ聞いたことを、わたしは忘れないだけです」

「ワルドオはあるときに回心して、財産の一切を貧民に与え、清貧とキリストの山上の垂訓を守れと説教してまわった」

「それでまたまたローマと衝突ですか」

「その通り。彼等もまた追われて、東へ東へと森のなかを動いて行った」

「それで、ルクレツィア様の行方は？」

「今はわからぬ。しかしそのうちに、屹度いい知らせがあるであろうと信ずる」

騎士の答え方には、ある程度確信があるかに思われたが、知らせがあることがいいことであるかどうかは別の事柄に属しはしないか、とヨナは思う。

「しかし旦那、一度破門になられた方でも、いまの旦那のようになれるんですかい？」

「はっはっ、教会に帰正さえすれば、過去は問われない。但し、再犯はいけない」

「なるほど……」

「北イタリアでは、貴族の家は大抵二つに分けられているのだ」

「二つと申しますと……」

「北イタリア、特にロンバルディア、エミリア、ヴェネトなどの地方は、要するに北のアルプスの向うのドイツ皇帝とフランス王の動向につねに注意をしていなければならず、これと同程度に、ローマが何を考えているかにも余程注意をしていないと、いつ何時、北からか、南からかの軍隊に踏み潰されかねない。だから貴族たちは、その子弟を、ドイツ皇帝の宮廷と、ローマの法王庁とへ分けて派遣しているものなのだ。だからわたしは、法王庁においてドイツ皇帝を代表している大秘書官なのだ」

「そうしますと、旦那は、旦那の御領地と、ドイツの何とか様と、法王様との三重の密偵《スピア》なのですかい？」

「口が悪いな、ヨナは。家によっては、同じ子弟のなかに、フランス王の側についているものも持っている。これこそ三重だ。法王派、皇帝派、フランス王派……。わたしの伯父のカヴェッツォ侯は皇帝派であったのだ」

「同じ家のなかでさえそうなのだとしますと、イタリアは密偵《スピア》の国だと言われるのも、もっともですな」

「そうだ、だからミラノ、フィレンツェ、ヴェネツィア、トリノなどの都市は、ほとんど一年に一度ずつ連盟や同盟を変え、フランス王や法王、ドイツ皇帝などと、大袈裟な羊皮紙に同盟条約の項目を書いては反故《ほご》にしているのだ。何故なら戦争は残虐なものだから。掠奪を受ければ、忽ち村は空《から》になってしまう、都市の街路は死骸で一杯になる、男も女も子供も……」

馬上の騎士とヨナは、話しながらゆっくりと低い丘をのぼっていた。空気は澄み切り、色さまざまな小さな花が咲いていた。黄色いタンポポの可憐な花もあったが、多くは、ヨナの故郷の断崖の村に咲くものと殆ど同じ高山性のものであった。丘は山羊のためにはこれ以上望めないほどのものであった。どこからか山羊の鳴き声かと思われるものが聞えて来た。ここらの山羊は、ヨナの故郷の山羊たちとは少し種類が違っていて、額の左右から耳を巻くようなかたちの、鋭い角をもっていた。その姿も大きく、普通にいわれる山羊、羊などというものよりも、ずっと精悍な、戦闘的な野性を感じさせた。事実、これらの山羊の群れのなかへ迷い込んで来た猪を、寄ってたかって角で突き、踏み殺す光景をさえ見掛けたことがあった。山羊たちはまた相当な急傾斜の崖をでも、ジグザグに上って行く才覚があった。

「しかし旦那、あの妙な鳴き声は、あれは山羊でしょうか、それとも……」

山羊ではない、何かの鳥の啼き声だ、とヨナには思われた。

「さて、わたしにはわからぬ」

と言い残して騎士が馬に拍車をかけた。ヨナも駈け出したが、何分にも鉞つきの槍と楯とをもたされ、頭陀袋をかついでいるので、早くは走れなかった。

騎士が丘の頂上に馬を停めて、ヨナを待っていた。騎士とヨナは、前途に異様な光景の展開するのを見なければならなかった。

二人が立った丘の、そのまた一つ先の丘の上に、そう高くなく、むしろ低い中空に、何百とも、あるいは千をもって数えられるかもしれぬ鴉どもが、黒豆をでもぶち撒けたかのように、また狂ったかのように、不吉な声で鳴き喚きながら飛びかっていた。

やはり山羊ではなかったのだ。鴉の大群の狂い鳴くところによいことのある筈がなかった。

騎士がまたジェムに拍車をかけた。そうして今度は荷袋のなかから長い鞭を取り出して、右手にもっていた。

騎士がまた馬上のままで一つ先の丘の頂点に立ち停っていた。

それは惨憺たる光景であった。

丘の長い斜面に、点々として、百を越えるであろう屍体が転がり、その先には、すべて石造の、おそらくは豊かな村であったろうと思われる村落があり、すべてが焼かれて、屋根と柱の火と煤によって石は黒くすすけていた。穀倉のあとであるらしいところでは、まだ穀類から煙があがっていた。

鴉どもは、この屍にたかってその肉と腸とを食い散らかしていたものであった。平素は大人しい、牧童の命令をよく聞く牧羊犬の、純白なピレネー犬までが鴉どもと競っていた。

戦闘の巻き添えをくった村は、すべてかくの如くになることは珍しくはなかったが、山間の緑の牧場の、平和で豊かな風景との対照においては、それは一層に惨にして憺なるものであった。

そうして更に驚くべきことは、その屍と鴉の大群のなかに、一人の黒衣の僧が、あたかも一本の黒い樹木でもあるかのように立ちつくして、棒で鴉を追い払いながら、屍の額に按手の、救慰礼を施していることであった。黒衣の僧は騎士に背を向けていたので、気付かれたかどうかはわからなかった。

騎士は馬から下り、剣もはずしてヨナにあずけ、屍をまたぎまたぎしながら、その黒い樹木のような僧に近づいて行った。

背後から、

「セニョール・ペルフェクティ……」

と、このあたりでもっとも通じがよい筈のカタラン語で呼びかけたが、何の反応もなかった。

僧の真正面へ騎士が出ると、黒衣の僧は、目深くかぶっていた頭巾を振り払い、明らかに顔を見せた。真白な髪は肩まで流れ、同じく白い鬚が咽喉をかくしていた。そしてこの白いもののない部分の皮膚は、透きとおるように蒼白である。眼は片目であり、右の眼は無理矢理に刳り貫かれたものであることが見てとられた。そうして両耳の耳朶は削ぎ落されたらしく、しかも上下の唇までが無かった。唇のないその鼻下の穴に、白い歯がむき出しに見えていた。舌はあったが、声が出ないらしく、歯と歯のあいだで舌は出たり入ったりだけしていて、涎が流れつづけていた。

おそらく耳も聞えず、口も利けないものと思われた。眼は片目である。誰がこんなことをしたか、聞くに聞けなかった。またこの僧自体も、そう長く生きるであろうとは思われなかった。手には新約聖書中のヨハネの書をもっていた。

この書を死者の額に置き、その上に掌を当てて按手礼を施しているのである。《真のキリスト教徒》、あるいは《善きキリスト教徒》と自称する——彼等は決して自らを《清浄なる者《カタリ》》とは呼ばなかった——彼等の、臨終に際する者への救慰礼であった。屍は、いまだ生あって臨終に際している者の謂いでないことは言を俟たないが、この有様では死に際して按手礼などを施していられたものでないこともまた明らかであった。

切り刻まれ、首を刎ねられ、長く白い腸を引きずったりしている男女の屍のなかには、子供たちのそれもあり、村人たちは皆殺しにされたものと思われた。

そうして異様なことに、ややよい服装をしているかと思われる女性の屍のなかには、手頸から先を切り落されたものや、腕を切り落されたもの、首を切られたものなどがあり、手頸や腕を切り落された者は、出血のために死んだものと思われ、屍はいずれも蠟のように白かった。

「これはエルヴェシアかポーランドの傭兵どものやり口だ！」

と、騎士が低くうめいた。

蒙古軍にポーランドから追い出された連中までが来ていたのである。

首を切られた女は首飾りを、腕を切り落された女は腕輪を、手頸を切り落された女はおそらく指輪を奪われたのであった。手間を省くために、もっとも簡単なやり口が選ばれたものであった。

エルヴェシアと聞かされてヨナもぎくりとした。エルヴェシア（スイス）はアルプスの山一つ向うの地方であったからである。傭兵のなかでも、エルヴェシアとポーランドからのそれがもっとも怖れられていた。二つながらに極度に貧しい地帯であったから。

傭兵は、原則として〝戦場四十日《クアランテーヌ》〟という契約で雇われて来るものであった。その契約を更新することも自由であったが、最悪なことには、戦場へ到着する以前と契約解消以後とに、群盗と化することもまた自由であったのである。まして胸に赤い十字をつけて、あらゆる罪からあらかじめ赦され、《皆殺しにせよ、神はおのれに属する者を知り給う》という、法王特使の勅旨によって励まされている者どもが何を仕出かすか。

片目の完徳者《ペルフエクティ》は、もとよりヨナの胸の小さな赤十字と、同じくヨナが轡《くつわ》を取っている馬の首から下げられた徽飾を見ていたが、一向にかまわずに、棒で鴉を追い犬を追い払いして、ひたすら按手礼をつづけていた。

ここで騎士とヨナに出来ることは何もなかった。牧草は彼等の信者たちの血を吸って、後に来る山羊たちを太らせるであろう。この部落の牛も馬も羊も山羊も豚も、すべては連れ去られていた。

村を離れても、口を利くべき話題もなかった。

陽光燦々たるピレネー山間の、広く開けた緑の谷間は、すでに心象風景として地獄に変っていた。黒衣の人々が、この世は地獄だ、救いはない、この世に在るものはすべて悪だ、悪魔の創造物であり、死の門をくぐることによって、天上に残されてある善き精霊と合体することの他に救いはない、とするのも頷くことの出来る在り様であった。

緑と屍の丘を越えて、別の深く狭い峡谷に入り、鴉どもの鳴き声が聞えなくなった頃に、ヨナは首をあげて騎士に聞いてみた。気になっていたからである。

「どうしてエルヴェシア傭兵のやり口だということがわかりますので？」

「わたしの家は代々、コンコルディアの領主であると同時に、領地がヴェネツィアとミラノの中間にあるという地理的な理由もあって、傭兵を必要とする各都市にそれを斡旋することもしていたのだ。傭兵隊長《コンドッティエーロ》であったことはないが、兵を集めてその契約《コンドッタ》をつくることをしていた」

「商売ですな」

「左様。それを必要とする都市が、ヴェネツィア、ミラノ、フィレンツェ、ローマ法王などと、あまりに多過ぎたのだ。だから傭兵どもの、それぞれのやり口のことも、わたしもまた知っている」

話の継穂がまた途絶えた。

ピレネー——土地の人々はピリニオと呼ぶ——山脈は総じて石灰質の、白色の勝った山並であり、従って水の流れのあるところは深く抉られて断崖となり、その地質によって洞窟もまた多いのであった。ある種の洞窟の入口は、この地方独特の強烈な風が吹くと、巨大な笛の吹口《ふきぐち》となり、茫々と地獄の笛のような音をたてた。それは山並そのものがただの自然として、救われもせず、神によって放擲されている、その無限の孤独を歎いているかに聞えた。

騎士が問わず語りに話しはじめた。

「あの黒衣の完徳者《ペルフエクテイ》は、おそらくつい近頃、五月の二十八日の夜、アヴィニオネの村で、トゥルーズの異端審問官の一行九人が、怒りに燃えたトゥルーズの市民と村人によって一挙に虐殺された、その復讐、あるいは見せしめとして、アヴィニオネの村人の男全部が両目を刳り貫かれて追放されるという事件があった時に、村人の恰好をしていた一人の完徳者だけが片目を残されて、指導者、あるいは道案内として、この盲者の群れを連れてどこへでも行け、と命令された、当のその人だとわたしは思う」

「へえ、そういうことがあったのですかい？」

「左様、おそらくあの完徳者は、両目を刳り貫かれた村人たちを、それぞれの知り合いか親戚かにあずけて、先の村での惨劇を聞いて救慰礼を施すために駈けつけて来たものであろう。そう思う。彼自身の刳り貫かれた目の傷もまだ癒えてはいなかった。こういうことをしていては、平和はない。平和はありえない。まだまだ非道いことが繰り返されるであろう……」

騎士の声は咽喉でかすれていた。馬上から騎士の涙が馬の首に次から次へと点滴していた。

ピレネー山脈はまた、その石灰質の高峯の山巓に、点々として続く城塞、あるいはその出城の塔によって、人の支配の目立つ山並でもあった。白い急斜面あるいは断崖の下から見上げた場合、いったいどうしてそこにそのようなものを人の手で築くことが出来たか、と疑われるほどの山巓城塞があり、いまはそのいくつかに黒衣の人々が立て籠っている筈であった。またそのいくつかの城塞は、斜面というほどのものもなく、円錐状の、石の錐《きり》の如き断崖の頂点に建ち、その建設過程はおろか、人ののぼり下りなども、いかにも想像しがたいほどのところに存していた、地上に下るよりも、天上へのぼる、あるいは天上へ下って行くことの方が余程易かろうとさえ思われた。

もとはと言えば、ピレネーの北と南の諸王国が、この大山脈をはさんでその領有権を争っていたせいであり、十三世紀現在、宗主権は、たとえ名目だけにせよ、アラゴン王国に属していた。そうして地中海に近い場所はカタルーニアのバルセローナ伯に属し、大西洋側のオクシタニアは、アラゴン王国と英国王との、どちらにその宗主権が属するとも言い難かった。英国人騎士ジェームス・グレーヴス氏が徘徊する所以でもあった。さればまた、北フランスはパリにほとんど確立したフランス王国としても、その所属の曖昧な、しかも物産、文化文明とも豊かな土地を、たとえ住民の強烈な抵抗があったとしても、曖昧なままに放置しておくことは出来なかった。そうして、もう一度さればまた、その地に異端の火が熾烈に燃え上っているとすれば、ローマ法王としては、フランス王に命を下し、かつはこれをそそのかして、その地をおさめよ、とすることは、フランス王ならびにローマ法王の、両者の利害がそこで一致を見るに到る。ローマ法王とフランス王の名において、二十万人の十字軍が襲いかかって来る。

そうして、独自の言葉と、宗教と、産業と、学芸とを、すなわち独自の文明を持った一地方は、より強力な北方フランスに嚥下されるであろう。地方の上に、国家なる新しい体制が蔽い被さって来、その独自の宗教は、神によって全権を委ねられていると自任するものに嚥み込まれてしまうであろう。

ピレネー山脈はまた、高山性の草花の宝庫でもあった。ヨナの故里とも共通する草花も多く咲いていた。アルプスの星と言われるエーデルワイスはもとより、蝦夷菊《アスター》は少女の髪を飾るにふさわしく、アルプスの浜昼顔と呼ばれるものや、ヴィーナスの木靴などと呼ばれる珍種もまた共通していた。ヨナは薬草と覚しいものを、片端から採取して頭陀袋のなかに貯め込んだ。どこかで薬種屋に見てもらうつもりである。

黙々として馬上にあった憂い顔の騎士が、突然口を開いた。

「やはりセギリウスが正しいのだ」

と。

「一二二九年にトゥルーズで開催された会議で、信徒が聖書を読むことを禁止した、つまりは教会だけが聖書を独占しようとしたことは、これは要するに臆病さから発したことだ。聖書のなかの矛盾や撞着を、信者に知られてはならぬという恐怖からだ。それぞれの地方語に聖書を訳することまでを禁止し、信徒は教会の彫刻や柱頭や聖画だけを見ていればいいというのは、映像と記号だけを受け身に受けてさえいればそれで足りる、その内容の是非や意味内容などを考える必要はない、ということだ。これでは背中から未来へ向って行けというに等しい」

騎士の独語のはじめの部分は聞き流していたので、ヨナには漠然としか受け取れなかったが、〝背中から未来へ……〟という部分は聞き捨てがならなかった。自分でもくるりと後ろを向いてみて、後ろ向きに歩いてみると、それはひどく頼りない感じのものであった。

しかし、後ろ向きで歩いてみてはじめてわかったことは、ものを考えるということ自体、ひどく危いことであるらしいということであった。自分がこのところ、セギリウスをはじめとしてこの騎士もそうであったが、ものを考えることを仕事にしているらしい人々に仕えて来て、彼等が見掛けよりもずっと危っかしいことをしているのであるらしい、と見えて来ていることに気付いていていた。

「またセギリウスが、木版の技術がもっと普及されねばならぬ、と言っていたのも正しい。正しい以上にそれは必要でさえある。映像と記号だけでは、往々にして一方通行になり、支配の道具に化けるだけである」

「セギリウス様は、金属板に絵を刻み込んで版画が出来るのに、何故金属を使って印刷が出来ないのか、と言っておられました」

騎士が叫び声を挙げた。

その声が谷間に長く谺をして、何度も何度も返って来た。

「しかし、その印刷術が発明されて、さまざまな意見が信徒に伝わり出したら、おそらく教会はそれを禁止し、その発明者を毒殺するか、異端として火刑に処するであろう」

またしばらくの沈黙がつづいた。

ピレネー山脈の澄明な空気は、音を想像以上の遠くまで伝えた。谷が深くて、こちら側の村から向う側の山の村との往来が不可能であっても、あらかじめ取り決めておきさえすれば、相当な内容の情報を、教会の鐘で伝達することが出来た。誰それが死んだ、あるいは何々の家に子が生れたなどということは、きわめて簡単に知らせ合うことが出来た。また非常の時に際しては、たとえば地中海に近いベジエの町で、はじめて十字軍が城の攻撃をはじめ、二万人の老幼男女が虐殺されたときには、ベジエの大聖堂の早鐘は、途中の村々の教会の鐘によって受け継がれ、ナルボンヌ、カルカッソンヌを経てトゥルーズまで伝達されるのに、半日で充分であった。何事が起きたかという詳細は別として、ベジエに非常事態が生じているということだけは、明らかに伝達することが出来た。

耳を澄ましてみると、広い谷間の上の青空を、どこかの鐘の音が小さな波をなしてつっ切り、何事かを叫ぶように伝達しているのではないか、と思われる。その音の小さな波が、青空に一つの皺のようにして存するのが見えるように思う。

「どこかでまた何かが起っているのでなければよいが……」

と空を仰ぎながら騎士が言った。

「旦那もそう思われますか。わたしも何か聞えるような気がします」

馬のジェムもが耳を敧《そばだ》てていた。

ヨナはこの頃はずっとジェムの轡《くつわ》をとって歩いているので、いつもジェムの大きな片目が頭の上にあり、それがつねに憂いに潤んでいるように見え、こいつは何も言わないけれども、何もかもわかっているのかもしれないな、と思わざるをえなかった。異様な光景を目にしたときには、当方の気のせいもあったかもしれないが、長い睫《まつげ》の瞼を何度も何度も瞬《しばた》いてもいた。

そのとき、谷間の少し上の方の楡の林のなかから、あたかも一羽の黒い大きな翼をもった鳥のようなものが、急ぎ足で、ほとんど飛び下りて来た。黒く長い外衣が後方に流れ翻って翼のように見えたのである。

黒い鳥が近付いて来た。

先の、片目で両の耳を削がれた黒衣の僧であった。

騎士が、大声を張り上げて叫んだ。

「Quo Vadis, Domine?」

と。

そうして騎士は馬から下りた。

それは、騎士として最高の敬意を払っての呼び掛けであった。

クオ・ヴァディス・ドミネ。

主よ、いずこへ行き給う。

それはまた、聖ペテロが迫害を逃れようとてローマから逃げ出したときに、王イエス・キリストの幻像がローマへの道を辿っていると見掛けて、ペテロがキリストに問いかけた、そのときの言葉でもあった。かくてペテロはローマに戻り、殉教をするに到ったのであった。

しかし、法王付大秘書官《プロトノタリオ》が異端の僧に、ドミネ、主よ、と呼び掛けたのは、騎士自身の判断の問題であり、もしこれがローマに知られたならどういうことになるかは、これは別の事に属する。

黒い鳥が、唇のない口で、白い歯のあいだからぜいぜいと息を洩らしながら言った。

「トローサへ！」

と。

先の惨劇の場で騎士が声を掛けたときには、救慰礼を施している最中であり、またあまりなむごたらしさに言葉も出なかったのである。実は聾者でも唖者でもなかったのだ。片目のせいであろうか、眼のある、すなわち左目の方に肩を入れて、傾いて歩いて来ると見えた。

騎士が話しはじめた。

「ドミネ、主よ、わたくしの敬意を受けて下さい。わたくしはこの言葉、《ドミネ》を徒《あだ》や疎かには使っていないつもりです。見られる通り、この徽飾は、法王付大秘書官《プロトノタリオ》のものです。

《ドミネ》、あなたに少し話したいことがあります。しばしの時を貸してくれませんか」

「承知しました。しかしあまり多くの時間がありませぬ、トローサで待っている人々がいますから」

「ドミネ、あなたにはすでに耳に胼胝《たこ》が出来ているような質問であるかもしれませんが、いかにこの世が徒《あだ》の火宅であるとはいえ、この自然を美しいとは思いませぬか？」

眼前に、ピレネーの谷は広く開けて、氷河をもつ雪の山々が右手に、左には峯の途中まで樅の巨木の森があり、渓流はここではゆったりと流れていた。緑の野に、アネモネは黄に、高山躑躅《つつじ》は赤、石楠花《しゃくなげ》は薄桃色に、鈴蘭は白く可愛い花を垂れ下げて風に揺れていた。光は暑いほどにも燦々と空に満ちていた。

「如何にも、兄弟よ。しかして、この世での慾を捨てれば捨てるほど、自然はより一層に美しく見えて来ますぞ」

「また時に、人もまた謙虚にして、しかもなお勇気に満ちていれば、美しい、とは思われませぬか」

「如何にもその通り、兄弟よ」

「されば、如何にして現世が悪そのものであると……」

「兄弟よ、同じことをアッシジのフランチェスコも、カスティーリアのドミニコも言った。貧しくあれ、傲るなかれ、と。しかしその後、フランチェスコ会派とドミニコ会派は何をはじめたか。ドミニコ会派は異端審問をさえ一手に請負い、このプロヴァンスとオクシタニアの地で、すでに四千人を越えるわれらの兄弟姉妹を火刑に処しておる。何か申されることがありますか」

「それを申されると、わたしにも返す言葉がありませぬ」

「さらば、兄弟《アデゥ》よ。苦難のトローサ《トローサ・エル・ドロローサ》で待っている人々がいますので」

騎士がドミネと呼んだ黒衣の人は、ヨナにも片目で目くばせをして一歩を先に踏み出した。左に強く傾きながら、しかし意外に早い足取りで、鳥が駈けるようにして渓流を浅いところで渡り、松林に姿を消した。松は松脂《まつやに》を取るために、人の胸ほどの高さで傷つけられてい、壺がしばりつけてあった。松林はすべてあたかも血を流しているかに見えた。

その姿が見えなくなったとき、騎士が言った。

「ヨナ、お前はトゥルーズへ行ったことがあるか？」

と。

「いえ、わたしはトゥルーズだけは知りませぬ」

「わたしは三度ほど行ったことがある」

「旦那もどこへでもお出でですね」

「それがわたしの任務だ。どこで何が起っているかを……。しかし判断をするのはわたしだ」

それは何やらわかりにくい話であった。

「むかしのトゥルーズはよいところであった……」

騎士の独り語りは長く続いた。

地中海と大西洋との丁度中間に位置し、強力なアラゴン王国と、北の英国とも交渉のあったトゥルーズは、この地方でもっとも栄えた町であった。ピレネーから流れ下って来る急流のガロンヌ川は、このあたりで流れをゆるめて川幅を広くし、その川砂にまじる薔薇色の小石は夕陽に映えて、水のない部分の川床をさえきらきらと光らせた。そうしてその夕陽は、アラビア人たちの作った、〝サラセンの塔〟と呼ばれるものを、紅殻《べんがら》色に輝かせもしたものであった。

ここにはユダヤ医学の学校があり、またアラビア語によるプラトン学の本拠もあったのである。商売とともに学芸もまた栄え、トロヴァドールと呼ばれるオック語による吟遊詩人たちと、トロヴェロと呼ばれる北フランスの、オイル語による吟遊詩人たちとの双方が、ここでその詩の巧拙を競いもしたものであった。

商売にかけては、絹はもとより、ダマスカスの香料と綾織りの緞子《ダマス》や天鵞絨《ビロード》などの織物や、サマルカンドの絨毯や、誰もうまくは扱えないダルブーカと称される楽器までが商われていた。〝絹の道〟の西方最終点であったのである。

また北アフリカのトリポリからは、女性が頭から被る、薄い被衣《かつぎ》や象牙、駝鳥の羽飾りなども来ていた。ある店では、大きな鳥籠に飼われた五色鶸《ひわ》の群れが美しい声を聞かせ、またとまり木で色鮮かな鸚鵡がお喋りをつづけてもいた。薄いガラス状の雪花石膏の瓶に入れられた、麝香や蘆薈《アロエ》、龍涎香、薔薇の液香などは、珊瑚や七宝の鏤められた箱に収められ、町筋の店はその贄を競っていた。そうしてすれ違う人々のなかには、ヨーロッパの諸地方の人々は言うまでもなく、黒人、セビーリアやグラナダから来た、緑の絹のターバンをかぶったモール人や、ビザンティンの商人などもあり、市の上層の女たちは轎《かご》に乗り、その轎の三方には寒冷紗の障子がはめこまれていた。……

かつてのトゥルーズは、あたかもバグダードがピレネー山脈の北に越して来たかの観があった。

数次の十字軍による遠征で、はじめて西欧の粗野な戦士たちは、東方の学芸と豪奢と愉楽とを、すなわち文明を知ったのである。それまでは……。

顧客は南のカスティーリアから北はフランス、英国、アイルランド、北欧諸地方にまで及んでいた。要するにヴェネツィアとジェノヴァから遠すぎるところは、すべてトゥルーズがまかなっていたのである。

市を取り囲む低い城壁には、かつて二十九もの門があり、かくも数多くの出入口があるということは、トゥルーズが、いわば自由都市であることを意味した。領主不在の際には、市の二十四人の町奉行《カピトゥール》が戦争宣言をする権限までを持っていた。それは、戦争と掠奪だけを事とするフランスの、野蛮な領主たちには考えられないことであった。さればこそ、市にはアラビア人たちの地区や、ユダヤ人地区もあり、彼等も自由に商売を営み、かつ医学や哲学の研究にも励んでいたのである。もっともその学問の程度は、トレドに及ぶものではなかったとしても……。

しかし、金銀財宝が市を支配すれば、その金銀財宝は当然にも教会に侵入して行き、《教会に金銀が入り込むと、神は出て行く》、また《金ピカのキリスト受難像は、毒入りの葡萄酒に等し》という諺の通りに、天空に聳える、サン・セルナン大聖堂塔上の十字架は、すでに十字架としての意味をもたなくなってしまっていた。

ここに、すなわちサン・セルナン大聖堂に十年ほど前までフォウルケと呼ばれる、司教にして法王特使でもある男がいた。フォウルケは、マルセイユとジェノヴァに商館を持つ大金持ちの息子であり、若い頃には吟遊詩人《トロヴァドール》として、下手な詩を作ってプロヴァンスやオクシタニア一帯の、城館の女たちの人気を得ていたものであった。あるときにその女たちの一人の従者として聖地巡礼に行き、そこで十歳になるかならぬかのシリアの少女を奴隷として買って来、ローマでキリスト教徒として受洗をさせた。また同じ頃に、聖職者の禄を買った。

この、先の吟遊詩人、女たらしの遊び人が、白に金の縁どりをもち、巨大な緑玉を鏤めた司教冠を戴いて、誇り高いトゥルーズに現れたときの人々の驚愕は、いまに人々の語りぐさになっていた。あの女たらしの遊び人がどうしてまた……と。この新司教一行がトゥルーズ入りをしたときの、その絢爛豪華さ加減もまたいまに語りつがれている。その一行のなかに、いまはすでに女として成熟したシリア女のアイシャがいたことも、これも言を俟たないであろう。

教会が富み栄え、広大な領地を持ち、金銀財宝に飾られれば飾られるほど、神の栄光はいや増す、と教会が考えれば、他方にはそれと正反対なことを考える者が現れ、いずれもがわれらこそ《真のキリスト教徒》であるとし、他を異端であり、バビロンの徒であるとする。キリストはいずれの側にあるか。

「このアイシャの隠れ家――いや、隠れ家なんていうものではなくて、堂々とフォウルケ司教の妾として市にいたのだが、これはフォウルケが人をコルドバに派遣して、あそこの、イスラム王が寵姫アサハラなる女のために建ててやった、離宮を真似たものだったのだ。薄青い大理石や桃色の大理石をピレネーでさがさせ、室内にも噴水を用意させて、その水には香水を混ぜていた。それに小さな水銀の池があって、この水銀を下から揺する仕掛けがあり、これを揺すると、水銀の池はあたかも万華鏡のようになり、あたりの花の色、天井の鍾乳石状の狭間《さま》飾りのあざやかな色彩などを反映するようにしてあった。そうして庭には、アラビアからもたらされたばかりの、薔薇の花が咲き乱れていた」

「旦那《セニエール》……」

ヨナの呼びかけは、いつの間にか、きわめて自然に、ロンバルディア語でのそれからオック語のそれへと変っていた。それがヨナの語学学習法でもあった。

「何だ？」

「旦那《セニエール》……」

「えらくお詳しいようですが、そこへお出でになったのですかい？」

「行かないでどうしてわかるか。わたしはフォウルケの行状を調べに行ったのだ」

「へえ……」

「すべてはアラビア風にとりしきってあり、椅子机はなく、クッションと座卓である。その卓子には宝石貴石が象嵌してあって、その上に葡萄酒に漬けてオリーブ油で揚げた八目鰻と蛙の股肉が皿に盛ってあった。これらの肉にはパセリの花がふりかけてあり、拳骨ほどもある黒いトリュッフは、これも葡萄酒に漬けて軟かくしてあった。そうして酒は……」

「と申しますと、旦那はそのアイシャさんとかという女を頂かれたわけで……」

「はっはっは……」

その日はじめての笑い声であった。

「頂いてわるいか。アイシャの部屋には、大きな籠に入った鸚鵡がいて、アラビア語で何かを喚鳴りたてていた。フォウルケは昼間は来ないことになっていた。それにしてもあのフォウルケの奴ほどにも、この世でよい思いをした奴も少いかもしれないな」

「しかし随分人も殺したのでしょうに？」

「そうだ。だが、異端を火刑に処したり、絞首刑にしたりすることが、神とローマ法王に忠誠を尽す所以だと、堅く信じていたとしたら、それもまた幸福のうちに入るものではないか。ヨナはどう思う？」

どう思うと言われても、返事の仕様がなかった。

マルセイユとジェノヴァに商館を持つ大貿易商の子として生れ、吟遊詩人として貴婦人たちに可愛がられ、その一人の聖地詣りに小姓としてついて行き、シリアのイスラム教徒の少女を買って来て洗礼を受けさせ、ついでに聖職も買い、トゥルーズの司教となって赴任し、フランス国王と協力して地元のトゥルーズ伯を追い払い、女にはハーレムの如き家を造ってやり、異端を殺し尽し……、それは真にしたい放題というものであり、これでキリスト教徒として天国に迎えられれば、これはもう言語道断というものであろう。下手をすると後世の文学史は、この男を詩人として扱いさえするかもしれなかった。

「トゥルーズが二度目の叛乱を起したとき、わたしはこの男を殺そうかと思ったことがあった。あまりと言えばあまりだったたからだ……」

……フォウルケは蝸牛《エスカルゴ》が好きだった。朝飯には五匹の蝸牛を食べていた。そうして蝸牛は、黄楊《つげ》の樹によくたかるのだ。わたしは夜のうちに、彼の司教館の庭にある黄楊の植え込みのなかにひそみ、彼が朝早く籠を持って、朝飯用の蝸牛を自分で採集に来るのを待っていた。その頃、わたしも司教館に泊っていたのだから、待ち伏せをしているなどと解されるべき理由はなかった。

しかし彼が、地面を這っている蝸牛をぱりぱりと音をたてて踏みつけながら歩いて来て、わたしがぬっと姿をあらわしたとき、その顔にあったものは、恐怖、それだけであった。わたしが法王付大秘書官《プロトノタリオ》であることを熟知していても、彼にとっては、出し抜けに人と出会うことは恐怖以外の何物でもなかったのだ。わたしはこの無価値な、ぼろ屑のようなものを殺す気持を失った。

しかしこの世の中には、フォウルケのような幸福人ばかりがいるわけではなかった。
黒衣の世界もまた、存していた。

さればそこに、善悪二元論にもとづく、死の宗教が登場して来る。いかにこの世が金銀に飾られてあろうとも、この世は悪であり、地獄そのものである、救いは天上に残された善き霊との再合体にのみ存する、とするものである。しかも断食につぐ断食で、ほとんど自殺志向とでも言うべき禁欲を自らに課している完徳者《ペルフェクティ》を除いても、日常の、この悪の世界に於て、福音書に言う『汝、誓うなかれ』というキリストの言葉を実践するとなれば、第一に婚姻というものが成立しなくなる。男女関係に於て何をしてもよいということになりかねず、かつ地上の享楽もまた無意味なものであるとすれば、たとえそれに耽ったとしても意に介するに足らず、それは一種の無政府状態《アナルシィ》を認め、かつ放置する結果を来たすことにもなる。現世の片々たる取り決めの如きは……。

極端にこれを誇張して言えば、完徳者にすべてを任せておいて、臨終に際して《善き終末》を迎えることが出来さえすれば、という次第になるであろう。

禁欲主義は必ずしも道徳を生む所以ではない。純粋はつねに両刃の剣であり、純粋と狂信は背中あわせである。

トゥルーズ伯は、これらの《清浄なる者《カタリ》》を排除はしなかった。また排除すべき理由もなかったのである。市民のなかに、多くの平信者があり、黒衣の人が白昼堂々と出入りしていても、教会のようには躍起になって目をとがらすべき政治的理由に乏しかった。職人階級にそれが特に受け入れられ、伯の家族にも、また伯に帰属している中小領主たちやその家族に、《清浄なる者》に按手をしてもらうことを望む者があったとしても、どこに排すべき理由が求められるか。

それにもう一つ、トゥルーズ伯、すなわちトゥルーズの領主は、先祖代々、事に際して優柔不断、遅疑逡巡し、決断をしたかと思えばこれをひっくりかえすことで知られ、市民代表である町奉行《カピトゥール》たちの悩みの種であった。父子二代のトゥルーズ伯は、父子ともに二度も破門をされ、二度も赦免をされていることでもその在り様の一端は知られるであろう。

父子ともどもの、それぞれ二度にもわたる教会からの放逐は、いずれも黒衣の人々にかかわることによっていた。父はサン・ジルの教会前の広場で、上半身を裸に剥かれて鞭打たれるという恥をかき、子の方はパリはノートル・ダーム大聖堂の祭壇の前で、これも上半身を裸に剥かれて鞭打たれた。トゥルーズ伯といえば、フランスとアラゴン王国の間においての最大の領主であったのである。

しかし、優柔不断、遅疑逡巡は、一文明の爛熟をこそ意味するものであったかもしれない。地域的に小なりといえども、爛熟した文明が、その様々な矛盾撞着を抱えたままで、二つの絶対権力と相対した場合、何にあれ決断は困難であったであろう。一つは、地方、国家などをも超えた、天上の神の絶対的代表者としてのローマ法王であり、もう一つは、北方パリの、精力的かつ野蛮な、生成期のフランス国家の絶対君主である。

かかる〝絶対〟と相対して、文明は如何に処すべきか。

優柔不断、遅疑逡巡とは、屈従、反抗、叛乱、屈伏の繰り返しであり、反抗、叛乱の後には破門が来、文明と繁栄はついに終りを告げるであろう。野蛮なフランス国家はその土地を嚥み込み、不寛容なローマは、独自な一宗教を火のなかに焼き尽すであろう。

トローサ、すなわちトゥルーズが近づいて来た。

すでに山々は南に遠く去り、ゆるやかな丘陵と平地がつづき、流量のゆたかなガロンヌ川がアリエージュ川をも合流させて五月の熱気のなかを流れて行く。土地には葡萄とともに、大青《たいせい》と呼ばれる油菜の一種の草が、黄色の小十字花を房状につけて群生していた。この草の長楕円形の葉から、染料用の藍がとれた。それがトローサの繁栄のもとと言えば言えるものであった。

「ヨナ、この草の実は黄疸に効くと言うぞ」

「はあ、左様ですか」

ヨナが薬草をしきりに採取していることは、見ていればわかることであった。この男は見込みがある、と騎士は思う。しかし歳をとりすぎているかもしれない、とも思う。

「ヨナは、お前はいったい何歳なのだ？」

「はあ……、今年はキリスト様の紀元で何年ですかい？」

「一二四三年だ。それがどうした？」

「わたしはおそらく一二〇〇年をちょっと過ぎた頃の生れと思いますが……」

「左様か。苦労であったろうが、大分長く生きたな……」

「感謝しなければなりませんのは、アックスの温泉のおかげで、膝の痛みがすっかりなくなりました。ありがとうございました」

「それはよかったな」

ヨナにはしかし、一つ、胸につかえている問いがあった。

「旦那《セニエール》、一つお聞きしたいことがありますが、よろしいでしょうか？」

「何だ、何でも聞け、いいぞ」

「ところで、以前に、このあたりにいらしたとき、ルクレツィア様の手がかりはありましたんですかい？」

ヨナが馬上の騎士を見上げると、騎士はまず頭を縦に振り、ついで横に振った。そうして何も言わない。ヨナの眼のすぐ上に、ジェムの大きな潤んだ片目があった。

「わたしは彼女を見付けた、と言えるが、見付けなかった、とも言える」

それは何とも解しがたい言い方というものであった。

「それはどういうことですかい？」

ルクレツィアは、黒衣の人々と一緒にヴェネツィアを追われ、ピエモンテの山中に逃れた。その当時、ピエモンテの山々には、さまざまな反ローマ的キリスト教徒の諸派がたむろしていた。ここをも追われてリヨンの職人街にかくれ、黒衣は脱いで、着衣の下に黒い帯をするだけでしばらくこの町にいた。リヨンにいる間に、彼女の美貌と清教徒振りと貧民たちや病者への奉仕は、次第に地下世界で知られるようになり、ピレネー山脈の山並にかくされているフォアの城主の妹エスクラルモンド・ド・フォアに呼ばれてリヨンからフォアに移ったのである。

エスクラルモンドは、フォア伯の妹であり、寡婦となっての後に、女完徳者となった女性であった。フォア伯の妹であることと、女完徳者としての尊敬をうけていたことが二重に相俟って彼女の影響力は大きく、司教フォウルケさえが、『その悪しき教義をもって、この女は多くの転宗者を生じさせた』とローマに報告をしていた。

さてしかし、リヨンは不思議な町であった。東方からもたらされた技術によって絹織物の中心として栄えた反面、その豪商の一人が一切の財宝を貧民に分け与えて乞食僧として清貧と信仰を説いて破門をされ、ワルドオ派なる異教をうちたててもいた。しかも十字軍に追われてオクシタニアの地を出てロンバルディアの平原とピエモンテの山々に避難をする人々と、逆にロンバルディアとピエモンテからオクシタニアに避難をしようとする人々とが、リヨンですれ違ってさえいたのである。安全に関する情報がここで交差していた。

シモン・ド・モンフォール指揮下の十字軍は、オクシタニアの町や村を次々に破壊し掠奪し、北フランスから飢えた狼のようにしてやって来た者たちの首領に、これらの町村を与えた。フォアもまた例外ではなかった。巨大な投石機が巨石を、空中に唸り音をたてて投げ飛ばすと、大抵の城壁は音をたてて崩れはじめた。攻城の包囲戦が三カ月以上もつづくことは稀であった。なかには、包囲側が城主の息子を捕えて、いますぐ降伏開城をしないならば、お前らの眼の前でこの子を殺す、と脅迫をすると、城主の妻が城壁の上に姿をあらわし、前をめくって性器をあらわに示し、腹をぺたぺた叩いて、

「これがありさえすれば子供くらいいくらでも出来るわい、その子を殺したいなら殺せ！」

と絶叫をしたという、悲惨かつ壮絶な挿話もあったが、被包囲は、そう長くもつものではな

かった。

フォア伯の妹、エスクラルモンドの侍女となったルクレツィアは、ともどもに夜陰にまぎれてフォア城を脱出し、トゥルーズの町にかくれた。


トゥルーズの町に昔の面影はなかった。かつては半分アラビア風であり、また半分はローマ風であった町は、その城壁を方々で壊され、市民がターバンと呼んでいた多くの小塔も、ローマ風にトーガと呼んでいた大きな塔も崩されてしまっていた。モザイク模様で飾られていた泉はそのモザイクを剝がれ、水は枯れていた。町の広場にあったローマの古異教の神々の彫像も、台座もろともに無くなっていた。二度にわたる包囲戦に際して、彫像も台座も、投石機のための弾丸として、あるいは城壁の弱い部分の補強に使われたのである。

十字軍側の総大将であるシモン・ド・モンフォールは、これらの彫像の一つ、智慧の女神ミネルヴァの首が飛んで来てこれに当り、頭を潰されて死んだのだと言われていた。そしてその投石機を操作していたのが、美女エスクラルモンドであり、その傍にはルクレツィアがいた、とも言われていた。

司教フォウルケもエスクラルモンドには手を出さなかった。政治的考慮であった。これを逮捕して火刑に処したりすれば、市民の叛乱は必至であり、司教の方が殺されかねない。ドミニコ派の異端審問官たちもまたそれを承知していた。つねに長い白衣をまとい、黒い帯をしていることも知れわたっていたが、これを犯すことは容易なことではなかった。

　騎士が二度目にトゥルーズに来たときには、騎士はフォウルケの愛妾シリア女のアイシャを通じてルクレツィアの動静を知ったのであったが、なかなかに近付けなかった。法王庁付の役職が邪魔になったのである。最初にトゥルーズに来て、アイシャとの逢瀬をもったときには、このシリア女の肌の白さとアラビア風の小宮殿に魅せられたこともあったが、ルクレツィアがトゥルーズにいるとはまだ知らなかったのであった。このオクシタニアのどこかに、というくらいのことしかわかっていなかった。エスクラルモンドの侍女になっているとも知らなかったのである。そうして二度目のとき、そのときにトゥルーズはまったくの廃趾と化していたのであったが、アイシャの小宮殿は無事であった。

　何度目かのアイシャとの逢瀬のときに、睦言のなかでエスクラルモンドとルクレツィアのことがアイシャの口から洩れ、同時にアイシャもが黒衣の人々の宗教の平信者であることを知り、流石の騎士も、事の最中に萎えて行くことを避けることが出来なかった。偏見、あるいは異宗教という観念的差別の感が、それが如何に非合理であるとはいえ、性本能をさえ左右しうるほどに強いものであることを、つくづくと騎士にさとらせたものであった。

それを知らぬ司教フォウルケは、やはり幸福人であったかもしれない。

自分の、他の男どものそれと比べては、自慢出来るほどの巨根が、アイシャの燃え上っている内側で萎えて行くと自覚をしたとき、騎士は人間の非合理的存在について絶望をしなければならなかった。

このとき、エスクラルモンドとルクレツィアが、かつてユダヤ人医学者たちの集会所であった館に住んでいることを知った。そうしてアイシャが、ルクレツィアを自分の小宮殿の庭園に連れて来たのである。どういう口実を作って連れて来たものであったかは、もとよりわからなかった。

「ルクレツィアもまだ平信者です」

とアイシャが告げた。

アラビア風の噴水の音と、花の香りに囲まれて、はじめは発狂しそうにさえ驚愕したルクレツィアは、身を慄わせていた。年齢相応に歳をとり、肉食を断つことが多いせいか透きとおるように蒼白な顔の瞼の下には、一筋二筋の皺が見え、髪にも白いものがまじっていた。

「あなたがそれを望むなら、アントン・マリア……」

と、ルクレツィアが言ったその後には、わたしはすでにこの世の者ではありませんから、という言葉が続くものであることを、騎士は自覚していた。けれども、その前にはさまれた、アントン・マリア、という、その名を指しての愛の一言が、異信、異教、異端などという不合理性を魔術的に超えさせたものであった。

それはかつての、ヴェネツィアのカルネヴァールでの学生服姿の、特定の女性としてのルクレツィアにようやく再会出来たということだけにとどまるものではなくて、ついに、愛そのものに出会ったということであった、と後に、騎士は思い当った。

ルクレツィアはエスクラルモンドのところへ戻って行き、騎士はこれを止めなかった。この間を通じて、ルクレツィアが始終軽い咳をしていることが騎士の注意を惹いた。

そうして小宮殿の室内では、これもアラビア風なクッションを蹴散らかして、年老いた司教フォウルケが、キリスト教に転宗させたと信じているシリア女の、香ばしい膏を塗りたてた裸身にのしかかっていた。

籠のなかの鸚鵡が、アラビア語らしいことばで、

――ラ・ウヒッブ・アイイワヘド、ラ・アハド・ユヒッブニ。

などと、喚きたてていた。

第八章　異端審問

サン・セルナン大聖堂の塔の鐘が夜半を告げると、町々の夜警たちが腰を上げて、

　夜半すでに、過ぎたりき。

　安らかに、眠られよ。


と声を挙げて夜廻りをはじめた。

　けれども、その呼び声はすでにオック語ではなく、フランス語に変えられていた。オック語は公式用語としては認められなくなっていた。

　しかも、

安らかに、眠られよ。

などと支配者のフランス語で呼び掛けられても、トローサは安らかに眠るどころではなかった。

絹の道の最終点としての、またエスパーニアの西北端、サンティアゴ・デ・コンポステーラへの巡礼たちの最大の中継地としてのトゥルーズは、死の苦しみのさなかにあった。訪れて来る諸地方の商人たちの数は激減し、貴族たちも貧窮に苦しみ、商人ももはやかつてのように祭りに大枚の金を投じたりは出来なかった。外国権力の支配と、教会検察がそそのかす密告と、それに対する賞与と赦免は、町に猜疑と怨恨の蜘蛛の巣を張りめぐらし、夜を一層暗いものにしていた。

騎士とヨナは、この町のもう一つの大寺院であるサン・テティエンヌ大聖堂附属の僧院に宿ることになった。ほんの数日を過しただけで、ヨナは忽ちこの町に馴染んでしまった。というのは、町や通りのたたずまいがトスカナのそれに、とりわけてフィレンツェにきわめて似ていたからである。ガロンヌ川はフィレンツェのアルノ川に、その川に架かる橋は後者のポンテ・

ヴェッキオにきわめてよく似ていた。そうして市の奉行たちの集会所であった建物は、フィレンツェの外国傭兵隊長官舎《バルジェーロ》にそっくりであった。

ヨナの呼び掛けは、現金なものでセニェールから再びメセーレへ逆戻りしていた。

「旦那《メセーレ》……」

「ここは他国とは思えませんね、ロンバルディアの言葉も通じますし……」

騎士は返事をしなかった。アントン・マリアは次第に寡黙な人になって来ていた。表情もいつになく厳しかった。

しかし似ているのは、かつてのそれのたたずまいだけであって、いまを盛りと花咲いているフィレンツェの栄華とは比べようがなかった。通りには、たとえば片目を刳り貫かれたかのように、打ち毀しに遭って石壁だけの家や、一家全部が逃亡して乞食の住み家になっている商家などがしきりに目に付いた。異端審問の判決は、きわめて軽微な罪の者には罰金を、そうして多くの場合に、刑罰には財産没収が伴っていた。焼き打ちをされたところもあり、通りは櫛の歯が欠けたような有様であり、アラビア風に黒い小さな丸石を敷き詰めた街路は汚れ果てて悪臭がたちこめていた。それはあたかも文明にみちたバグダード、あるいはフィレンツェが、通りという通りが人馬の糞便だらけのパリと化したかに見えた。

罰金と没収は、教会をしておそろしく富ませた。大商人が財産没収を宣告されると、その日のうちに、近くの教会の床は金銀財宝で山積みになった。従って教会の出入口には、必ず槍をもったドイツ傭兵が立っていた。言葉の通じないドイツ兵の方が、警備兵として、より適切だったのである。

そういう時の教会には、膨れた財布を帯に下げたキリスト像がもっともふさわしかった。しかも通りで大声で話される言葉はすべてフランス語であり、オック語は私語にしか使われなくなった。

一歩市の外へ出れば、戦いに荒廃した村々には家畜さえいず、麦と大青《たいせい》に彩られていた広大な畑は耕す者もなく、街道には群盗化した武士たちが隊を組んで荒れ廻っていた。貧窮化して下級騎士や傭兵を養えなくなった領主が契約を解除し、彼等は彼等自身を養わねばならなくなったのである。トゥルーズの城壁が破壊されてからは、市内といえどもこれらの群盗からの安全を保証されてはいなかった。占領当局の関心は、フランス人と教会の安全にしかなかった。警察は異端審問官に属して、異端追及ばかりがその仕事となり、市民の安全などは度外視されていた。

密告が奨励されて来ると、同信者同士でも相互に猜疑の念にかられ、生活はほとんど不可能となる。異端審問所に自首して出て、按手礼を施した完徳者、同信者の名と在所を申し出て罰金を払い、もう一度洗礼を受けて帰正した者以外は、ほとんどが地下生活者とならざるをえなかった。しかし密告者も安全ではなかった。密告したことが曝露した場合、大抵の者は殺害された。状況は惨憺たることになっていた。

信仰堅くして如何なる試練にも耐えようという勇気ある人々は、財産を売り払い、難攻不落と見做された山巓の城塞を自ら修理して閉じ籠るか、あるいはアリエージュ川に沿って五十ほどもある洞窟に籠るか、またフォア伯とその妹エスクラルモンドのような、あくまでも同信者を守り抜く決心の領主のもとへ避難するより他に、生きる手段がなかった。ある者は東方ロンバルディアへ逃げ、ある者はピレネーを越えてアラゴン王国へ、あるいは更に南方アンダルシーア地方の、イスラム教王の領地に自由を求めて逃れた。

騎士は多忙をきわめた。

一つには、法王付大秘書官《プロトノタリオ》として、異端審問の記録を精細に調査して、その過程の正否を糾し、ローマへの報告書を作成しなければならなかった。

さらにもう一つには、コンコルディアの騎士アントン・マリアとしては、ルクレツィア・レカセンスの安否をたしかめなければならなかった。侍女をしていたフォアのエスクラルモンドはすでにトゥルーズにはいなかったが、それについて行ったものかどうかは不明であった。フォウルケはとうに死んでいたが、アイシャはいまも傲然として小宮殿にあって豪奢に暮していた。フォウルケの代りに、今は、三十になるかならぬかの、フランス王ルイ九世の保護下にあるとのことであった。しかしアイシャを訪ねる気持は、もう騎士にはなかった。いま、ここでは、その人が安全であるか否かだけが問題なのであった。

それに騎士は、自分の使命の何たるかを、審問官以外には知られてはならなかった。それは法王付大秘書官《プロトノタリオ》の、事務官としての中立性の問題にかかわった。

それにもう一つ、元来ドイツ皇帝フリードリッヒ二世を代表して法王庁にあったアントン・マリアの、政治的かつ個人的問題もあった。

ある夜、ヨナは僧院二階の騎士のいる部屋の窓外で、異様に金属的な音を聞きつけた。しばらくすると、鎖鎧を頭から被った若い男の顔が見え、ガラス戸を軽く叩いた。ヨナが立ち竦んでいると、騎士がにこにこ笑って窓を開け、その若者を迎え入れた。鉤《かぎ》付の綱を投げ上げて壁を這いのぼって来たものであった。二人はドイツ語で長々と話していた。この若者は同じく騎士でドイツ皇帝の密使であり、アラゴン王国からの帰途、とのことであった。

「皇帝と法王の関係が危機的な状態になっています。……」

と若い騎士が口を開いた。

フリードリッヒ二世は、十字軍問題その他でこれまで二度も破門と赦免を重ねていたが、今度は再び状況が悪化して来て、法王及び北イタリア連合との戦いになりかねない様相を呈して来たというのである。皇帝はポーランドとハンガリーに侵入して来ている蒙古軍とも戦わねばならず、兵力不足のために法王・北イタリア連合の軍にもし敗れたりすれば、三度目の破門だけでは済みそうもない、というのである。かつてドイツ皇帝の継承権争いがあったときに、法王はその仲介権、すなわち実態としての任命権をもつとされていたために、法王から廃位宣言をさえされかねない情勢にあった。もしフリードリッヒ二世が廃位されれば、廃帝を代表しての法王付大秘書官《プロトノタリオ》などは、宙に浮いてしまうであろう。

密使は厳重に閉ざされた騎士の部屋で一日をすごしただけで、次の日の夜半に、また綱で壁をつたって下り、誰かが連れて来ていた馬に飛び乗って駈け去った。ヨナはほとんど二十四時間、部屋の扉の前に腰をおろしていなければならなかった。しかし騎士が慌てて動き出すような気配がなかったことが、ヨナを一安心させた。あの寒いドイツなどへ行くことは、南国に馴れたヨナには真平御免であった。ここで暇を見付けては、ユダヤ人の薬種屋へ駈けつけてピレネーで採取して来た植物の仕分けをしてもらいはじめたばかりなのだった。

「また密偵《スピア》ですかい」

ヨナの頭のなかには、ヨーロッパ全体の路上を密偵《スピア》どもがうようよと蟻のように這いまわり、相互にすれ違い合ってさえいる様が描き出された。

『キリストは、人間と思うか、それとも神と思うか？』

糾問の筆記記録を調査していて、騎士は思わず吐き気を催した。

要するに、人間、と答えても、神、と答えても、有罪なのである。

それは一旦異端審問というものが開始されてしまえば、いわばきわめて自然かつ論理的に繰り出されて来る、罠であり陥穽であった。この質問を最初に考え出した審問官の、黒い笑い声さえが聞えて来るかと思うほどにも、底意地の悪いものであった。またそれは、審問官自身の顔に叩きかえしてやる以外には、当代の代表的神学者といわれる、アルベルトゥス・マグヌス教会博士氏にでも答えてもらうより仕方のない問いであった。そうして全科博士《ドクトル・ウニベルサリス》といわれるマグヌス氏にしても、この問いをめぐって一冊の本は書けても、然り、否、で答えることの出来る問題ではなかったであろう。

被疑者とされたもののなかで、完徳者はさすがに、キリストは神でも人でもない、それは神と人を結ぶ一つの幻像である、と答えていた。そうして、そう言われれば、というふうに考えてみると、この永遠の問題の解決法として、幻像説は最も妥当な答えではなかろうか、と思われて来ることに、騎士もまた一驚をしなければならなかった。しかもこの答え方もまた有罪なのである。

けれども、この幻像論のような、いわば教義論、あるいは神学的論議が書記によって記されていることは真に稀であって、記録は、何処《どこ》で、何時《いつ》、誰の家で、誰々と一緒に、などの無限の連続であり、異端は頭から異端と決めつけられていて、何故それが異端であるか、正統は何故に正統であるのか、などという、根本に触れたものはまったく無かった。

何処で？

何時？

誰の家で？

誰々と？

それはもうこの四つの問いと、それに対する答えの無限の連続であり、何処で、何時、誰の家で、誰々と、を単調に訊ね、その答えを記録して行くだけなのであった。しかもその単調さは血と拷問によって裏付けられてい、それを読んで行くこともまた苦痛な、一つの難業でさえあった。しかも教義論、あるいは神学論争に近いものがたとえあったとしても、記録者は審問官の側のことを慮《おもんぱか》って、わざとそういうところは書き落しているのではないか、とさえ疑われた。審問官の方が、被疑者より知的程度が高いという保証は、どこにもありえなかった。迷いかつ悩み、種々様々に考え、ついに如何に生きるべきか、また如何に死ぬべきかについて決断を下した被疑者の方が、人生経験においても、宗教的思惟においても、何の疑いも抱いたこともなければ、ましてや聖職売買で、金で聖職者になった連中より、より高度な思想経験をもっているであろうことは、容易に想像されることであった。

しかも断罪に際しての、罰に関する法的規制が、きわめて漠然としていて、それは無いに等しい。審問官の専断に任されているのである。彼等のミサにいただけという微罪の者が、そこに誰々がいて誰が司祭をしたかという審問に答えを拒否した場合、完徳者であった者がすらすらと協力して自白をした場合よりも重罰に処せられたりもしていた。

要するに、

名前、

場所、

日付け、

これの無限連続であり、時には二十年も三十年も、ある場合には五十年も溯ってさえいた。そうして嘔吐をさえ催さしめるのは、その名前、場所、日付けを問うに際して、職業、財産の程度、家財の種類が必ず問われ、詳細なリストが付されてあることであった。それは要するに財産没収のためのリストである。それだけを見ていると、教会財政というものが、あたかも掠奪経済によるものであるかにさえ見えて来るのであった。

この記録によって、彼等の黒衣の人々の宗教思想の内奥に達しようとすることは、騎士としても諦めねばならなかった。

そうして次には判決断罪について、である。

もっとも軽い刑は、教会法によって加辱刑と呼ばれるもので、上半身を裸に剝かれて重い十字架を担い、通りを歩かされるものであった。これは主として、告発されるとすぐに、また自発的にカトリックに帰った者に科される刑であった。

しかし住民の大部分が、とまでは言わずとも、多数の者がこの宗教の信者である一地方においては、この刑を科されることは何の恥でも軽蔑の対象でもなく、密告をしたと目される者の方が憎悪の対象となっていた。初期はそうであったが、町や村の通りを、昨日も今日もというふうに多くの男女が裸に剝かれて十字架を担いで歩くとなると、彼等の自白が、まだ検察の手の及んでいない者たちの恐怖を呼ぶようになって行った。逆転現象が起ったのである。この刑の発明者は、ドミニコその人であるといわれていた。

その次に来るのが、刑としての巡礼の強制であった。これもまた罰金刑と同じく、自首して出て来た被疑者にひとしなみに科されたもので、その目的は、地域と家族からの一定期間の追放を目ざすところにあった。巡礼地は、サンティアゴ・デ・コンポステーラ、イギリスのカンタベリイ、パリ、ローマ、時には聖地エルサレムまで行けと命ぜられることがあった。稀にはサンティアゴ・デ・コンポステーラとカンタベリイなどの複数の地へ行くことを命じられる場合もあった。後二者の場合には、ピレネー山脈を越え、かつ海を渡らねばならぬ。しかも安からぬ罰金を払ったあげくに遠路のための路銀をつくるには、家財を売り払わねばならないし、それはもう間違いなく一家の没落を意味した。この場合の贖罪者は、審問官の科刑判決書を持参して、目的地の司教の到着証明と署名を貰わねばならなかった。多くの場合、目的地の司教は署名料を要求した。さればこそ、ピレネー山脈の南側の町パンプローナには、偽の証明書と署名を売る公証人まがいの商売さえが成立していた。いずれにしても数カ月を要する旅であり、道中には追剝ぎや泥棒、群盗などが充ち満ちていた。旅に死ぬ者も少くはなく、無事帰って来ても一家離散をしていて家もないという場合もあった。兵士の場合は、エルサレムか、コンスタンティノープルへ行かされることが多く、そこで二年から三年、稀には五年間も、十字軍の奴隷同様の下働きをさせられた。

それは所払《ところばら》いと言うにはあまりにも残酷な追放刑であり、家族生活の破壊は、同時に一つの文化の破壊でもあった。

騎士が目を剥いたのは、たった十二歳の男の子が、両親が黒衣の人の説教を聞いているのに同席していたということだけで、地中海岸のサン・ジルへの巡礼を科せられていることであった。

そうして第三の罰は、主として、微罪ではあるが、豊かに財産を持っているものに科されるもので、これは、長期にわたって多数の貧民に食を与えよ、という刑である。これはその被疑者の経済能力の破壊と、と同時に、十字軍によって荒廃させられた地域の貧民を、教会側の財布からではなしに救済をする手段としては、最も巧妙なものであった。

方々で牢獄は新設さえされなければならなかった。

調査をしながら、騎士は何度も胸に嘔吐感をもった。底意地悪く、どこかに卑怯な、人間性に対しての嘲り笑いと侮辱が隠されている、と思うのである、それが愛を説くキリストの名に於て行われていれば尚一層に……。

どの判決書も決まって、

父と子と聖霊の名に於て、かくあれかしと望みて、

と書き出されているのであったが、かかるものに引き出されて来ている《父と子と聖霊》に対しては、嘔吐感をしか感じさせられないのである。それは《父と子と聖霊》そのものに対する侮辱ですらあるであろう……。

また同じ《父と子と聖霊の……》という言い方は、異端の者の持っていた家や農地などの没収や、廃毀に際しても使われていた。爾後その地に種を播いてはならぬ、などという命令はその地の農業の破壊をさえ意味する。村人たちは、路上に流れ出て自らを自らの手で養わなければならなくなる。かくては、治安の悪さの原因を作っているものは、《父と子と聖霊の……》という次第にさえなるであろう。

土地と宗教は、人をして生かしめ、かつ死に際してこれを引き受けてくれるものである。その土地に埋められた屍をさえ、異端審問官は掘り出すことを命じ、火でこれを焼き、骨灰を塵芥捨て場に投げ棄てさせている。これも《父と子と聖霊の……》の名に於て、である。そうし

て土地は北のフランス王に没収され、宗教はローマに……。

しかもこれが、これからも何十年と続けられるであろうことも目に見えている。歳月を経、経験を積むごとに、おそらく告発や糾問、拷問の技術は、ますます洗練されて行くであろう。基本的に悪しきものの洗練は、文明を生む所以ではない。この地に栄えた詩文学、吟遊詩人《トロヴアドール》の文化も、これで終りであろう。

しかしこれを、ローマに対して、如何に、如何なる表現と言辞をもって報告すべきか。

和親《コンコルディア》・平和の騎士、アントン・マリアは、異端審問の書類の山に埋れて卓子に顔をつっ伏していた。

そうして、彼の額のすぐ前の羊皮紙には、

De Dignitate Hominis
人間性の尊厳について

という題名だけが記されてあった。

アントン・マリアは裁判技術の洗練までは予想しえていたが、この異端審問を起点として、更に後世にはより複雑な政治裁判が、この場合は宗教によってではなく、国家と呼ばれる新規な装置によって用意されるであろうことまでは、これは当然予想の外のものであった。

騎士が羊皮紙の山積みのなかに埋れている間は、ヨナは暇であった。ここでは僧院の手伝いをさせられることもなかった。だから町の通りにいる時間の方が多かったのであったが、それはほんの数日のことで、表通りはあまり歩かないことにしていた。歩くときには、額の傷痕を隠すこともかねて頭巾をかぶることにしていた。というのは、かつてヨーロッパの各地の路上で知り合った、ろくでもない連中の多くがこの地へ来ているからであった。彼等は、騒ぎのあるところに、掠奪や空巣狙いのたねがあることを熟知していたからである。流浪の狼の群れであった。

ただヨナに幸いしたのは、たとえヨナの顔を認めたにしても、跛を引いている筈の彼が足を伸ばしてまともに歩いて行くので、別人と思われることであった。服装も小ざっぱりとして、赤と緑の色違いの股引きまでをはいている。彼等は妙に顔を歪めて振り返り振り返りして行った。ヨナは二人の新しい人――と思われた――との付き合いのおかげで、別人になれたような気がしていた。

よい人たちだ、と思う。

ヨナはまだほんの少数残っているユダヤ人の医師兼薬種屋を訪ねて、ピレネーで採取して来た、薬草と思われるものの仕分けと効能別などを習いたいと思っていた。

幸いに親切な老ユダヤ人が、ヨナを、

「奇特な奴じゃな」

と言って毎日数時間を一緒に過すことを許してくれたが、ここでも敵はラテン語であった。土地によって、しかく適切な名を付けられている植物が、学問というものの手にかかるとなると、途端に不可解にして手に負えぬものに化けることが不思議であった。

ある時にヨナが、切傷を出かして来てそこに膿が出ているのを見付け、このユダヤ人医師が黴《かび》の生えた古パンを水に漬け、水面にうっすらと浮び上った膜のような上水《うわみず》を取り上げ、それを傷口につけてくれた。

膿は引き、傷も癒えた。

秘密はどこにでもあった。こうなるともうヨナの薬草狂いはとどまるところを知らなかった。

柳の皮は、下剤に、

苔桃は、利尿剤に、

というふうに、ヨナはまず体内から体外へ出て行くものから、自分なりの仕分けをはじめた。このユダヤ人薬剤師は、親切なばかりではなく、つねならず博識多才の人と見えた。ヨナの路上での見聞と知識は彼を楽しませ、彼はまたヨナの話に、ひとつひとつその由来や遠い淵源のことなどを付け加えてくれた。それによれば、ヨーロッパの大抵の祭りや催し事や年中行事が、そのほとんどがキリスト教の伝わる以前から行われていたものであって、キリスト教がその上に乗っかって、うまい汁を吸っているという次第になるのであった。

そういえば、ほとんどの大聖堂は、ローマの神殿跡の、その石材を使って建てられているものであった。

この医師であり薬剤師であるユダヤ人との話のあいだに、いつとはなく彼が長くトレドにいたことがわかり、ヨナもトレドには忘れ難い記憶があることから、あるときにセギリウスの思い出を話し、話のついでにセギリウスがほとんど生命懸けで求めていた、アリストテレスの《喜劇論 Comedia》とかというもののことを持ち出してみた。

するとユダヤ人は、事もなげに、

「ああ、その喜劇論なるものは、何分パピルス紙に記されたものであったから、早くアレクサンドリア近くの砂漠で散佚してしまったと聞いている」

と言った。

ヨナは、あたかもそれがわが事ででもあるかのように、鋭い悲しみに胸を衝かれた。

「ええっ……」

と言ったきり、言葉が出なくなってしまった。ヨナのあまりな驚き様に、ユダヤ人は呆れ返ってしまった。第一に文字も読めぬ筈のヨナがアリストテレスなどと言い出すこと自体が、笑い種でこそあれ、信じられない話であった。

ヨナは、自分の理解している限りにおいて、セギリウスのキリスト人間説、果してキリストは笑ったか、もし笑ったとすれば、その笑いにアリストテレスの喜劇論を適用して、キリストの人間愛により一層に適切な注釈を施すことが出来ようという考え方を、長い時間をかけて、訥々として説明をしたのである。

当のユダヤ人も、セギリウスのその考え方に、ある種の感動を覚えたもののようであった。

「ヨナ、トレドにはアリストテレスのアラビア語訳の原本はたしかにあると聞いている。わたしの友人の父親だったアラビア人が、それをラテン語に訳していた。けれども、三十年程前に、公会議によってアリストテレスが禁書となって以来、それ以後は地下文書になってしまったのだ。これを求める人が多くなればなるほど、アリストテレスは少数の人々の独占物となり、日の目を見ることがなくなったのだ。たとえ法王の許可をもって行っても、見せてはくれないだろう。それに、喜劇論はもともと散佚してしまっていて存在しない、と聞いている」

ヨナは、若かったセギリウスがより一層に可哀想になり、ほとんど涙を流さんばかりにその由を騎士に知らせた。

騎士もまた憮然として、

「もともと、無いものを、求めて、か……」

と言い、続けて低い声で、

「キリストは神か、人間か、それとも幻像か、それが……」

とまで言って口を噤んでしまった。

騎士が閉じ籠っているあいだは、ヨナが町をまわって情報を集めねばならなかった。僧院は、騎士がその権限をもって審問記録の査察をはじめてからは、非協力というよりも、むしろ敵意をあらわにしはじめたからであった。

ヨナは鬚を長くのばしはじめた。むかしの仲間に気安く声などかけられたくなかったからである。

ある日の夕方、旅籠の酒場で人々が騒がしく口論をしていることに気付いた。それは珍しいことであった。多くの人が集ること自体、禁止されていたからである。

二つのことが問題になっていた。

一つは、サン・セルナン大聖堂の墓地が掘りかえされて、四十年前に埋葬された夫婦の遺骨を取り出し、これをガロンヌ川に投じさせたという事件であった。誰かが密告をしたものであろう。そうしてその遺骨が墓地を出て行くときに、この大聖堂前の広場に生えていた、樹齢千年を越す、実に巨大というも愚かな、堂々たる樫の樹の洞《ほら》のなかから、黒衣の人が飛び下りて来て、十字を切って遺骨を見送った、というのである。

しかも、この黒衣の人は、大胆にも大聖堂そのものの前の、この樫の洞を住居としていて、カトリックに改宗した同信者が嫌々ながら大聖堂へ通うのを、つねにひそかに祝福してやっていた、という……。また別の説によれば、この黒衣の人は片目で、耳も唇も削ぎ落されている、という……。

樫の樹は、トローサの人々に敬愛されていた。その巨大な緑葉の頂点は、大聖堂と同じほどに高く、これを凌駕するものは、鐘楼のそのまた上に立つ尖塔上の十字架だけであった。樫の樹は、ローマ人たちがはじめてここに都市を建設するのを目撃し、かつはその後に西ゴート人が来、ヴァイキングが、さらにはサラセン人たちが来たのをも見ている、と信じられていた。いまはオクシタニアに差し向けられた十字軍を見ている。聖堂前の広場に、キリスト教以前からの堂々たるものにいられることは、聖職者にとっても胸糞のわるいことであったろう。

人々は夕刻にこの樹のまわりを、男たちは左廻りに、女たちは右廻りにまわっての散歩を愛した。それは愛と逢引きの機会をも与えた。祭りもこの樹をめぐって行われた。組み合せ鐘《カリヨン》や風笛、笛、手廻し琴、十三弦琴《プサルテリヨン》、マンドーレなどの楽器に伴奏された吟遊詩人たちは、余程声を張り上げて歌わないと、この巨大な茸のような枝葉のなかにいる、数千羽の雀その他の小鳥たちとは到底競えなかった。夏は、広場一杯に蔭を拡げて、人々に涼を与えた。

しかしこの巨木が、大聖堂の邪魔になっていることもまたたしかであった。樹は大聖堂にのしかかるようになっており、樹液と落葉は石壁を汚した。数千羽の小鳥たちの糞は、屋根の鉛板を腐食させた。またその鳴き声は、時に礼拝行事の妨げにもなった。

その洞に、ひそかに黒衣の人が住んでいた……。

それはよい口実というものであったであろう。

二つ目の話題は、司教が今夕、ひそかにこの樹を切らせることにした、というものであった。司教にはたしかにその権限があった。広場は聖堂領地であり、樫の樹も聖堂に属する物件として登録されていた。町奉行も大多数は反対したが、司教に押し切られてしまった。

ヨナは、坊さん連中は樹木を切らせることが好きだな、とミレトの僧院でのことを思い出していた。

古い、キリスト教以前の民俗信仰を押し潰すこともまた、ローマ教会の生命維持手段の一つであった。

夕暮れが迫って来ると、人々はあらゆる町筋から広場へ広場へと集って来た。人々は、すでに諦め切っている人々と、怒りに燃え立った人々との二つに分かれ、前者はそのあわれな光景などを見たがらなかった。そうして後者は、この広場へと放射状に集中している七つの道路に出た。

ヨナから話を聞いた騎士は司教に会いに行ったが、言うまでもなくはねつけられた。騎士の権限に属することでないことは、騎士も承知の上であった。騎士が悄然として大聖堂横の出入口から出て来たときには、堂内ではすでに夜の勤行がはじまり、嵐のようなオルガンの音が、これから起るであろうことを予告しているかに聞かれた。

騎士とヨナは、やはりこの広場の一隅にあって、これは建物の全体が樫の樹に蔽われた聖堂附属の神学校に入った。何が起るかわからなかったからである。

夕暮れの残照がまだのこっている頃に、冷たい、蛇のような感触をもつ胸甲に守られたドイツ兵に伴われて、平素は絞首刑を執行する刑吏の一行があらわれ、おのおのが大きな斧をかついでいた。

刑吏たちが駆り出されて来たことが、より一層民衆の敵意を煽った。

その刑吏が、最初の一撃を樫の樹に加えたとき、それまでがやがやと、話し声だけを聖堂の石壁に反響させていた群衆のなかから、自らの肉身に斧の刃が食い込んだかのような悲鳴があげられ、その悲鳴がきっかけとなって、怒りと、司教に対する瀆神の罵倒の叫びが挙げられた。それは広場に響きわたった。二撃目で人々は一度沈黙し、しかし、足を一歩も一歩も樹に向けて進めた。ドイツ兵は、わけのわからぬ叫び声を挙げ、金属の楯を前にして樹と刑吏をまるくとり囲んだ。群衆のなかには棍棒や木製の刺股を持参しているものまでがいた。やがて投石がはじまり、刑吏たちの斧は樫の樹に、ではなく、群衆に向けて振り上げられた。

そうして俄かに広場後方の七つの道路から、金属の擦れ合う音と、馬の蹄鉄の音が聞えて来た。兵たちの出動である。群衆の怒りの声と、刑吏やドイツ兵の叫び、兵たちの鎧の金属音は、彼等の全体の頭上を蔽っている樫の枝葉のなかにひそむ数千羽の雀や燕の鳴き声とまじり合い、そこへ聖堂内のオルガンの音までが流入して来た。数千羽の小鳥の鳴き声は、樫の樹が挙げている悲鳴と聞くにはあまりに可憐にすぎた。

誰かが、甲高い、しかしきわめて明瞭な声で叫んだ。

「切られるくらいなら、燃やしてしまえ！　火をつけろ！」

「そうだ、燃やせ！　燃やせ！」

夕闇に備えて、ランプや炬火を用意して来ている人が、何人もいた。ランプと炬火は、人々の手から手へと渡されて、最前列にいる人々に達した。

火は、樫の樹の巨大な洞に投げ込まれた。ここに隠れて起居をしていた黒衣の人が、洞のなかに多量の藁を用意していた。落葉も多量にたまっていた。

その藁と落葉が燃え上ると同時に、兵たちが群衆の後ろから襲いかかって来た。槍や鉞だけではなく、馬の蹄鉄もまた武器であった。

樹齢千年を越える樫は、その幹や枝の方々に、すでに枯死した部分をもっていた。そこに火が廻ったとき、数千羽の小鳥がいっせいに飛び立ち、その羽のはばたく音が、あたかもつむじ風が火を煽り立てたかに思われ、緑の枝葉に下から火がのぼりつき、巨大な煙が夕照のすでに

死にかけている、紅い空に立ち昇った。風はなかったので、煙はしばらくは真直ぐに立ってい
た。

樫は、精の強い樹である。ぱちぱちと物凄まじい音をたてて燃え上り、逃げ遅れて煙にまかれた小鳥までが火の粉とともに落ちて来た。

広場にはすでに十人を越えると思われる死人や、負傷者が横たわっていた。その呻吟の声は、樫の樹そのものが挙げる、嵐のような叫び声に消された。馬も三頭ほど倒れていた。また乗り手を失った一頭の馬は、白々とした腸を腹から垂らして長くそれを引いていた。その白く長いものも火に映えている。

巨木がまさに、一本の巨大な火焰樹と化してしまったとき、広場をとりまく建物の軒下に張りついてこれを見上げている人々の目に、異様な景が展開しはじめた。

空はすでに青黒かった。

その青黒く底なしの空に突き立っている聖堂鐘楼の尖塔に、一人の黒衣の人がとりついているのが、天に届こうとする火焰のなかに明らかに見取られた。

尖塔を、四肢をひろげて、徐々に、ゆっくりゆっくりと這って、ずり上って行くのである。

大火焰によって生じた風のために、黒衣は旗のようにはためいている。

騎士とヨナもが広場に飛び出して、鐘楼尖塔を見上げていた。火の粉の雨で神学校そのものが危くなっていたからである。大聖堂そのものは、石と煉瓦で出来ていたので無事ではあったが、屋根の鉛瓦が火熱で溶けはじめ、聖堂は場所によっては鉛の涙を落していた。

尖塔の先端はきわめて細くなっていて、すでに黒衣の人は両手で塔を抱え込んでいた。そのとき樫の火焔が一時に天に燃え盛り、その人の顔を明らかに照らし出した。目が片目であることまでが、片方の目のぎらつきと、もう一つの目の黒い窪みまで、明らかに見取られ、耳も唇もが削がれていることまでが見えた。

黒衣の人は、唇のない、白い歯のむき出しになっている口で何かを叫んでいたが、誰にもそれは聞きとれなかった。

やがて、さらにじりじりと先端へとのぼりはじめた。その先にあるものは、青銅の十字架だけである。その更に先は、火に映えた青黒い天である。

十字架の下に取りつくと、尖塔と十字架の間は黒衣で遮られ、人も十字架も天に浮いているかに見えた。

十字架が、揺れはじめた。少しずつぐらぐらと前後に、左右に、黒衣の人が揺すぶっている。

司教たちが広場に出て来た。司教衣の白と金が火に映えて血紅の色に見える。司教もまた尖塔を仰いでいる。鉛色の胸甲の兵たちがこれを囲んだ。

十字架の揺れが激しくなり、尖塔の先を離れたかと見えたその瞬間に、黒衣の人は十字架もろとも、衣をひるがえして火焔樹のさなかに、落下した。鈍い音がして火の粉が花火のように空高く盛り上った。

「アーメン……」

人々には、騎士にとってもヨナにとっても、言葉はそれだけしかなかった。

《アーメン》とは、《まことに、たしかに》という、事の確認を意味するヘブライ語であった。

しかし、何が確認されたか？

明る朝、聖堂側は十字架を捜したが、破片はいくつかあったにしても、十字架そのものは溶けて無くなってしまっていた。黒衣の人が、天国へか、地獄へか、持ち去ってしまったのであった。

十字架を欠いた鐘楼尖塔は、これまでのように天に突き立って高いものという印象を失い、聖堂に威厳を加えるものでもなくなってしまった。

けれども、この樫の樹への放火と十字架奪取事件は、アヴィニオネ村における審問官虐殺事件とともに、フランスと異端審問の側の態度の一層の硬化を、避けがたく招いた。トゥルーズ伯は二度目の破門宣告を受けた。次第に遠慮会釈がなくなり、町から人々の脱出が増えた。

これまでは、平信者から完徳者にいたるまで、この信仰の人々からの、十字軍、あるいは異端審問所に対する抵抗はほとんどなかった。殺生禁を完璧に守ろうとすれば、武器を持つことすら信仰に背くことになる。アヴィニオネに於ける審問官一行の殺害事件は、あまりのことに怒った騎士たちと、それにつづいた農民たちのやったことであった。土地を奪われた騎士に残っているものは、その腕と剣と楯だけである。

町や村に残った完徳者たちは、周囲の理解のもとに、もともとの仕事であった、桶屋や理髪屋、馬具屋、石工などに戻り、機織《はたおり》は彼等のもっとも得意とする職であった。

けれども、にも拘らず町や村の人々が目に見えて減りはじめた。たとえばトローサの主な広場や通りは、オクシタニアの英雄や詩人の名で飾られていたのに、ほとんどがフランスのそれに改名され、一つの広場、一つの通りが二通りの名を持ち、トローサそのものまでトゥルーズと呼ばれるようになった。地付きの、愛するに値する名が、外国のそれにとって代られつつあった。かくて、町を捨てたある者は、トローサの南約百キロほどの、ピレネーの下山《したやま》のなかに孤立して、鋭い錐のように聳え立つモンセギュールをはじめとして、山巓の城塞に逃れ、あるいは遠くロンバルディアやアラゴン王国を目指した。アラゴン王は篤実なカトリック信者ではあったが、オクシタニアを自己宗主権の下にあるものと見做し、そこからの逃避者を、その信ずるところが何であれ、保護を与えるにやぶさかではなかった。アラゴンの先王ペドロ二世は一二一三年にフランス軍と戦い、トローサの南、ミュレの町で戦死していた。

そうして町や村に残った者のなかから、

「抵抗を！……」

との声が当然、挙げられた。

それぞれの山巓城塞に立て籠った人々は、そのなかから大工や石工を動員して、投石機を作り、また城壁の破れ目などを補修した。トローサ市内の鋳物師たちは、農具と見せかけてひそかに槍や剣を作っていた。機織工たちはまた、フランスから来た連中のための豪奢な衣裳の蔭で、丈夫で長い綱を綯っていた。断崖にたつ山巓城塞への補給や連絡にはなくてはならぬものであった。

彼等の教義上からしてあり得ない筈の抵抗を煽ったものは、むしろカトリックとフランス側の暴虐に求められねばならなかった。一地方全体が、信者であると否とを問わず、その被害を蒙っていた。土地を奪われることは、人々の存立を根本から揺がした。路上の人となることが何を意味するかを、人々は熟知していた。

それにいま一つ、アドリア海の東にある、ボスニア、ブルガリアなどの古い同信教会は、優に新興のローマ教会に抗し得て、時には勝ち誇ってもいた。ロンバルディアでは地下信仰どころか、クレモナの教会の如きは、堂々と教区をさえ維持していた。それらの教会からの激励使節が度々来て、資金をもたらしているものと考えられた。けれども、そういう援助がなくても、トローサの信者たちは充分に豊かであった。町や村を去る人々は、処分した財産の一部を寄せて来た。貨幣経済がようやく確立しはじめ、トローサで鋳造された貨幣はパリのそれよりも信用度が高かった。そうして完徳者たちが多大の資金を方々にかくし持ち、かつ信用出来る平信者に托していることはよく知られていた。臨終に際して、救慰礼を受けるとき、遺産の一部が完徳者に移されることが習慣化してもいたのである。

たとえ前途により一層の苦難が待ちうけているにしても、絶望すべき理由はなかった。

異端審問記録の調査を一時中止して、騎士は、ヨナの目にも異様に思われることをしはじめていた。町の鋳物師、鋳掛け屋、蹄鉄屋、武器製造人などを片っ端から訪問しはじめたのである。

もう一つには、ヨナと一緒にトローサへ来た頃には、もう行かない、と言っていた筈の、シリア女のアイシャのところへ、またしきりに通いはじめたことであった。

第一の件については、ヨナも二度ほどついて行ったことがあった。そのときは、鋳掛け屋へ行ったのであったが、はじめ鋳掛け屋は町へ出ていて約束の時間になかなか帰って来ず、騎士は苛々していた。そうして彼が穴のあいた鍋類をかき集めて帰って来ると、途端に、

「鋳掛け屋、お前は文字の母を作れないか？」

と言い出したのである。

鋳掛け屋は驚いた。

「字の読めないこの私が、どうして文字のおッ母さんになれますんで？」

これには、ヨナも鋳掛け屋自身も吹き出し笑いに笑い出してしまった。

「馬鹿野郎、そんなことを言っているのではない。文字のA、B、Cを一つずつ多数に作って、それで文章を……」

と説明をしても、一つずつ、、、、、多数に、などというような変梃な話は到底通じるものではなかった。

公認の武器製造人は、これはもう忙しくて相手にしてもくれなかった。騎士が武器製造人の

ところへ来て、武器以外の話を持ち掛けて来るなどということは、想像外のことであった。

ただ、一人の鋳物師だけが、

「ふーむ……」

と、頷いた。

そうして、騎士が文字の、金属製の母親のことを説明した。文字の使われる頻度に応じてAならAの母親を沢山作り、QやZは少数でいいのではないか、それらを束ねて単語を作る、ついで文章を作る、そしてこれにインクをつけて紙に押しつける。

「どうだ、出来るか？　木版では手間暇がかかり過ぎる」

と言い了えたときに、鋳物師はどろどろに溶けた銅を鋳型に流し込みながら、もう一度、

「ふーむ……」

と、頷いてから、しばらく黙り込み、やがて囁くような声で言った。

「それは……、ひょっとして出来ることかもしれません。可能性はあると思います。いや、やさしいことかもしれません。しかし、……」

「何が、しかし、かね？」

と騎士が、曙光は見えた、とばかり急き込んで訊ねると、意外な答えが返って来た。

「しかし、教会が黙っていますまい。人々が新約聖書を読み、キリストの山上の垂訓などを重んじはじめるとしましたら、いまの専断的な教会は根底から潰れるでしょう。別種の異端審問が開始されるでしょう」

鋳物師は、冷静な判断と見透しの持ち主であった。学識もあると見えた。ヨナも、ははあ、この鋳物師は、例の、新約聖書を読んで聞かせる、あの方の完徳者といわれる人であろう、と判断した。

騎士はせっせと、この鋳物師のところへ通った。

そうしてついにある日、問題の核心に手を触れた、と思った。鋳物師は、アントン・マリアをついに信用してくれたのである。

「……わたくしどもは、異端であるとは思っていません。ただ……」

と語り出した。

わたしたちの信仰の方が、実は新規にローマで開始されたカトリック教よりも、キリスト教としては古いのだ、だから、ボスニア、ブルガリア、ロンバルディア、オクシタニアなどに、カトリック教の網のなかの穴のようにして残っているのだ、わたしたちは、新しい教義をつくり出したつもりなどはまったくない、むしろローマのカトリック教が教義として体系的に成立し、従って一つの政治体制化する以前の、古く純粋な教義を守り伝えているつもりなのです。正統と異端の関係ではなく、新と旧の関係なのだ。……

「先日、ブルガリアから一人の密使が来ました。彼の地ではわれわれの宗教はボゴミルと呼ばれています」

「その使者とは何語で会話を？」

「アラビア語です。その使者と懇談をした折りに、彼は、われわれのそれは旧約聖書よりは古くはないにしても、新約よりは古い。イエス・キリストが出て来て、その教えにわれわれのそれが取り入れられて現在のものが成立した、と考えていると言っていました。わたしもそれに賛成です。人間は様々なものを取り入れて育つ。ローマの、新たに成立したカトリックだけが普遍正統でありうる筈はない」

しかし、この《新》の方が、地上での権力を握り、《旧》を亡ぼそうとするならば、戦わざるをえない。敗れることがわかっていても、戦わざるをえない。一宗教は、たとえ敗れることがあっても、亡びることはない。……

鋳物師は、はっきりと「戦う」と言った。

騎士は、あなたの言ったことをローマに伝えるとは言わなかったが、自身としてはそのつもりであった。

そうしてもう一つの、アイシャの小宮殿へもう一度通いはじめたのは、ヨナが医師兼薬剤師のユダヤ人から聞いて来たことに発していた。

前司教の愛妾としての、また現在ではフランス王ルイ九世の保護をうけているアイシャの、アラビア風の小宮殿は、以前から安全地域《アジール》として扱われていて、時には得体の知れぬ男女がいることがあったが、そこに一人の女患者がいて、それを医師が診に行っている、というのである。

それをヨナから聞いた瞬間に、騎士は、それはルクレツィアであろう、と直感した。

けれどもルクレツィアは騎士に会おうとはしなかった。自分はすでに、この世の者ではない、という、先のときと同じ理由によって、であった。

先のときには、同じ理由によって身をさえはじめて許してくれたではないか、とルクレツィアに伝える術《すべ》が、しかし、無かった。アイシャに、そう伝えてくれ、とは言えなかった。

同一の理由が昇華して、あるいは下降して、許与とは反対の、拒否のための理由になりうるものであるか。それは、セギリウスのアリストテレス論理学にでも訊ねてみなければわからないことに属した。

騎士はヨナと連れ立ってユダヤ人に会いに行き、病状を訊ねた。肺が悪い、咳をする、血を吐いた、ということであった。病状はそれほど重いということではなかったが、ガロンヌ川の流れと、大西洋からの風がピレネー山脈に当って生じる霧と雨の多いトローサでは癒えにくい病いである、とのことであった。高い、空気の乾燥した場所がよく、それに、これに効く筈のベラドンナ草の根が、生憎、無い……。

ヨナはその明る日から、ベラドンナ草をもとめて、地中海岸へと駈け出して行かなければならなかった。

そうして片方では、騎士がアイシャを脅かしはじめた。アイシャは、はじめは騎士とルクレツィアの関係を知って浮かぬ顔をしていたが、二人が同郷人であることに納得の緒を自ら求め、それ以来は、一層ルクレツィアを大切にしてくれた。

アイシャ脅迫については、騎士は一つの作戦をもっていた。

「アイシャよ、シリアへ帰れ、ここにいてもろくなことがないぞ。お前は司教フォウルケの愛妾で、いまはルイ九世の思い者だ。このルイの母親のブランシュ・ド・カスティーリアはえらい嫉妬深いエスパーニア女だ。お前のことを知ったら、屹度殺すだろう。それに、フォウルケとルイと、二度もこの土地の人の恨みを買っている。いくらお前が黒衣の人たちを保護していても、いまに殺されるぞ……」

　このときにはじめて、アイシャの身につねに添っている鸚鵡が、わたしは誰も愛さない《ラ・ウヒッブ・アイイワヘド》、誰もわたしを愛さない《ラ・アハド・ユヒッブニ》、と喚いているのであることを騎士は知った。

「アイシャよ、シリアへ帰れ、コンスタンティノープルでもよい、その地には誰か知り合いがいるだろう。聖地巡礼に行く、という口実を使えば、いまの司教も必ず許可を出す。いまの司教もお前がまだここにいることを心よからず思っているのだ。前の司教の散々な評判のことは、お前も知っているだろう。ルクレツィアの病いがよくなったら、彼女を連れて聖地巡礼に行け、何故こんなところで愚図愚図しているのだ？」

　騎士の必死の願いは、彼女を連れて、というところにあったことは、言を俟たないであろう。騎士は、ヨナには無断ではあったが、もし必要とあればヨナを従者として、護衛者として付けてもいい、とまで言った。別に聖地エルサレムまで遠路を行く必要はない。ロンバルディアの同信者のところか、騎士の城のあるコンコルディアにいてくれるなら、騎士アントン・マリアの母が必ずや大切にしてくれる筈である。……

　アイシャは、しかし、その白い、あるいは白すぎる顔の眉を寄せ、黙したままで諾とも否とも言わなかった。紅い唇の端が痙攣していたが、それが何を意味するか、騎士には読み切れなかった。迷っている、と解するより他に法はなかった。

異端追及は厳しさを増す一方で、鋳物師は、字母となるものであるらしい、凹型の鋳型二十六個をひそかに僧院に届けて、姿を消してしまった。

騎士はまた多忙をきわめていた。流竄《りゅうざん》のトローサ伯が、英国王、ドイツ皇帝、プロヴァンス伯、アラゴン王などと秘密の連合を組み、法王とフランス王室に無謀な挑戦を試み、無慚にも敗れ果ててしまったからであった。アラゴン王はともかくとして、英国王やドイツ皇帝などがたとえ諾と言ったにしても、そんなものが信用出来るわけがなかった。

騎士がトローサを離れていたあいだに、書き置き一つも残さずに、あるいは残せずに、アイシャとルクレツィアもが姿を消した。

ユダヤ人の医師が、

「モンセギュールの城塞へ行ったようです。わたくしが、高乾の地がよいと言ったのが原因だとしたら、わたしは……」

と言ったきり絶句をしてしまった。

アイシャの小宮殿には、フィレンツェの商人が入っていた。この商人は、商業上の秘密だなどと小癪なことを言うだけで、何も言わなかったが、危険をあらかじめ察知したアイシャが急遠家財を処分して、恐らくこの商人の保証のもとに、フィレンツェの銀行為替にかえたものと思われた。ようやく為替制度が普及しはじめていたのである。

トローサはすでに絶望の地であった。

ヨナの薬草よりも、当局の追及の手の方が急だった。

かくてヨナが地中海岸でベラドンナ草と、また同じ効き目があると聞いたヒヨス草を袋一杯に採取して帰ってみると、肝心のルクレツィアもアイシャも、その上騎十までがいなかった。どこへ行ったとも誰にも告げられていなかった。ドイツ皇帝を法王庁で代表しているということで、僧院での待遇はますますひどくなって来ていた。しかしヨナは、ひそかに、一つ胸を撫でおろしてもいたのである。ひょっとしてあの女二人の供をさせられて、とんでもない遠いところまで行かされるのではないか、ひょっとすると、と思うと、往復の旅のあいだじゅう、気が気ではなかったのである。鬚を生やしてみると、かねてわかっていたことではあるが、白いものの方がずっと多く、残された歳月のことを考えさせられた。

それにもう一つ、鋳物師が嬉しい置き土産を、ヨナにも残していてくれた。それは、銅の小さな板に、"Jona de Rotta"（路上のヨナ）と、彼の名を刳り貫いたもので、この金属片を紙の上におき、文字の穴をペンでなぞって行くと、彼の署名が出来るのであった。ヨナは自分でもう少し曲線の穴をつけ加えて、花押風の署名をでっち上げた。字の書けぬ王や領主たちも、これを使って文書や条約に署名をしていたのである。しかしヨナにそんなものの用があろうとも思われなかったが、また鋳物師の心づもりも解しかねたが、騎士にしても彼にしても、気の晴れることの少い日々なのであった。

第九章　モンセギュールの山巓城塞

騎士アントン・マリアが調査のために――ヨナならば密偵《スピア》のために、と言うであろうが――、はじめてモンセギュールの山巓城塞を仰ぎ見たのは、すでに数年前のことであった。城塞そのものを訪れたのではなく、断崖直下の、これも斜度三十度はあろうと思われる崖に、こびりつくようにして存していた、モンセギュールの村を視察に行ったものであった。戸数は二十戸にみたず、村人のすべてはカトリックを称していたが、黒衣の人々の信を信としていることは、騎士には明らかであった。村に教会はなく、岩の裂け目から湧出している、村人と山羊や牛のための水飼場に、石のスカートをはいた木偶《でく》人形のようなものの顔の部分に、十字を刻み込んだものが建てられているだけであった。

そうして、その村が崖下にこびりついている、モンセギュールの山そのものは、それは、山などというよりも、太い釘のように屹立した、一つの《岩》であった。誰がモンセギュール、すなわち、安全なる山、と名付けたものかはもとより明らかではなかった。巨大な、この石灰岩系の《岩》の、西、南、北の三面は、おそらく七十度以上の斜度をもつ、高さ約二百メートルに及ぶ断崖であり、わずかに東正面に、太古以来の、砂礫の崩落によって堆積された土砂の斜面を持ち、登攀をするとすれば、この東正面以外からは不可能であった。西、南、北の三面から攀じ登るためには、絶壁を横につたいつつ、岩質が石灰岩系であるために生じた、煙突様の岩の裂け目を求めて、背中と膝の操作によって身をずりあげ、その裂け目の尽きたところで、別の絶壁を横につたって、もう一つの縦の裂け目をさがさなければならないであろう。

アントン・マリアの手帳には、暗号で、

——モンセギュール・不可能。

との意が記されていた。

不可能、とは、もとより攻囲不可能との意であったが、それは、その言葉を記した騎士自身にも思いがけず、示唆するに足るものをもっていた。人の世にあって《安全》とは、《不可能》なるもののなかにしかないのであるか、と。

ピレネー山脈の下山《したやま》は、大体においてゆるく波打っていて、灰色の岩石の露出しているところは別として、いずれも濃密な森によって蔽われていた。そのゆるやかな緑の山並のなかにあって、モンセギュールだけが、あたかもその山並の相互のせめぎ合いによって生じた三角波が、波頭を屹立させたそのままで、一瞬に凝固したかの観があった。

山巓城塞はこの地に珍しくはなかった。それらの城塞は、たとえ山巓にあったとしても、それぞれに街道の隘路を扼していたり、山から平地への出口にあって山と平地の双方を睥睨していたりし、しかも城塞相互は、お互いの視野のなかにあり、狼煙《のろし》による通信も可能であった。けれどもモンセギュールは、その近辺に如何なる兄弟あるいは姉妹城にあたるものも持たず、その直立した巨岩の麓は、濃密な森林で囲まれていた。森のなかに小さな渓流はあったが、あたりに重要な街道もなければ峠もなく、守護すべき町も村も持たなかった。それは、軍事的にはほとんど無用の城塞というべきものであった。

たとえば氷河や大雪渓をもつ、三千メートル級のピレネーの山々は、その高さにおいてより天空に近くはあったとしても、それはただ越えるに難儀なだけのものであり、その高みから下山の群れのなかへ降りて来て、そこにモンセギュールを見出した人は、声を挙げて首と背を仰《の》け反《ぞ》らせるであろう。

それは地から天空へと突き刺された一本の釘の如きものであり、その山巓からならば——その他の山々は如何《いかが》ともあれ――、天空へと、さらに登攀し得べき手懸りがあるかもしれないとさえ思わせる。

身を仰け反らせてその山巓を凝視する人は、その釘の頂点に、白い、一隻の方舟であるかと見える城塞を見出して、ある種の極限をまざまざと見るという感に打たれる。それはまた、逆に、天からして人の胸に釘が打ち込まれたかに近い、ある疼痛感を与え、いまにもその白い方舟が帆を揚げて山巓からかすかに浮き、天空へと離陸を開始するのではないかと思わせる。

絶対的不可能が、ここでならば、あの山巓でならば、絶対的可能に転じうるのではないか……。

アントン・マリアがその手帳に暗号で、《不可能》と書いたのは、単に軍事的な意味においてだけではなかった。

かかるところに、白い鳥がとまったかのように孤立し、しかも麓を包囲されているとすれば、そこにある人々がすでにして天空に呑まれてしまっていると言うこともまた可能であろう。そういう人々を、再びこの地上に呼びかえすことは可能か？

モンセギュールは、城塞としては実に不思議な城であった。

それは、山巓の南北に長さ約百メートル、幅三十メートルほどのやや窪地となっている岩の平地に、その平地の地形になぞって細長く、舟形に白い石を積み重ねて建築されていた。城壁の高さは、場所によって十五メートルから二十メートルにも及び、北端の、舟の艪とも覚しい天守閣は、二十五メートルの高さの壁をもっていた。そうして東面だけを除いて、この細長い、長方形の壁面の外は、ほとんど人一人、あるいは二人がようやく歩ける程度の幅の地しかなく、それも白い波頭のような岩が盛り上り、また波間の深間《ふかま》のように沈下していて、その先は三面ともに断崖である。足を踏みはずせば、墜落死は必至であった。

ここまでのことは、山巓城塞として別に珍しいことでもなかった。そうして登攀可能な東正面に、アーチ形の大きな入口あるいは門があることは、ある意味では当然であったが、西面の切り立った絶壁に向っても、大きなアーチ形の入口あるいは門があることが何を意味したか。断崖絶壁から如何なる客を招き入れるものか。それとも、それは天上からの賓客《まれびと》を迎えるためのものであったか。東正面から――それを登ることも容易なことではない――岩と背の低い灌木に手懸り足懸りを求めて攀じ登って来て、東正面の出入口から城内に入った人が、もし何気なく城内を通過して西面の出入口から外へ出たりしたら、転落は避けられないであろう。

さらに、天守閣には、縦に細長い弩弓用の矢狭間などではなくて、ほとんど正方形の大きな窓が七つも穿《うが》たれてあることをどう解すべきか。もし攻城戦が開始されて、敵方の投石機が着弾距離内のどこかに引き上げられ、据えつけられたとしたら、この広々とした窓は、たとえ木材で蓋をしたとしても、天守閣の最大の弱点となり、それは天守閣としての用をもなさなくなるであろう、というのが騎士アントン・マリアの観察であった。

しかも登攀可能な東正面といえども、攀じ登るためには、岩のそれぞれの空き間を左右ジグザグに縫って登らざるをえず、そのジグザグの角々に、柵を設けて数人の兵が配置されてあれば防禦は充分に可能、と見受けられた。そうして、もしジグザグに登って行ったとしても、城壁の前方には十メートルに及ぶ絶壁があって、それを右か左かに迂回をするにしても、容易に東面の出入口に達するとは考えられなかった。

東西両面の大きく開かれた出入口と、七つの広く開かれた天守閣の窓は、このほとんど完璧な孤立を保証されていることの証左であったかもしれず、そこに、モンセギュール、安全な山、という呼び名の由来があるものかもしれなかった。

しかし、安全な山、などという呼称にこだわっていることは出来なかった。この石灰岩系の岩峯が彼等の聖地と見做されていることは確かであり、彼等信徒は、ここを訪れてはそこに在る完徳者《ペルフエクテイ》たちの説教を聴き、瀕死の人でさえが運び上げられて救慰礼を受けていたのである。

けれども、そうであるからと言ってこの城塞が彼等の教会であると称されたことはなく、事実として城塞に十字架も立ってはいなかった。それが彼等のエルサレムであり、ローマであったかもしれなかったが、それはゴルゴタの丘や聖墓教会などのような由緒をもつものでもなかった。

アントン・マリアの推定は、モンセギュールのこの城塞は、その山巓から望まれる、視線の届く限りの山々と、西方を限るピレネー連山の雪の山並を望む、その美によって彼等の信仰を象徴する地として選ばれたものであったろう、というにあった。

この尖峯をとりかこむ空無は、カトリック教会のあの金銀財宝に飾られた卑俗、俗悪に比べれば、単純きわまりない彼等の儀礼とともに、その瞑想にもっともふさわしいものであったであろう。

晴天の日はその蒼穹に、霧の日はその視野の閉ざされてあることそれ自体に、また暗夜には天上に鏤められた星辰に、天上に残されてある善き霊との再合体を思いみるには、かくまでも適切な地は他に求めても得られなかったであろう、悪しき地上からの最短距離を象徴するものとして。

騎士は、ローマ教会内の陰謀や抗争、派閥闘争や、二年に一回は行われる戦争行為にも深甚な関心を持つ者でもあったが、信仰に関しては、彼等の純粋性に一つの典型を認めざるをえなかった。

そうして、されぱこそ、ローマとしてはかかる純粋なるものは叩き潰し、焼き尽さなければならないのである。さもなければ、俗世そのものの存在理由が疑われなければならなくなる。

俗世の変遷はすでにこの山巓にかかわりはなかったであろう。もしこれを最期の拠点に、というならば、アーチ形の二つの出入口あるいは門は、石で閉ざされねばならず、七つの大きな窓は矢狭間に仕立て直されなければならない。またここが彼等のエルサレムでありローマであるにしてもないにしても、ここに彼等のなかでの名のある高僧が常住していたとも、誰も聞いたことがなかった。四十年前に、説得に来たドミニコ上人と神学論争を交した知名の僧たちも、秘かに各地の森や洞窟にあって、村々の平信者たちを励まし、彼等の死に際しては救慰礼を施して歩いていたのである。

ただこの山巓城塞に、多年にわたって、かなりの額にのぼる資金と財宝や文書がたくわえられていることは、人にも知られていた。食糧は豊富に貯蔵され、外部との連絡、補給にも事欠きはしなかった。ということは、この《岩》をとりまく麓の森林からの秘密の通路がいくつかあり、そのなかには荷物をも引き上げ得る補給路があったこともまたたしかであった。麓の村は古くから、かかる物資調達の用を果すために成立していた。いわば交易の場であった。

石灰岩系の岩塊や山々は、洞窟や洞穴を自ら穿つ傾きがあったのである。麓の森林と洞穴洞窟のすべてを封鎖することなどは不可能であった。しかも森のなかに配される攻囲軍の兵たちは、地元で徴集された者どもであらざるをえなかった。彼等は山上の同郷人たちに対して、嫌々ながらその封鎖の任務につかされていた。おまけに彼等の費用は、教会によってそれぞれの町や村に課され、彼等に同郷人たちと戦う気などはなかった。森のなかや隘路を扼するところにいろ、と言われたからいるだけであって、従って山上の人たちが、一人二人で、あるいはグループをなして森を抜け、あるいは綱で崖を下りて来ても黙って見逃していた。如何なる意味でも害をなす人々ではなかったからでもある。

そうして北フランスから、金と土地で釣られて来た騎士や従者も、彼等の紋章付きの天幕を離れることを嫌がった。

一二四三年五月、十字軍によってモンセギュール攻囲が開始された。兵数ははじめは数百という程度であったが、後には時によって五、六千から、一万人近くに達したこともあった。

けれども、攻囲の、少くとも初期には、彼等十字軍に出来ることは、ほとんど皆無であった。東正面の、岩石や土砂などの堆積によって、やや緩くなっている斜面を攀じ登ろうとすれば、昼夜を問わず、大小の岩石が風を切り、地響きをたてて落下して来た。五月から八月までの間に、三人の兵士が石に打たれて死んでいた。

しかし城塞の攻囲戦は、それが如何に難攻不落の要害に位置していようとも、攻撃側に充分な補給補強がある限りにおいて、つねに被攻囲側に不利である。何よりも、時間が被攻囲側の味方についてくれる例がほとんどなかった。十字軍に包囲された城は、多く二週間から二カ月の間に、開城、あるいは落城に追い込まれていた。水不足、伝染病、裏切りの三つの、いずれかに理由が求められた。そうしてモンセギュールが巨大な水槽をもっていることはよく知られてい、かつ地理的にも雨の多い土地に位置していた。

騎士アントン・マリアは山巓にまで登ったことはなかったが、これを仰いだことは何度もあった。その度ごとに彼が思ったことは、あそこでは、おそらく時間はその進行を停めているであろう、という一事であった。黙示録のなかで一人の天使が、『時はもはやなかるべし』と言っていることが、おそらくあの山巓で実現されているであろう、と思うのである。麓の森林から、この屹立した《岩》の天辺《てっぺん》の城まで、少くとも垂直に二百メートルはある。風の向き次第によっては、騎馬のいななきや剣を撃ち合う金属音くらいは、麓の陣営から届いたかもしれないが、兵たちのざわめきなどは一切聞えず、たとえ司教や騎士たちの旗指物などが見えかくれしても、音のない活人画程度のこととしか見えないであろう。

生活は、祈りと、些少の労働とに、極度に単純化され、凝縮し、それはほとんど透明化さえしているであろう。

アントン・マリアは、この《岩》を見上げて、つくづくと、時間は物件ではない、それは思念である、と悟ったことであった。

しかし、そうは悟りはするものの、時間は俗世にあって、あるいはその属性において、如何にしても物件としての面を持つ、と思う。

《岩》の包囲は、時間とともに次第にその環を凝縮して行くのである。それを否定することは出来ない。と同時に、《岩》の天辺の宗教的思念もまた凝縮し、結晶化して行くのであろう……。

その宗教的思念の凝縮と結晶化は、それをローマと対比してみた場合、何という差違であることか！

ローマでは時間はむき出しの物件である、財宝ですらある。いや、それ以外のどんな時間があそこにあるか。そのもっともよい例は、法王の選挙であろう。なるべくならば七十歳を越えた衰老の者を選ぼうとする。適当な衰老、病気持ちの者がいなくて、選挙に数年もかかった例さえがあった。法王庁のなかでも、午前二時から開始される一日七回の、時禱と時禱の間の時間は、余程要領よく段取りがつけられなければ、何事もなしえなかった。瞑想どころではなかった。大秘書官たちはキリスト教世界の全体から入って来る、情報の処理に追いまくられていた。

どこそこにイエス・キリストが現れ、またどこそこに聖母マリアが、十二使徒の誰々が現れた、という情報までが頻々として入って来た。去る十世紀の世紀末には、かかる情報が、連日、まさしく殺到ということばがそれにあたるほどに法王庁に達し、《もし、真にイエス・キリストが再臨して来たならば……》という仮説は、ついに仮説以上の重々しさを持ちはじめ、法王をはじめとして人々の顔色を失わせた、と伝えられていた。

しかし、

《もし、真にイエス・キリストが再臨して来たならば……》

それは、真に怖るべき命題である。

キリスト紀元千年の大世紀末、すなわち紀元一〇〇一年の前年の、この怖るべき命題をめぐっての論争の記録は、法王付大秘書官《プロトノタリオ》にも公開はされなかった。それは文書庫の奥深くに厳重に秘匿され、日の目を見ることは絶対にないであろうと言われていた。

アントン・マリアにしても、法王庁内に代々囁き声で伝えられている噂を知るのみであった。

その噂の一つに、次のようなものがあった。

……ある枢機卿が、ほとんど聞き取り難いほどの低い声で言った。

『イエス・キリストの言ったことは、すべて——すべてだ——新約聖書に記されている。もし真にイエス・キリストがこの地上に再臨し、新たに何かを言ったとしても、我々にその新たな言葉を記録すべき義務はない』

別の枢機卿が立った。

『記録すべき義務がないとは、尊重すべき義務もない、ということを意味するか？』

『然り……』

『何故《なにゆえ》なりや？』

『如何《いかん》となれば、すでにイエス・キリスト自身によって、教権はローマに渡されてあるからだ』

深い淵のような沈黙が、その場を支配した。

再び件《くだん》の枢機卿が、今度は声高に言い放った。

『諸枢機卿よ、我々が秘蹟と教権の保持者であり、執行者である。考えてもみられよ、もしイエス・キリストがその死後千年にして、この汚穢にみちたローマの賤民街に再臨し、彼等賤民どもに、たとえば山上の垂訓をいま一度説き聞かせ、あまつさえ彼等と和やかに談笑を共にしはじめたとしたら、何が起るか……。またもしその垂訓を訂正したり、付け加えたりしたら、何が起るか……』

その声は法王庁の高い天井に轟きわたった、という……。


事の次第が左様であるならば、結論は明らかである。イエス・キリストが再臨などをして来たならば、躊躇なく引っ捕えて火刑に処せよ、ということにならざるをえないであろう。

噂は、あながち無根拠とも言いかねた。

神学論的にも筋は通っている。

モンセギュールの城塞には十字架も立ってはいなかったが、それは、あたかも現世の重い負荷と、天上の恩寵との境界城塞として見え、また、まさにこの地上が天上に離陸上昇しようとしている、その窮極の一点と見えた。されば、この山巓の一点以外に、イエス・キリストの再臨にふさわしかるべき、他の如何なる地があろうとも思われなかった。

それに、理の筋からしても、もし教権が明らかに譲り渡されてあるものとすれば、ローマ・カトリックより旧《ふる》いものにしか再臨は出来ないであろう。

法王庁内の噂話を思い出していて、アントン・マリアは、刺すような悲しみに打たれた。再臨したイエス・キリストがローマの賤民たちと、『和やかに談笑を……』というくだりが、鋭い悲しみを呼んだのであった。

……あのセギリウスは、キリストが果して笑ったかどうかをたしかめに、はるばると炎熱のトレドまでも行って、あえなく死んでしまった……。あいつはおそらく、賤民たちと『和やかに談笑』をするイエス・キリストを理想としていたものであろう、絶望を踏まえて『和やかに談笑』をする……。

……またあいつは、いまにして思えば、何故セギリウスなどという、モンセギュールとも紛《まぎ》らうような名をもっていたりしたのか……。その名の表象する《安全》どころか、トレドでついに非業の死を遂げてしまった、キリストの《笑い》を求めて。そうしてこのモンセギュールもまた、決して《安全な山》などではないであろう。……

夏近く、燦々と降り注ぐ光線をたばねて石としたかと思われる、白い石積みの城を仰いで物の想いに耽っていたアントン・マリアのそばで、ヨナが野太い声で言った。

「旦那《メセーレ》、ルクレツィア様はあそこにおいでで？」

「そうだ、如何に調べてみても、足跡はすべてあそこへ導かれるようだ」

「はあ……」

ヨナにしても、言葉はなかった。

が、しばらくしてヨナは気を取り直した。烏滸がましいかもしれないが、いまは自分の方が騎士をはげますべき立場にある、と思い付いたからであった。

「あそこに、どんな人たちが何人ほどいるかは、わかっているんですかい？」

「左様、秘密は何もない。あの連中は何もかくしだてはせず、どこそこの誰と誰がということをあけっ放しに話している」

「なるほど、それでルクレツィア様は？」

「それがもう一つはっきりしない、おそらく別の名を使っているものと思われる。とにかくフォアの領主の妹、エスクラルモンドがいるから、一緒にいるものと思う」

「それではアイシャさんは？」

「これは途中で別れたもののようだ。護衛をつけて轎《かご》に乗った女が南へ下って行った、と聞いている。轎に色鮮かな鸚鵡をとまらせて行ったというから、きっとアイシャだ」

その鸚鵡が訳のわからぬことばで喚きつづけていたという。おそらくはアラビア語で、『わたしは誰も愛さない《ラ・ウヒッブ・アイイワヘド》、誰もわたしを愛さない《ラ・アハド・ユヒッブニ》』という、アイシャの教え込んだことばを繰り返していたものであろう。

騎士とヨナは、二人だけの天幕をもち、北フランスからの十字軍の指揮者であるカルカッソンヌ奉行の本陣からも、地元徴集の農民兵を指揮するアルビの司教の本陣からも、ほとんど等距離をへだてた、小さな渓流のそばに居を構えることにしていた。

というのは、騎士がその双方から拒否をされたことの自然な結果であった。はじめ騎士は、法王付大秘書官《プロトノタリオ》として双方からの委任を取りつけ、モンセギュールの人々との投降交渉の役割を果そうと目論んだのであったが、これを双方から拒否されたものであった。そうして異端の調査行動とローマへの報告は自由という、本来の任務だけに限定をされたものであった。

それは当然と言えば当然であったけれども、騎士もヨナも、この拒否の裏にあるものについて、ある種の危機感を抱かざるをえなかった。その危険の感は、すでにトゥルーズにいた頃から、ひしひしと感じられていたものであった。それはまた密命をもつ者の常と言うべきものでもあったが、第一に、トゥルーズで鋳物師に作らせたアルファベットの字母が、いつの間にか消えてしまったことに見られた。

ヨナは、留守の間にあらかじめ届けられていた字母を、精一杯の智慧をしぼって、僧院の天井板をはがして隠しておいたものであった。ところが、いざ出発、となってもう一度天井板を取り去ってみると、字母が入れてあった箱は、影もかたちもなくなっていたのである。元来、秘密に作らせたものであり、印刷術は禁じられていたのであるから、どこへ文句の持って行きようもなかった。

ヨナの署名用の銅の板だけは、ヨナが二六時中身につけていたので無事であった。

騎士としては、

「やりぁがったな！」

と臍《ほぞ》をかむよりほかにはどう仕様もないことであった。

そうして第二には、騎士の長持のなかから、セギリウスの羊皮紙の草稿が三日ほど消えてしまい、その三日後には、再び長持のなかに戻されていたことである。

いずれにしても、法王庁からの別の密偵《スピア》か、あるいはまったく別系統の何者かが狙っている、と見なければならなかった。

「旦那《メセーレ》、わたしはまだ、解毒剤の調合のことなんぞ知りませんぜ」

というのがヨナの、この二つの事件に対する反応であった。

またもう一つ、ある夜の夜半に、馬のジェムがけたたましいいななきの声をあげたので、ヨナが僧院の廐舎に駈けつけてみると、扉があけ放たれて、ジェムが口から泡をふいて興奮していい、誰かが逃げ出して行く後ろ姿を見かけた。

爾後、ジェムは、僧院の中庭に庇をかけてつなぐことになった。

ヨナは、短剣を研がざるをえなかった。重い鉞つきの槍は、騎士の許しをえて旅の途中で打ち捨ててしまっていた。いずれにしてもあんな重いものを振り廻すことなど、ヨナは真平御免であった。

天幕のなかで眠る際にも、ヨナは短剣を手放さなかった。

騎士はしかし、山巓の人々との交渉役を諦めたわけではなかった。隠密の調査に、一層力を入れていた。そうして、そのためには麓の村の住人たちと親しくなることが第一の条件であり、村人たちに、法王付大秘書官《プロトノタリオ》なるものが何であるのか見当がつかぬことの利点を、充分に利用することにした。村人のある者は、全権を委任されている法王特使のようなものか、と買い被り、ある者はまた使い走りか何かであろう、と軽視をしてくれた。

ひと月がたち、ふた月がたって、山嶺の様子が次第に明らかになって来た。

騎士が、まずはじめに驚かされたのは、三百人から三百五十人ほどの人数のうちの、防衛用の兵たち約百人について、であった。びっしりと《岩》を包囲されていながら、この兵たちに、いささかも恐慌の気配がなかったのである。それは不可思議なことでなければならなかった。

しかし、やがてその理由がわかって来た。彼等はほとんど自由自在に、と言いたいほど自由に、欲する時に《岩》を下って自分たちの村へ戻り、また《岩》へ攀じ登ることを繰り返していたのであった。六十度から七十度はある、ほとんど垂直の壁の、その岩の皺とも言うべき、外部からは見えぬ縦の割れ目を、人目につかずにロープを使って自在に上ったり下ったりしていたのである。交替も休養も自由であった。しかもそういう人目につかぬ岩かげの縦の割れ目の、下り、あるいは上り口は、いくつもあるらしかった。また城塞の直下に、階段状の大きな地下洞窟がある、との情報もあった。

彼等を指揮していたのは、この《岩》を領地として持つミルポアの領主と、モンセギュールの城代との二人であり、二人とも一族をひき連れていた。兵たちのなかにも、言うまでもなく家族連れの者があり、いわばモンセギュール城は、一つの大家族によって保守されているものであった。従って女たちも多数いた。しかももう一つ驚いたことに、この女たちのなかにも、自在にこの嶮崖を上り下りする者たちがいたことであった。

多数の女性たちを含む平信者たちは、カトリック教で言うところの司祭、司教にあたる完徳者や女性の完徳者とともに、城外の崖に臨む、狭い平地に、そのほとんどが、十五メートルから二十メートルの高さの城壁を背に、小屋掛けをして住んでいた。また城から十メートルほど下の、岩の窪地にも小屋掛けをして集団で住んでいた。それは、いずれにしても狭いだけではなくて、床下にあたる部分の岩が凸凹していたから、快適などということからは程遠く、住まいの条件そのものからしてすでにこの世ではなかったが、しかし、彼等が、彼等の町や村あるいは居城にあっての生活も、石の床に石の壁、窓にはせいぜいで板の扉、あるいは油紙を張っての暮しであったのであれば、耐え難いというほどのものではなかったのである。

女性たちは、彼等の宗教にあって、ローマ・カトリックには見られぬ大きな役割を果していた。山巓に、すでに長く留まっている女性たちの大部分は、年老いて教義に精通し、子供たちをその教義において育て上げ、それぞれの城内、あるいは町や村においても信仰と情操の醸成の中心にあったものであった。彼等を異端として裁く側は、彼等の信条が家族生活を破壊するとしたが、実情は正反対であった。迫害されればこそ、家族的あるいは家長的団結は一層強められていたのである。女性たちは家族の守護者であり、従って宗教的伝統の守り手でもあった。

ルクレツィアが侍女として仕えている筈の、フォアのエスクラルモンド夫人は、そういう女性長老の一人であった。

さればこそ、キリスト降誕節や、聖霊降臨祭などには、プロヴァンス、オクシタニアの全町村から多くの人々が、この山巓へとめがけて攀じ登って来、城塞とその周辺には、岩にこびりつくようにして色様々な天幕が張られ、時ならぬ岩の花々が天空に咲き誇るという、異相な観を呈したものであった。

かくて、これらの老齢の女性たちや、男女双方の完徳者たちを守る騎士たちもまた、近縁遠縁の家族家系に属する人々であり、包囲が開始されてからは、兵にあたる者となった従者たちも、当の騎士たちと、幼少の頃から一緒に育って来たものであってみれば、その団結心も家族的基礎にたつものであった。主従の関係に、利害は最低限のところまでおし下げられていた。この狭い山巓にあって、衣食住に差別のつけようもなかった。山を下ってみても、騎士たちの領地は、すでにフランス人たちによって奪われてい、従者ともどもに行くところもなかったのである。

領主と城代及び騎士たちとその従者約百人は、常住、城内にあって武器や糧食、補強用の石材や木材などのあいだで寝食をともにしていた。

九世紀あたりから一二四〇年代初期にかけては、モンセギュールは、いわば彼等の聖地であり、巡礼の地であった。けれども包囲が開始されてからは、すでにして土地を奪われた貴族や騎士や町村の平信者たちの逃避地となり、人数は増えこそすれ、減ることはなかったのである。そうしてモンセギュール以外の地へ行くことは、脱走者と見做されかねぬ。ある疚《やま》しさを彼等の心に刻印した。

包囲の環が次第にきびしさを増し、外部との連絡も途絶えがちになって行くとき、城内での天守閣への荒削りの石階が、そのままで天上への階梯であるかに思い做されて来ることに無理はなかったであろう。また籠城、戦闘などというよりも、俗世の日常からの離脱の、その一過程と思われて来たとしても、これも不自然ではなかったであろう。

またその聖地としての空中城塞に、十字架もがたっていないのであってみれば、彼等の信が地上のキリスト教教理を次第に離脱して行くこともまた、理の運びの当然であったであろう。

騎士アントン・マリアのところへは、信じうべきか否かは別として、彼等が太陽を礼拝している、という情報が届いていた。天守閣の七つの大きな窓や、二つの相対したアーチ形の出入口がそのためのものであるという、まことしやかな説明までが、その情報に附随していた。

夏から秋にかけて、騎士は、流竄のトゥルーズ伯のいるところとモンセギュールとの間を往ったり来たりして、前者には、遠からず包囲しているフランス軍を攻め、籠城者たちを救い出すなどという無責任な情報を流してはならぬ、そんなことをすれば、法王による破門解除は永久に無いであろう、と説得し、山巓の人々には、トゥルーズ伯もアラゴン王もドイツ皇帝も当てにしてはならぬ、開城の条件を示せ、及ばずとも斡旋の労を取ろうという仲介の言葉を、村人を通して送りつづけた。ここまで来れば、トゥルーズ伯の遅疑逡巡、優柔不断は、山巓の人々に対して、すでに無責任を通り越して犯罪に近かった。要するにモンセギュールに兵をひきつけさせておいて、その隙にトゥルーズ市を奪いかえそうという算段であった。いまはすでに伯自身もが、彼等に対しての迫害者の側に立っていたにもかかわらず、である。

「ルクレツィア様はどうしておいででしょうか……」

騎士がルクレツィアのことをほとんど口にしなくなると、あたかもその身が立ちかわったかのように、ヨナが日に二度も三度もその名を口にした。ヨナはルクレツィアの顔を見たこともなかったのだが、山巓の白い、時によっては天守を檣とした舟か、あるいは幼児の揺籃かとさえ見えることのある城に、窶《やつ》れた女性の姿を見るかに思うことさえあったのである。

「わたしも山育ちですから、崖の上り下りは多少心得ていますが、行ってお連れしましょうかい……」

と半ばは本気で言ってみたこともあった。

彼等が非武装の者を殺す筈のないことは知られていた。

「旦那《メセーレ》、あなたは山の上へ行っておいでになったのですかい？」

とヨナが単刀直入に問うてみたときも、騎士は返事をしなかった。救出を諦めたわけではなかったが、その不可能性がずしりと重く騎士の心に居坐っていることは、ヨナにも明らかに見てとられた。

騎士はむずかしい立場にあった。

ある夜、焚火のそばで、騎士がぼそりと呟くように言ったことがあった。

「おれはいったい、いくつ反対をしているものなのだろうか」

と。

そう独り言をして、騎士はかすかに笑いさえしていたようであった。

「第一に、法王のこの異端殺戮に反対。第二に、フランス王の土地併呑に反対。第三に、皇帝の法王に対する戦争に反対。第四に、トゥルーズ伯の小賢《こざか》しい政治的細工に反対。第五に、彼等の宗教の、現世否定に反対。第六に、……」

ヨナが口をはさんだ。

「ルクレツィア様が死なれますことに、反対……」

　騎士の顔は焚火の火に照らし出されていたが、表情に何の変化もなかった。ルクレツィアの現実の死よりも先に、騎士自身が、魂のなかにすでに一つの死を抱いているものであったかもしれなかった。

「旦那《メセーレ》、そんなにも何もかにもに反対なのでしたら、旦那は何に賛成なさいますんで？」

「おれか、おれは、人が生きることに賛成なのだ」

「へえ……。それでは神様は旦那の挙げなさったもののうちで、何に御賛成ですかい？」

「それがわからぬ。神がかくも多くの解決不可能事を擁して、しかもなお平然としておいでであろうとも思われぬ」

「それではあれですかい、この世はやっぱり教会の窖《あなぐら》の扉にありますような、蟇《ひきがえる》やら蜥蜴《とかげ》やら蜘蛛《くも》やら蠍《さそり》やらだけのところで、天国へ行かないことには楽にはなりませんのですかい？わたしも蟇や蜥蜴や蜘蛛だの蠍だのは厭ですわい、もっともこいつらは、いい薬の種にはなりますがね」

　ヨナは騎士の気を晴らしてやろうとて言ってみたのであったが、騎士は焚火の焔を凝っと見詰めているだけであった。そうしてぽつりと、

「あのイギリスの騎士がうまいこと言っていたな、神が安んじています場所なんぞというものが、どこかにあるものだろうか、とな……」

夏は過ぎ、秋もすでに深まって来ていた。

騎士は何かのきっかけをつかんだか、あるいは金をでもつかませたか、いずれにしてもヨナの知るところではなかったが、再び攻囲軍の本営へ出入りしはじめていた。降伏条件の作成とその協議に参画していることは明らかであった。

やがて、雪が一、二度舞って降誕祭が近づいて来た。

それは不思議な光景であった。

風の向きによって、山巓から降誕祭用の、単純な旋律の歌声が聞えて来たが、それと、麓の攻囲軍付きの司祭たちの指導をしている歌とは、ほとんど何の差違もなかったのである。山巓のそれは、プロヴァンス地方に特有の三つ孔笛と十三弦琴で伴奏されているらしく、麓のそれが取っ手のついた手廻し琴と風笛をともなっているという、それくらいの違いしかなかった。また山巓のそれは当然、かぼそく切れ切れで、比べて麓のそれは男たちばかりのせいもあって野太く図々しいものに聞えるという、それだけのことであった。

「山の上でも下でも、キリスト様はおんなじですかい？」

そのあまりな同じさ加減が、ヨナにとっても胸の潰れるような、ある感動を与えた。

「うむ……。上の連中は神の子としてのキリストを、あまり重んじてはいない筈だ。けれども、降誕祭は降誕祭なのだろう」

「ルクレツィア様も歌っておいでてしょうな」

騎士はその頑丈な身体を二つに折って、火に枯枝を投げ込んでいた。

「キリスト様がもし、いまここへおいでになったら、どうお裁きになりますでしょうか？」

「うむ……。恐らく、黙って、双方の足に接吻をして、黙ってこの場を去られるであろう」

そう言ってから騎士は、われ自ら恐るべきことを言い抜いてしまったことに深く驚愕した。

しかし、言ってしまったことは、もとには戻らず、戻せもしない。

それを聞いたヨナもまた黙り込んでしまった。

王座に座する、彼の大いなる者にしてかくの如きか。

ヨナとしても、この世の底が抜けたような気がしたのである。

しばらくのみじめな沈黙がつづいた後に、不意に騎士が奇妙なことを言い出した。

「おれの故郷のコンコルディアの近くに、ミランドーラという町がある。そこの城で生れた従弟に、ニコロと呼ばれる青年がいる。この若者が、いまアレッポにいてヘブライ語の原聖書の研究をしている」

「アレッポとは、どこですかい？」

「シリアだ。アイシャの生れたところだ。馬のジェムは、そこからジェノヴァへ送られて来たのだ。アレッポは、あちらの言葉では、ハーレブというのだ」

「へえ……。で、そのヘブライ語とかの聖書に、キリスト様がお笑いになった、と書いてでもあるんでしょうか。しかし、そのアレッポがどうかしましたのですかい？」

「いや……」

騎士はそれっきりで黙り込んでしまったが、何日かたってから、ヨナははっと気が付き、事の重大性に驚いたのであった。

……この騎士とずっと一緒にいると、ひょっとすると、エルサレムまで連れて行かれることにもなりかねない、と……。

しかし、考えてみるに、それもわるくはないかもしれぬ、とヨナは思うのである。どうせおれは、Jona de Rottaだ、腰紐にくくりつけてある署名用の銅板が太鼓判を押している。路上の人、ヨナ、と。

その路上の果てにエルサレムがあるのならば、と思うのである。エルサレムといっても、それが別に天国のようなところでないであろうことは、もう察しがついていた。話に聞くような金銀財宝に充ち満ちて、道路には『玻璃《はり》の如き純金』が敷きつめてあるなどというのは嘘八百で、砂漠のど真ん中の、水もろくに出ないような非道いところであるらしいとは、十字軍について行って来た連中に聞いたことがあった。

けれども、たとえそうであっても、この騎士とならば、行くところまで行ってもいい、と思うのである。この騎士は、躰は頑丈無類で頼りになり、馬のジェムを支えて崖下りまでやってくれたが、現在の実状としては惨憺たることになっている。ヴェネツィアのカルネヴァールで幼なじみのルクレツィアを誘い出したことがきっかけで、彼女を異端に追いやり、いまはもう救い出しようもない。また友人であり同志でもあったセギリウスを、これもまたトレドから助け出そうとして、一時《いっとき》遅れで死なせてしまった。しかも法王付大秘書官《プロトノタリオ》としても、おそらくローマでのうけもよい筈がない。

世の中の底が抜けている……。麓の歌声は霧のように《岩》をとりまき、《岩》の天辺の歌声は、見えぬ煙のように天に昇って行く。

二つながらに、同じイエス・キリストを讃め称えているのである。

降誕祭が過ぎてから、城中の財宝や資金、新約聖書などが別のところへ移された、という噂が流れて来た。

一月に入って、凍てつくような風が吹き出した頃に、騎士が十日ほどの、独行の旅に出て行った。

そうして、その旅から戻って来て、突然騎士が言った。

「ヨナ、お前はバスク語を話すか？」

と。

「旦那《メセーレ》、とんでもない。あれは、あれだけは、悪魔の言葉と申しまして、いやいや、その悪魔でさえが、バスク人のところへ七年も行っていて、たった三つの言葉しか覚えられなかったと申しますぜ。頭の悪い奴に悪魔の役がつとまる筈もありますまいに、その悪魔がですぜ……」

久し振りのことであったので、ヨナが勢い込んで喋り立てると、騎士は、ヨナにとって意外なことに、ぴしゃりと戸をたてるかのように、

「じゃ、出来ないんだな」

と言って、ぷいと背を向けてしまった。

「バスク人がネブカドネザールと言ったら、そいつは、ソロモンのことだ、と言いますぜ」

とヨナが付け加えても、笑ってもくれなかった。

けれども、それから一週間ほどが経って、何故騎士がヨナに、バスク語が話せるか、と訊ねたのであったかが、わかって来た。

バスク人は、主として大西洋側のピレネーの山中に住む、生粋の山の民で、崖を攀じ登ったり、絶壁に張りついたりの専門家たちであった。そうして彼等の言葉は、ヨーロッパの如何なる言語系統にも属さず、彼等自身以外の誰にもわからない言語であった。

そのバスク人の男二人を騎士が雇って来て、このモンセギュールの懸崖の登り方、あるいは攀じ登るための道筋の研究をさせようというのであった。

騎士には騎士の目論見があった。

けれども、その目論見の筋は正しかったにしても、騎士の投げた骰子《さいころ》はすべて裏目裏目に出はじめていた。

二人のバスク人たちは、到着するや否や、忽ち騎士を裏切ってフランス軍の側についてしまったのである。攻囲軍の司祭に、バスクの同じ地域出身の者がいたのであった。

「あいつらは、ピレネーの険しい山のなかに住んでいて、食うや食わずだものだから、厳重な長子相続制を守っているのだ。だから次男以下は、成人すると追っ払われてしまうんだ。普通、次男以下は山を下って兵士か坊主か漁師になるんだが、実入りがよくさえあれば、どこへでも行ってしまう。崖を流れ落ちる水みたいな奴らだ。恩知らずな奴らだ」

怒ってみてもはじまらなかった。

けれども、時日がたつにつれて、事が、骰子の目が裏目だの、恩知らずだ裏切り者だのという段ではないことが、次第に明らかになって来た。

二人のバスク人は、登攀可能ではあるが、どうしても上から発見される東正面ではなく、南、西、北の三面の断崖を詳しく調べて、ついに、二つの登り口を発見した。いずれも、言うまでもなくほとんど垂直であったが、雨樋状の、縦のトンネルの如きもので、手足を懸けるに足る石の凹凸はあり、ロープを張れば投石機用の機材を運び上げることも可能であった。

「但し、普通の人は、月明の夜でなければ登れませんぜ」

というのが、彼等の言い分であった。

何故かという問いに対して、彼等は、普通の人が昼間に登りかけて下を見たとしたら、身が竦《すく》んで登りも下りも出来なくなるだろう、と答えた。

騎士は、自分みずからが連れて来た、この二人のバスク人を殺してしまうつもりであとをつけ狙ったが、ここでも、すでに一時《いっとき》遅れであった。

二人のバスク人は、これも買収された二人の麓の村人を連れて、すでにこの《岩》の雨樋の半ばまで攀じ登ってしまっていた。

しかも、彼等が攀じ登って行った雨樋は、モンセギュールの本城から十メートル下った、崖の瘤の如き岩の上の、木材と石でかためた防塞の直下に達していた。防塞には、三人の兵が交替で常駐していた。

バスク人のつれて行った村人が、兵たちに声をかけた。

「おい、おれだ、セバスティアンだよ……」

麓の村との往来は、秋の末からすでに絶えていた。けれども、彼等のすべては顔見知りだったのである。

二人の村人は、防塞へ迎え入れられた。革袋の葡萄酒が供されて、麓の村のこと、攻囲軍、城内外のことなどの話がかわされた。

やがてバスクの二人が短剣をかざして飛び込んで来、兵三人は声をあげる隙《ひま》もなく刺し殺され、断崖から投げ棄てられた。

かくて夜を徹して補強の防材と、投石機の機材がロープで引き揚げられた。弾丸用の丸石もまた畚《もっこ》で運び揚げられた。村人二人は夜のうちに崖を下り、金をもらって村を離れた。次の夜からは、少数ではあったが、兵たちが次々とロープをつたって登って行った。
終末が近づいて来ていた。

第十章　エピローグ

終末は近かったが、それでも二月一杯、抵抗はつづいた。双方ともに、負傷者よりも死者の方がずっと多かったのは、何分にも城壁の外には、どこをさがしても二メートル幅より広い、平たい岩の面がなかったからである。その他はすべて断崖であった。傷ついた者は、すべて身を空中に倒す、あるいは中空へと出なければならなかった。重力は神の支配の外にあった。

投石機はすでにして三カ所に設置され、その威力は恐るべきものがあった。城の屋根は落ち、城壁もまた破られた。教会側のアルビの司教は、もと大小の投石機設計の専門家であった。城内からの二度、三度の出撃も、たとえ攀じ登って来た兵を崖から突き落しえても、敵の補強を妨げることは叶わなかった。

完徳者たちは、岩に按手をして、味方の墜死者たちに救慰礼を施した。城外に小屋掛けをしていた信者たちをも、城内に収容しなければならなくなった。女性たちには年嵩《としかさ》のいった者が多く、男女の完徳者たちも年老いていい、病者、負傷者もあり、総計で三百人を越える人数が、石材、木材、武器、食糧などの間に折り重なっていなければならず、それはもう誰にも堪えることの出来ない混乱そのものであった。そこへ、投石機による石塊が空を切って打ち込まれて来る。

二月末、山巓で角笛が吹き鳴らされた。開城のための、交渉要求の合図であった。フランス軍側と教会を代表するものとの、二つの代表団が結成され、騎士アントン・マリアがその調整に当ることとなり、東正面から五人の者が岩を攀じ登って行った。あけ放たれた城門から百メートル下のやや平たい岩の上で交渉が行われた。

話し合いはすぐについた。それまでにも村人を通しての、秘密裡の折衝はあったのである。また双方ともに、それはあまりに長い攻防戦でもあった。

一二四四年三月一日付の開城の条件は、次の如きものであった。

一、城中の者は、休戦後、三月十五日まで城を保持し、捕虜を解放すること。

二、過去の罪は不問とする。アヴィニオネにおける異端審問官一行殺害の件をも含むものとする。
三、戦闘者は、武器と私物の携行を許される。但し、審問官の訊問に応ずべきこと。されど重刑に処せられることなかるべし。
四、城中にある戦闘者以外の者も自由たるべく、厳罰に処せられることなかるべし。但し、異端を誓絶し、審問官にその告白をなすべきこと。誓絶せざる者は、火刑に処せられるべし。
五、爾後、モンセギュール城は、フランス王と教会の所有たるべきこと。

おそらく、これ以上の条件は、望むべくもなかったであろう。これだけの条件をとりまとめるために、騎士としてもいくつかの取引きと、時には恐喝めいた遣り取りもが必要であった。審問裁判の行き過ぎをローマに対して報告しないという条件は、騎士の側の強力な切り札でありえた。

特に審問官一行殺害事件を不問とする一件については、トゥルーズ伯との裏取引きがあった。トゥルーズ伯はこの件によって破門に処せられ、この件が問題とされるならば、破門は永久に解かれないであろうから。

トゥルーズ伯の破門は、三月十四日に、イノケンティウス四世によって解除された。

三月十五日まで二週間の猶予期間は、城中からの申し出を軍と教会が承認をした。平和裡に復活祭を迎えたいという要求が、山巓の信者たちから提出されたものであった。

異端であり火刑に処せられるべき者どもが、復活祭とは……。キリストの復活祭が彼等にとって如何なる意味をもつか……。議論は沸騰したが、攻囲側の軍も将兵に休暇を与える必要があり、教会も復活祭の行事は行わなければならなかった。されば、この件もまた不問に処せられた。攻囲の側にあって、山巓の人々に対しての、ある種の畏怖感が、この終末段階に到って色濃く滲み出て来ていた。

そうしてこの二週間の猶予期間は、言うまでもなく騎士アントン・マリアにとっても重大な意味をもっていた。この期間は、口頭諒解によって何者も山巓の平和を犯してはならないことになっていたが、騎士は二人の村人を使者として秘かに登らせ、ルクレツィアの解放を要請した。返事は、そのような者はいない、というものであった。アントン・マリアとしては、城門から百メートル下の岩で開城の話し合いが行われていたとき、どこかの岩蔭からルクレツィアの視線が彼を射止めている、と信じて疑わなかったのであるが……。

「わたしが上って行って、ルクレツィア様をお連れしましょうかい？」

と、ヨナが咽喉から絞り出すような声で言ったが、開城協定締結の当の責任者が、自ら協定破りをすることは出来なかった。ここにいたってはじめて、ほとんどはじめて、この強靭な死の宗教を呪う気持が騎士に生じて来ていた。

夜半、山巓に大きな火の見えることがあった。何かを燃やしているのか、それとも最後の暖をとっているものか、どちらかであったろう。

そうして麓では、山巓の火に対応でもするかのように、東側のやや平坦なところに、兵たちの手で広い円形の、杭による矢来がつくられていた。そのなかへ大量の薪束と藁と松脂《まつやに》が投げ込まれた。季節が季節であったから、乾燥した枯木などなかったせいである。それはまさに見ていられない光景であった。

遂に、我慢し切れなくなったヨナが騎士に告げた。

「わたしはもう、見ていられません。明日の朝早く、わたしは一人で発たせて頂きます。もし旦那にその気持がおありでしたら、わたしは四月の末まで、プロヴァンスのサン・ジル大聖堂の前で乞食をして旦那を待っています」

騎士にもヨナを止める気持がなかった。

「乞食などしなくていい。サン・ジルで会おう。あそこから船が出る」

と答えて金袋をわたした。だが、船が出る、と言っただけで、それに乗って何処へ行くとも言わなかった。ヨナにしてもそれを聞く気がなかった。そんなことよりも先に、どうぞルクレツィア様と御一緒に、と言いたかったが、そこまでもまた、言いかねた。

明る早朝、ヨナは馬のジェムの大きな眼を背に感じつつ、上目遣いにモンセギュールの山巓を見詰めながら、重い足を引き摺って騎士と別れた。

城はヨナの眼に、天空から射落されて傷つき伏している、白い鳥のように見えた。


二週間の猶予期間は、山巓にあってもまた、別離の日々であった。三月末に、騎士が異端審問官の作成した記録を調査してはじめて、その二週間の過され方を知りえたのであった。記録は、審問官としては厭々ながら、極度に圧縮した形で書かれたものであったが、その筆致にもまた、一種の畏怖の感が滲んでいた。

礼拝は昼夜を問わずに続けられ、その合間に、死を目前にした人々から、山を下って生き続ける人々への贈り物の贈呈が行われた。男女の完徳者たちから、最後まで彼等を守り抜いてくれたミルポアの領主とモンセギュールの城代に、残ったデニール貨の全額が贈られ、またその部下の兵や従者に、油、胡椒、塩、蠟、小麦、織物等々が贈られた。また女性たちからは、同じく蠟、胡椒、塩、履き物、袋物、下着、毛布、フェルト類、炊事用具等々が贈られた。

兵士たちは『これらを殉教者たちの聖遺物として受領した』、と記録はしるし、また、『誰もが誰もを強制はしなかったが』と断った上で、『救慰礼が施され』、また『死が確実であり、目前の事実であるにも拘らず、少くとも十七人の者が新たに入信した。女性が六人、男性十一人で、男性はすべて騎士とその従者たちであった』と記していた。そうして女性のうち二人が、城代の妻と娘で、『城代は妻と娘に死別することとなった』とも記していた。

騎士や従者たちは、開城の条件にも記されているように、武器を携帯して、すなわち武人としての名誉を保持し、頭を高くして山を下ることが保証されていたのである。にも拘らず彼等のうち、四分の一が火の囲いのなかに身を投じることとなった。

また四人の者が――そのうち二人は完徳者であった――ひそかに城塞直下の地下洞窟に身をかくし、フランス軍の占領後に、ロープをつたって下山し、先に彼等が送り出した財宝と文書、及び彼等の宗教そのものを護持する任務を負わされた。『これらは協定違反である』と審問官が記していた。

猶予期間の二週間が過ぎた。

カルカッソンヌの奉行がフランスを、アルビの司教が教会を代表し、法王付大秘書官《プロトノタリオ》アントン・マリア・デ・コンコルディア伯が法王庁を代表して東正面から登り、城内に入った。アントン・マリアは長持のなかから法王付大秘書官《プロトノタリオ》の正式法衣を取り出し、紫の絹帯で腰を締めた。鶏頭色のボタンが、頸部から胸までびっしりとついた黒衣である。

戦闘者たちは、奉行に引き渡されて教会の手を離れ、直ちに下山を命じられた。奉行としても名誉ある武人を、異端審問官に渡したくなかったのである。

アルビの司教に従って来ていた異端審問官が、『改宗をせよ、と訓戒を与えた』けれども、『百九十人の男女の完徳者たち』に何の動揺もなく、『彼等はすべて黒い頭巾を目深にかぶり、黒い長衣をまとって城外に列をなしていた。モンセギュール城代の妻と娘は、夫と父の許を離れてこの行列に加わった』と、審問官が記していた。

黒い長衣と目深くかぶった黒頭巾とでは、せいぜいで色を失った唇と顎しか見えず、彼等が自ら誰それと名乗り出ない限り、見分けることは困難であった。憔悴し果てて、黒い茸のように蹲《うずくま》っている者も数多くいた。まして、城外にいるといっても、その城外なるものは一メートルから二メートルの幅しかなく、岩は波のように起伏していて、その外はすぐに断崖なのである。誰も彼等のなかを歩きまわったりは出来なかった。わずかに、東正面のアーチ形出入口の前だけが傾斜がややゆるかった。黒衣の下の衣類は、すべて襤褸《ぼろ》であり、なかには破れた毛布をまとっている者もいた。傷を負っている者も少くなかった。顔貌は青黒く汚れ果てて、もはや死に引き渡された者たちであった。

彼等の宗教が死によってはじめて完結をするものとすれば、すでに何者も彼等を生に引き戻すことは、不可能である。救慰礼を受けて、その歩を進めてしまっている。天空の彼方に、やがて合体すべき善き霊を明らかに、彼等は見ているものであろう。

先頭に祈りを称える長老の完徳者が立ち、綱で数珠つなぎにされた黒い樹木が、岩角に、あるいは灌木の枝につかまって、よろめきながら一列をなして山を下って行った。

アントン・マリアは、奉行と司教にはさまれて、出入口の中央に立っていた。城壁の左側に並んでいた者たちの数が尽きると、右側の者たちが動きはじめた。

そのなかに、黒い頭巾がずれて、白髪をむき出しにした老女がい、その女性を抱きかかえるように介護をしている者がいた。その者が顔を挙げた。

いまだに緑を恢復しえていない、背の低い灌木の間を縫って、黒い列が杭矢来の円のなかに導き入れられた。傷を負った者や病人は、兵士によって杭の内側へ投げ込まれた。高声に彼等の祈りが称えられ、歌がうたわれた。男女総計二百十五人であった。四方から火が投げ込まれた。

記録者は、兵士以外の男女を、すべて完徳者《ペルフェクティ》とする誤りを犯していたことを、後に騎士は知った。そのなかに、一つの名があった。

Lucie de Concorde

記録者が、城内から提出された名簿を、フランス風に書き換えたものであったが、それがルクレツィアであることは、疑いようがなかった。

攻囲中、何度も何度も村人に托して、城中のミルポアの領主にもモンセギュール城代にも、また長老完徳者にも書簡を送って、彼女の解放と、彼女自身の意志による下山を願ったのであったが、その都度、そのような者はいない、という返事しかなかったのである。それ以上のことは、騎士にも出来なかった。

何故そうなのか、と問うことは、この巨大な塔の如き《岩》をとりまく虚空に、何故お前は虚空なのか、と問うに等しかった。宗教が地上の一切を蔽う世界であった。けれども、ルクレツィアは、リュシィ・ド・コンコルド、すなわちコンコルディアのルクレツィア、と名乗っていた。いないことになっているルクレツィアが、コンコルディアの、と地上の特定の一点——それは騎士の生れの地である——に、その名を結びつけていた。

杭矢来の輪のなかの火は数時間にわたって燃えつづけ、やがて煙だけになった。風に流された煙は恐るべき臭いを運び、杭矢来のなかに黒焦げの屍が重なりあって転がっていた。

異端は撲滅された。けれどもキリスト教そのものもまた深傷《ふかで》を負った。十二世紀にはまだ、道に迷った羊もまた神の子である、宗門の件にかかわって人の命を奪うことは犯罪である、とあからさまに抗議をする聖職者がいた。けれども十三世紀に入って、そのような声は絶えて聞えなくなって行った。

*　　*　　*

ヨナは、サン・ジル大聖堂の階段に腰をおろして待っていた。

ヨナの頭上に、ピラミッド形の巨大な石彫がある。その中央に、一人の大いなる者が座している。その者は一冊の本を手にし、そこに『EGO SUM LUX 我は光なり』と記してある。その者は、ヨナの頭上にあって、大いなる椅子に腰をおろしていた。

地中海の陽光はすでに暑かった。ローヌ川の河口に近く、あたりの沼地から瘴気が立ち昇っていた。待ちくたびれて、ヨナはうとうとと居眠りをした。この頃は夢を見ない、という夢を見ていたとき、何者かが肩をどやしつけた。

騎士であった。

思えば、はじめてこの騎士に出会ったときにも眠っていて、肩を踏んづけられたのであった。見開いた目の前に、馬のジェムの大きな顔があった、ヨナが階段の上の方に腰をおろしていたからである。ジェムもまたヨナとの再会に目をしばたたいていた。騎士はヨナの背後にいた。憂いと心の傷、魂のなかの死が、二人を主従以上のものとしていた。

「ヨナ、ここから船でローマへ行くぞ」

「旦那《メセーレ》、その前に……」

と言って、ヨナは騎士の耳許へ口をもって行った。

路上で聞えて来た噂によると、

「アイシャさんは、マルセイユで大した女郎屋を経営して、まるでマルセイユの女王のように暮しておいでだそうです」

マルセイユは、ジェノヴァ艦隊と地中海に覇を争う、大トルコ帝国海軍の寄港地であった。

女郎屋は賤業ではなかった。これを経営している司教もいたのである。

ただ一人でも、あたりかまわず壮烈に生きている者の顔が見たかった。


ローマへは、陸路行くことに、予定が変更された。

マルセイユの白い岩の丘の中腹に、アイシャは大きな浴場付きの建物を擁して、まことにハーレムの女王のように傲然と振舞っていた。楼の名は、Casa de Paradiso すなわち《極楽楼》とされていた。

トルコ風の大妓楼は、マルセイユの町と港を睥睨していた。

アイシャは、独り身で来た騎士を、ほとんど軽蔑の眼で見、

「いつまでいてもいい」

と言ったきり、何も言わなかった。

彼女の後ろで、宝石を鏤めた籠のなかの鸚鵡が、大声を張り上げて、

——わたしは誰も愛さない《ラ・ウヒップ・アイイワヘド》、誰もわたしを愛さない《ラ・アハド・ユヒップニ》。

と、おらびあげていた。

騎士はヨナをあずけて、自分だけ白い岩の丘を降りて行った。

ローマに帰りついて、ヨナは騎士の、いや、法王付大秘書官《プロトノタリオ》なるものの地位の高さに仰天した。館はテヴェレ川に沿った、三層の楼閣であり、秘書や召使いが十数人もいた。また騎士が、黒衣に鶏頭色のボタン、紫の絹帯をまとって現れたときにも、眼を白黒させられた。騎士の長持に、それらしいものがあると承知はしていたのであったが、紫色の絹帯は只事ではなかった。

約一カ月のあいだ、法王付大秘書官《プロトノタリオ》は館に籠って書き物をつづけていた。

ヨナは召使いたちの間にあって、騎士の私室へも木戸御免ということになっていたが、書き物の邪魔をすることは本意《ほい》ないことであった。おそらく、セギリウスのことや、トゥルーズの僧院で、表題だけを書きしるしていた、《De Dignitate Hominis 人間性の尊厳について》の完成を急いでいるものであろうと推測していた。

ヨナにとっても、ローマは限りもなく見るところの多い町であった。そうして聖ペテロの大聖堂が、彼の見た他の如何なる聖堂よりも、ただけばけばしく、卑俗なだけのものなことに一驚した。

ローマに来てふた月目に入ろうとしていたとき、再び法王付大秘書官《プロトノタリオ》の法服をまとったアントン・マリア・デ・コンコルディア伯爵は、部厚く製本された羊皮紙本を脇に抱え、法王庁へ登庁して行った。

そうして、やがて蒼惶として退出して来るなり、法服を脱ぎ捨て、あわてふためく秘書や召使いたちとの打ち合せも匆々に、馬のジェムを引き出し、ヨナに、

「行くぞ」

と言った。

「どこへですかい？」

「路上へ、だ」

行く先はシチリア島であるらしかった。シチリアはドイツ皇帝の影響力の強いところであった。シチリア島から船でエルサレムへ行く……。

法王庁内で何があったかは、ヨナの知るところではない。

「ローマにいると、セギリウスと同じ目に遭わされかねない。ヨナ、お前はまだ解毒剤の心得がないだろう」

というのが、われわれの知る、アントン・マリアの最後の言葉であった。

《スベテノ道ハローマニ通ズ》というものであるとすれば、そのローマにいられない者には、エルサレムくらいしか、行くところはないであろう。

「イエス・キリスト様が再臨なさるとすれば、やっぱり、もとのエルサレムにでしょうな」

というのが、われわれの知る、路上の人、ヨナの最後の言葉であった。

◎参考文献（主要なもののみ）
Carles Camprós : La Cançon de la Crosada (Montpelhier, 1972)
La Chanson de la Croisade Albigeoise, 3 vols. (Paris, 1976)
Bernard Gui : Manuel de L'Inquisiteur, 2 vols. (Paris, 1964)
Michel Roquebert : L'Épopée Cathare, 2 vols. (Toulouse, 1970)
Zoé Oldenbourg : Le Bûcher de Montsegur (Paris, 1959)
Jean Duvernoy : L'Histoire des Cathares (Toulouse, 1979)
Jean Blum : Le Message des Cathares (Narbonne, 1982)
Jean Larzac : Anthologie de la Poésie Religieuse Occitane (Toulouse, 1972)
René Nelli : Trovadores y Troveros (Barcelona, 1982)
John J. Norwich : A History of Venice (London, 1982)
堀米庸三『ヨーロッパ中世世界の構造』　一九七六年、岩波書店
今野国雄『西欧中世の社会と教会』　一九七三年、岩波書店

◎執筆は、第九、十章を除き、すべてバルセローナに於てなされた。　筆者

対談

西欧中世の路上より　篠田一士◎堀田善衛

「国家」以前の支配者

篠田　いまさら堀田さんのお書きになるものを面白いと言ってもはじまらないんですが、今度の書下ろし（『路上の人』）、とても面白く読ませていただきました。『ゴヤ』のときも、あれだけの長編を本当に飽きることなく一気に読んだのですけれど、今度はもっと面白かった。実に伸び伸びとした話術で物語が展開し、その物語の中から堀田さんのヨーロッパ論というんでしょうか、浮かび上がってくるものがある。読み進めるほどに興味がかきたてられました。

堀田　なにしろ日本人は一人も出てこない。西欧中世が舞台だから日本は全く関係がない。その上に、日本にとっては異教であるキリスト教が出てきて、そのまた異端派のことまで入れたでしょう。こういう変なこと書いてしまっていいんだろうかと（笑）。

篠田　大いに結構なことだと思います（笑）。ヨーロッパを知ろうとする者は、キリスト教がヨーロッパの文化形成の中でどれだけ複雑な力を発揮しているかに思い至らざるを得ないわけですが、この作品の魅力は、その歴史的な背景が十三世紀の西欧を舞台として生々しく描き出されているところにあると思うんです。点在する小国を併合するべく動き始めたフランスの王権、権威保持に権謀術数を弄する法王庁、その法王庁に異端宣告を受けた、現世を死によって超越しようというカタリ派。その状況をこういう物語とするには、やはり相当に時間をおかけになったのではと……。

堀田　そうね、カタリ派のことを知ったのが十五、六年前かな。ゴヤをやっている時に、アルビ（フランス南西部の古都）の博物館にゴヤがあると聞いて行ってみて、その時はじめてアルビがアルビジョワ、つまり異端カタリ派の本家だと知ってね。話を聞いたり、文献をあたったりしたらカタリ派がとても面白くなってきた。ヨーロッパのいいところは、歴史的事件の現場へ行くとそこに文献が全部そろっているのね。小さい本屋でも、それ関係の本はきちんと置いているんです。それで、文献を集めて、何かそういうものを書こうと思い、しかしどういうふうにして書くかと迷い、なんてことでモタモタしているうちに十五、六年たってしまったんですよ。それでピレネーに近いカタルーニアに住むことにした。

篠田　やはりスペインという、カトリックの遺産がいまだに重くのしかかっている国に長いこと逗留されたことで、いろいろなことが見えてこられたわけでしょうね。

堀田　そうかもしれません。良く考えてみるとね、前々から西欧の中世に対する関心は僕の内にあったように思うんです。国家というものの成立していない時代とはどういうものだったろうか。僕は、現代の国家体制についていては、もういい加減にしてもらいたいと思っているから（笑）。そうして国家のない時代に遡ってみたら、国家のかわりに、かわりにといったらおかしいかもしれませんが、キリスト教があった。国家がない世界を考えるとそこにはすでに宗教が君臨していて、人間とはなんともしようがないものだと（笑）。

路上の視座から見えるもの

篠田　本編の主人公であるヨナは、最下層に属する男でありながら、いくつもの言語を操って路上で世の中の動きを正確に知り、またキリスト教に対しては非常に懐疑的な人物ですね。

堀田　やはり、あのころを書こうということになると、領主とか国王とか大司教とかいう上の方の連中を中心にして書くか、あるいは最下層の眼の高さから書くか、どちらかしかないと思いますね。その中間の存在というのはないんですから。

篠田　ヨナとはつまり、堀田さんの〝全面〟的分身ではないにしろ、〝半面〟的分身ではないかと推測しているんですが。

堀田　住んでいたのがヨーロッパの片田舎だったせいもあるかもしれませんけど、あちこちヨーロッパを歩き回っていると、結局、僕自身が路上の人なんだと、ルンペンなんだという気がひしひしとしてきてね。またルンペンであった方がヨーロッパは見えてくる。組織に属した者は眼を組織の方に向けてしまうから、自分のいるところが見えなくなってしまう。そのいい例が日本の欧米駐在外交官（笑）。それで、主人公は浮浪の人になってしまったんです。

篠田　そのヨナがまず拾われたのが英国国王の国璽尚書の大使一行で、彼らは毎朝、「鶏卵をベーコンの脂にまぶして引っ掻きまわしたもの」を要求する。法王の密命を帯びてトレドに赴いた僧セギリウスは、ドイツ生れで謹厳きわまりない修行僧のような男。北イタリア城主の三男で法王付大秘書官のコンコルディア伯爵は、陽気で快活、法王庁とカタリ派の間に立って奔走する。ヨナをめぐる人物それぞれが出身地の地方性を持っていて、それもとても面白かった。それから、ヨナがいくつもの言語を駆使するというのは、ヨーロッパが統一体であり、同時に無数に分割され区分化された小国の集合体であったということを暗示しているわけですね。

堀田　ええ、言葉は続いているでしょう。ローマを中心としていうならば、ローマ市内外の俗語はロンバルディアの言葉と続き、ロンバルディアの言葉とプロヴァンス語はどこかでつながっている。プロヴァンス語とカタルーニア語は兄弟で、カタルーニア語はオック語にどこかで続いている。なだらかに柔らかに変わっていくんですね、言葉は。

篠田　それを政治的な分割では片やスペイン片やフランスと、非常に〝人工的〟に分けている。

堀田　確かに、ヨーロッパを見るときに国境を重視すると見方を誤るんですね。あれ、むしろ取り払ってしまって見た方がいい。僕はイタリーの北の方へ行って驚いちゃった。ドイツ語だけしかしゃべってない村や町がなんぼでもあるよね。オーストリアが隣だから。

篠田　だから、近代の中央集権国家が、政治の力学を梃子としていかに無茶なことをやったかということですね。裏を返せば、今のヨーロッパを理解するためには、ヨナの時代を知ることが必要なんですね。

ヨーロッパへの「異議申し立て」

篠田　コンコルディア伯爵とヨナとの会話、異端審問の内容、僧院の堕落等々の描写から滲み出てくるのは堀田さんのキリスト教に対する厳しい姿勢ですが、かなりの敵意と嫌悪感をもってお書きになったのではないかと拝察しております。そこで僕は我が意を得たわけですが（笑）。ヨーロッパに深入り、というと生意気かもしれませんけれど、知れば知るほどキリスト教のことを知らざるを得ない。そうすると嫌悪感はいよいよ募り、ときには憎しみの気持すら起こってくるんですね。

堀田　キリスト教を、もちろん僕は尊敬しますし、あれだけの文化的業績には感嘆するばかりです。しかし、やはり、どこか許しがたいところがあるという感じは、否定できない。前の作の『ゴヤ』がヨーロッパに対する恩返しのようなものだとしたら、今度の『路上の人』は、いわば異議申し立てのようなものかもしれない。

篠田　このごろ僕は耶蘇教と呼ぶことにしているんですが（笑）、そう呼びたくなるような非寛容さね、これがどうもよろしくない。しかし、キリスト教を否定したら、ヨーロッパ文化はなくなりますから、それはまた困るんですが……。

堀田　イスラム教が、「右手に剣、左手にコーラン」で知られるようになったのは、要するに、キリスト教に追い詰められてヨーロッパから追い払われて、そのとき右手に剣を持つようになって以来のことなわけです。十字軍に攻めこまれ、追い立てられればそうならざるを得ないんで、イスラム教は通常の状態においては、非常に寛容だった。

篠田　他宗教との共存を彼らは認めていたわけでしょう。キリスト教は認めませんからね。認めるにしても、強大な圧力を加えて改宗させようとする。非常に攻撃的ですよね。

堀田　まさに攻撃的。そうして、その攻撃性に、ヨーロッパの文化、文明というものは基づいていたわけですけどね。その非寛容、非共存の精神をもって、法王庁はヨーロッパにおけるほとんどすべての異端を撲滅してしまった。フランチェスコ会もドミニコ会もイエズス会も、ある意味での異端性はそれぞれに持っていたのですが、そいつを法王庁が抱き込んでといいますか、含み込んだ上で認知をする。そうやって法王庁そのものが生き延びてきているわけです。

篠田　彼らも初めは旧来のカトリックの姿勢に対する反逆の志と清廉潔白な気持があったかもしれないけれど、時が経過するにつれて法王庁の持つ世俗的権力にあこがれ、それを行使することに喜びを見出すような集団へと変質していく。

堀田　その権力たるや想像を絶するものですからね。フランス革命のときにクリュニーの僧院がぶっ壊されたのは無理ないのであって、あれは一つの〝国〟なんですね。異端はその創成期には生命力に満ちたものだったはずなんですが、ヨーロッパにおいては法王庁に含み込まれ、と同時にぶっ潰された。ヨーロッパに住んでますと、法王庁と法王の力、それはひしひしと感じさせられますよ。

篠田　それでこそ、法王が世界を歴訪したりすると世界的な大ニュースになり、中南米あたりでは大勢の人々がひれ伏してありがたがるわけですね。日本ではあまりそういうことはなかったけれども（笑）。

堀田　世界史を見渡してみると、「異端」は常に「正統」という権力に排除されている。お釈迦さんの仏教だって、あれ、インドにおける一種の異端でしょう。そこで、インドから追い払われて、中国、朝鮮、日本に残った。ところがね、おかしいのは日本の宗教に眼を向けてみると、法然、親鸞にしても日蓮にしても、あれはあの当時の異端ですよ。それが、国家宗教が雲散霧消していくにつれて、その異端がとうとう勝って正統になっちゃった。これは世界でたった一つの例ではないかと、僕は思ってます。

絶壁上の城の謎

篠田　カタリ派の信者がたて籠ったというモンセギュールの城ですが、登攀も難しいほど峻険な山上にあるというのは……。

堀田　そう、ほとんど塔のような岩山の頂上にあるんです。

篠田　山頂まではどれくらいの高さですか。

堀田　二百メートルはありますね。それも東正面からかろうじて這い上がることができるだけで、ほかは全部絶壁。その城の構造が何とも変で、大きな窓とか大きな門が開いている。城砦ですからそんな窓なんか、あってはいかんわけよ。だから、フランスの研究者の中には、カタリ派の教義は太陽崇拝、ゾロアスターの流れだと言う人もいるようです。

篠田　小説のはじめと終わりに西欧中世を象徴するものとして出てくるロマネスク建築は、カタルーニアにはなかなかいいものがあるそうですね。

堀田　千ぐらいはあると思います。

篠田　いいものですか。

堀田　みんないいです。素朴でとてもいい。ピレネー山脈のスペイン側のカタルーニアにあるものは、修復が随分進んでいますよ。ロマネスク建築についてはいろんな説がありますが、十世紀の大世紀末にこの世の終りが来るという「千年説」があって、大体みんなそう思っていたようですけれど、何事も起こらぬままに十一世紀が来て、人々は安心して、神は讃《ほ》むべきかなと（笑）。それまでは教会は木造が大半だったらしいですね。そこで木造を石造のものに建てかえた。どうやらそれがロマネスク建築の起こりだったようです。

篠田　意外なところにあるものが多いようですね。

堀田　なんでこんなところにこんなものを建てたか、というような山の中にあるものが非常に多いですね。いまでもジープでないと行けないようなところに建っている。

篠田　石なんかどうやって……、山のを切り出すだけじゃとても足らんでしょう。

堀田　いや、やっぱり運んできたらしい。馬も使ったでしょうが、善男善女が馬みたいに自分で引っ張ったらしいよ。まあ、大変なものです。それはボランタリーな行為だったようですが。

篠田　それがヨナの時代の少し前ですね。

堀田　十三世紀に入ると、フランスの王権があちこちの小国を併合しようと動き出すでしょう。そこに法王庁あるいは教会が介入して王権と結んだり、破門したりで勢威の拡張をはかる。それに対するレジスタンスが起こる。そんな風にして、ヨーロッパは動乱の時代に入っていくわけですね。

歴史小説の中のファンタジー

篠田　最終章に出てくる、「人間性の尊厳について」という論文は、作中ではコンコルディア伯が書いたことになっていますが、あれは実際には、ルネッサンス時代の哲学者ピコ・デラ・ミランドーラが著したものを使われたかと思ったんですが。

堀田　そうなんです。その題名だけ借りてきましてね。ミランドーラと書くと、「時代が違う」とか、すぐ言われそうだから。コンコルディアはミランドーラの隣りの町なんです。

篠田　最近アルゼンチンの作家が書いた『ボマーツ』という小説がありますが、どうみてもセルバンテスが出てきてはいけない時代に堂々とセルバンテスは登場する（笑）。しかし歴史小説というのはそういうファンタジー的な要素を包含していていいと思うんです。

堀田　そう思いますけどね、日本はなかなかうるさいから（笑）。僕としてははじめてだけど、ポルノまで書いちゃった（笑）。

篠田　『路上の人』は史実を物語として描きながら、ファンタジーの部分も巧みに織り混ぜられている。また、キリスト教内部の非常に複雑な構造が、読みやすくわかりやすく書かれている。堀田さんにこんなこと申し上げるのは失礼な話ですけど、筆は大きくも細かくも動いて、自在な境地に入られたのではないかと感じております。

堀田　しかし、この小説書いてる間中、変なこと書いとるな、俺は、と思い続けていたけどもね。バルセロナへ訪ねてくる人たちが、「今、何してるんだ」と聞くんですよ。カタリ派だなんて言ったって通じないし、説明に困って、「いや、島原の乱の西洋版書いてんだ」ってね（笑）。

篠田　ところで、ヨナという名前は何か意味があるんですか。

堀田　ああ、あれね。ヨナの姓名はヨナ・デ・ロッタ。ロッタはイタリー語で、〃ルート〃つまり街道の意です。僕は、ヨシエ・ホッタですからね。

篠田　なるほど、堀田さんご自身が、やはり路上の人であるわけですね。

（「波」一九八五年四月号より転載）

しのだ　はじめ
文芸評論家。一九二七年、岐阜県生まれ、一九五一年、東京大学英文科卒。翌年、丸谷才一、川村二郎、菅野昭正らと同人雑誌『秩序』を創刊。現代ヨーロッパ文学を中心にした評論活動を始める。一九七〇年代前半から書き継がれた連作評論『日本の近代小説』『続日本の近代小説』『日本の現代小説』の三部作は、その評論活動の頂点と言われている。そのほかの主著に『邯鄲にて—現代ヨーロッパ文学論』、『ノンフィクションの言語』、『二十世紀の十大小説』など。一九八九年、死去。

解説

『路上の人』及び堀田善衞

加藤周一

『路上の人』は堀田善衞（一九一八―九八）が一九八五年にその大部分をバルセロナの客舎で書いた小説である。

時は一三世紀前半。舞台はイベリア半島とピレネー山脈、フランスを横切り、イタリアを南下してローマに及ぶ南欧の広大な地域。語り手は「路上のヨナ」と称《よ》ばれる浮浪人、ほとんど文字を読まず書かずの下層の人物だが、聡明で、ラテン語を含め多数の言語を話す。ある時は英国の外交使節やドイツの学僧や神聖ローマ帝国皇帝が法王庁に送った騎士（スパイ）等の従者となり、ある時は旅芸人の一団に身を投じ、必要ならば乞食をして東奔西走する。

小説の内容は、要するに語り手ヨナが、下層から観察した中世の支配層――貴族と僧侶――の群像、彼らのものの考え方や行動、彼らが作り出した中世史の大きな事件である。皇帝や諸国の王たちの政治的野心と、それに対抗するローマ法王の権謀術数、異端裁判、カタリ派征伐に乗り出す法王とフランス王のすさまじい軍事的弾圧など。たとえばトゥリア（ドイツ）から来たフランシスコ派の学僧セギリウスは、神学上の問題について調査するためにトレドに向う。その旅に、ヨナは従者として同行する。その挿話は、ウンベルト・エーコの有名な小説『薔薇の名前』（一九八〇）に似ていなくもない。『薔薇の名前』の舞台は、一四世紀の北イタリアの僧院で、そこで起った連続殺人事件を、旅中たまたま僧院を訪れた英国人のフランシスコ会士が調査する。彼の助手はメルク（オーストリア）の修道院からの若い修練士で、全篇の語り手でもある。ロジャー・ベイコンの流れを継ぐというこのフフンシスコ会修道士とその助手の組み合せは、シャーロック・ホームズとワトソン博士のパロディーであるが、『路上の人』のフランシスコ会士と語り手ヨナの二人組とも同工異曲である。堀田が『薔薇の名前』を読んだか読まなかったかはわからない。しかしいずれにしても彼は中世の政治・思想的状況をよく調べて書いた。

語り手は必ずしも主人公ではない。コナン・ドイルの主人公は、ワトソン博士ではないし、エーコの主人公もメルクからの修練士ではない。堀田のヨナも彼自身を語るよりはセギリウスを語り、彼が従者として仕えた主人の性格や思想を描く。もちろん学僧セギリウスの神学的関心のすべてが、浮浪人のヨナにわかるはずはない。またキリスト教国ではない日本の読者の大部分にとっても、難しいだろう。小説家の立場からいえば、西洋の中世を描く以上、主要な人物の一人として学僧の登場は避け難いが、神学的議論にある程度以上立ち入ることはできない。語り手ヨナは、その問題の解決にも役立つ。神学は浮浪人に理解できるかぎりで紹介される。しかしヨナの言説に誤解はない。聡明な彼は知ることを知るとし、知らざるを知らざるとしたのである。

浮浪人は貴族でも農民でもない。貴族とはちがって、権力をもたないし、権力をもつ可能性ももたない。また農民のように村落共同体に属するのではなく、ヨナが参加した芸人の集団のように旅から旅へ動いて、農民には不可能な貴族層との接触をもつこともある。共同体への非所属性は彼らの社会的地位を農民以下とし、貴族支配層への「アクセス」は彼らを農民以上とするだろう。要するに中世の歴史を作り出した役者は貴族支配層と彼らと結びついた教会組織、さらには定住した自作農と小作人であって、芸人や理髪師や乞食や浮浪人ではなかった。別の言葉でいえば、彼らは社会の周辺的（marginal）存在であり、歴史の設計者ではなく観察者であった。もし彼らがヨナのように聡明な場合には社会の観察者は同時にその潜在的な批判者でもあり得たろう。

その意味で小説の語り手ヨナは、作者に似ている。堀田は一九七〇年代末から八〇年代末にかけておよそ一〇年間、スペインを中心としてヨーロッパに住んだ。滞在が長くなれば、日常的実際、風俗習慣、言語などの同化現象がおこり、その土地の外部とのつながりは次第に薄れ、内部とのかかわりが多かれ少かれ濃くなってゆく。しかし社会の中心部分にかかわるわけではない。政治的権利や義務は制限され、雇傭の条件は厳しく、著作活動によって生活の資を得ることは不可能に近い。すなわち長い滞在は堀田をヨーロッパ社会の周辺的存在とするように作用したにちがいない。小説中の人物ヨナの観察と批判の鋭さは、作者のそれを反映していたといえるだろう。堀田はまたヨーロッパで暮す前に一九四五年三月から二年近く上海に住んで中国語に慣れ、五〇年代・六〇年代にはアジア・アフリカ諸国の作家と頻繁に交渉して英語を話し、ヨーロッパではフランス語を初めラテン系の言葉を聞く機会も多かったはずである。ヨナのおどろくべき多言語主義も作者の経験を反映しているだろう。ヨナと作者が共有する二つの条件——社会的周辺性と多言語主義は、観察の対象である社会現象から、殊に激しく争う二つの集団の双方から、十分な距離をとる習慣を、常に生みだすとはかぎらないが、少くとも生みだすことを容易にする。周辺性は社会の観察者を利害関係から解放し、多言語主義と多文化主義は密接に関連し、文化的対立の一方への盲目的な加担——たとえば「ナショナリズム」や宗教的狂信主義を排する、そういう基本的な態度は、『路上の人』の場合にかぎらず、堀田のすべての著作を一貫するものである。

たとえばカタリ派の弾圧。『路上の人』の叙述は弾圧者（法王庁とフランス王の軍隊）と弾圧される「異端者」との双方に等しく配分されている、というよりもむしろ後者の言い分と行動に手厚い。そもそも「異端」の定義は「非正統」である。まず多数の教義や宗派があって、その中の一つが「正統」を主張したとき、その他のすべてが「異端」とされるということにすぎない。カタリ派の「異端」はキリスト教世界内部の話だが、遠くは古代インドの仏教的世界でも、近くは社会主義イデオロギーの無限分裂の過程でも、「異端」成立の事情は同じである。堀田はなぜ彼の読者から遠い西洋の中世の話を書いたのか。少くともその理由の一つは、彼がそこにどこでも、いつでも、おこり得る普遍的な問題を見たからである。現に二〇世紀の日本では「国体」の議論において中世の西洋での異端審問と同じような事をくり返し、二一世紀初のアメリカ合衆国では「悪の枢軸」征伐の企てにおいて、異端征伐の十字軍に倣おうとしている。『路上の人』によって堀田は無害でのどかな昔話を書いたのではない。そうではなくて、今も絶えない残酷な愚挙に抗議しようとしたのである。

しかし『路上の人』だけではない。前には大著『ゴヤ』（一九七四―七九）があり、後には『定家明月記私抄』（一九八六）があって、それぞれ一八世紀から一九世紀にかけてのナポレオン戦争とゴヤ、一二世紀末から一三世紀へかけての日本の乱世と藤原定家を描く。そこに芸術家と権力、個人と共同体、人間と歴史のすぐれて現代的な問題が鮮かに浮びあがっていた。『路上の人』はそういう作者の仕事の全体の一つの場合である。特定のどういう作品よりも作者その人の世界は大きい。その世界全体に一貫する特徴を『路上の人』は要約し、強調しているのである。

読者はその一斑によって全豹を卜《ぼく》すことができるだろう。たとえば思想上の共和主義は、その特徴の一つである。大革命以後二百年のフランス文学が日本の作家にあたえた影響は大きいが、堀田の場合ほど明瞭に、共和主義の立場がすべての著作に一貫している例はきわめて少い。――それは「政治的問題が文学とは関係がない」からだろうか。しかし文学は公的発言であり、すべての公的発言には政治的意味がある。また、たとえば文体。小説にも、エッセーにも、通底する文体について、ここでその詳細に触れることはできないが、堀田の好んだ言い廻しの一つに注目することはできる。それは「考えたものであった」と書く代りに、「考えたものであった」と書く習慣である。そこでいう「もの」とは何か。例は到るところにある。たとえば『路上の人』の第二章には次のような文章がある。

貴婦人と騎士との関係の実態を、「一度ならず見て、ヨナは呆れかえったものであった」。また、「ヨナと僧とは、大河であるエブロ川に沿って西へ向ったものであったが、緑のあるのは、この川の両岸、せいぜい百メートルくらいのものであった」。

この三つの「もの」の最後の「もの」は代名詞として機能し、空間・領域・地面などの名詞を指示する。「百メートルくらいのもの」は「百メートルくらいの空間」と置き代えて読むことができる。これは堀田の文体に固有の言い廻しではなく、普通に用いられる語法である。しかるに他の二例は、それとは全くちがう、「呆れかえったものであった」の「もの」や「西へ向ったものであった」の「もの」は、特定の概念（名詞）を指示するわけではない。そうではなくて、先行する動詞（「呆れかえった」・「向った」）をいわば名詞化し、一つの出来事、しかも過去の出来事（呆れかえるという出来事・向うという出来事）を主語から引き離し、抽象化し、客観化する役割を果す。「呆れかえった」と「呆れかえったものであった」とは、どうちがうか。「呆れかえった」は直接に主体の行動を述べる。その行動と話し手との間に、動詞が過去形だから時間的距離はあるが、それ以外の何らの関係をも示唆しない。聞き手（読者）は話し手を忘れて、当事者の行動のみを見る（あるいは見るかのように想像する）。「西へ向った」でも同じ。それに対して「呆れかえったものであった」は「呆れかえるという出来事があった」という微妙なニュアンスを含み、その出来事と話し手との距離が強調される。「西へ向ったものであった」は、単に彼らが西へ向ったのではなく、彼らの西行という事実がその中で成立したような状況がそこにはあった、という意味である。「ものであった」の堀田式修辞法は、観察または叙述の対象からの知的距離を大きくするのである。その知的距離は二人以上の個人または集団の関係する出来事を、いずれの当事者の視点からも観察することのできる自由、――つまり視点選択の自由へ導くであろう。その結果、黒か白か、敵か味方か、善悪対決の「マニケイズム」は崩れる。そのことは必ずしも紛争を解決しないだろうが、少くとも紛争の暴力的解決を排除するためには役立つ。「ものであった」修辞法が視点を自由に選択する堀田の世界観を決定したのでは、もちろんない。しかし彼の世界観または思考の特徴は、あらゆる著作において、堀田式文体の細部にさえもあらわれていた、ということはできる。

たとえばヨナが騎士と呼ぶ法王付大秘書官兼ドイツ皇帝代表、伯爵アントン・マリア・デ・コンコルディアは、カタリ派弾圧に立ち会い、調停を試みる。弾圧は老幼男女を含めて数万人をみな殺しにする残酷なものである。しかし調停は失敗する。そこで騎士はカタリ派教徒にイスラム教徒の支配する地域へ逃げることをすすめるのである。

「……イスラム教徒の支配するコルドバか、グラナダへ行け、イスラム教徒は、もっと寛容である、とすすめた」と騎士は言う。

「あの豚を食わぬ連中が寛容ですかい？」とヨナが呟く。

「残念ながら、ある種のキリスト教徒よりもずっと寛容である。わたしは彼等の支配下で、キリスト教徒たちがユダヤ教徒とも一緒に、嬉々として暮しているのを、この眼で見ている」

これは一三世紀のキリスト教世界内部から出た体制批判者の発言であった。寛容は相手の立場からも事態を見ることのできる想像力と理性、つまるところ人間精神の自由に由来するだろう。その後二〇世紀の世界は変ったろうか。根本的には変らなかったし、変らないであろうことを堀田は見抜いていた。そして不幸なことに、二一世紀の初になっても、堀田は正しかった。

しかしなぜ彼は日本から遠い西洋の、しかもわれわれの時代から遠い中世の、異教の人々について語ったのか。その答の半分は、『路上の人』の中にあり、彼がそこに現代と彼自身の問題を見たということについては、先に触れた。しかしそれは答の全部ではない。残りの半分は、作品の内部からではなく、作品に超越する作者の側から説明されなければならない。

堀田の作品は彼の作品のすべてに向って開いている。『路上の人』に興味をもった読者は、それ以前それ以後の作品、つまり『全集』へも誘われるだろう。『全集』の中では作品は相互に呼応し、日本の二〇世紀を生きた作者、作家＝知識人＝人間の生涯の軌跡を浮かびあがらせるに違いない。誰の生涯でもその大部分は偶然によって支配される。その意味では堀田も例外でない。しかし多くの人々は偶然にあたえられた状況に流され、少数の人々は偶然的な状況に抵抗し、それを乗り越え、それぞれの原則に従って生きようとする。その例外的少数に堀田は属していた。故に彼のすべての著作には、断簡零墨に至るまで、著者が遍在し、その輪廓（西洋語のプロフィール）が実に鮮かであり得たのである。

堀田善衞の生涯は四期に分けて考えることができる。第一期は戦時下の青春。彼は慶應大学の仏文科を卒業し、国際文化振興会に勤めた。後年の『若き詩人たちの肖像』はその頃の回想である。第二期は上海時代。一九四五年三月米軍の激しい空爆下にあった日本国本土を離れて、上海へ渡る。できればそこからヨーロッパへ行くことも考えていたというが、彼はそこで中国を発見し、敗戦を経験した。帰国は四六年一二月。その「一年九ヶ月ほどの上海での生活は、私の、特に戦後の生き方そのものに決定的なものをもたらした」とみずからいう。最初の半年足らずは植民地生活だが、一年四ヶ月は解放された中国の国民党の機関で働きながら暮したのである。それは生きのびるために必要で困難な選択であったにちがいない。その時、そこで働いて生活の資を得なければ見えない外国の一面が、彼には見えたはずである。

第三期は盛んな創作活動とアジア・アフリカ作家会議での活躍の時期。主として帰国後の五〇年代と六〇年代である。『上海にて』を書き、『インドで考えたこと』を書いた。

第四期は関心がヨーロッパの思想史へ向った時期。七〇年代に「ゴヤ」の大作を完成し、一八世紀末から一九世紀初へかけての、スペインとフランスを中心とするヨーロッパを描いた。七〇年代末から八〇年代末へかけてのおよそ一〇年間には、スペインに移住し、さらにヨーロッパ史をさかのぼって、モンテーニュとルネッサンスを通り、中世へ向う。故に『路上の人』(一九八五)であって、その経過はほとんど体系的な探究の論理必然的道程である。

そういう堀田の動きとその道程を、空間的にみれば、(日本)↓上海↓アジア(アメリカ)↓西洋↓(日本)であり、他の多くの作家たちから彼を鋭く区別するのは、上海・アジア・西洋の三角形の中に彼が住んだということである。上海はいうまでもなく、西洋帝国主義とアジアとの出会いの、アジアにおける最大の焦点である。上海から出発した「路上の人」は一方で上海の周りに中国を見、中国の向うにインドを望み、さらに遠く「第三世界」の全体にまで視線をのばした。また他方では、イベリア半島(かつてのイスラーム文化とキリスト教文化の接点)を中心として、ヨーロッパとは何かという問題をその全域にわたって追求した。『路上の人』はその中間報告である。

また堀田は空間的に動いたばかりでなく、時間的にも動いた。彼が西洋中世に強い関心をもったのは、そこに現代の問題を見たからである。しかしそれだけではなく、近代日本の形成に、いや、そもそも彼自身の形成に、避け難く決定的に作用した近代ヨーロッパを理解するためには、その起点、産業革命と共和主義の時代、つまりゴヤの生きた時代へさかのぼる必要があったからである。その時代の背景にはルネッサンスがあり、ルネッサンスの背景には中世があった。堀田は近現代のヨーロッパを理解するために必要なかぎりで歴史をさかのぼったのである。どこまでさかのぼったのか。一三世紀まで。なぜ一三世紀までか。知的および感覚的水準において、一三世紀から今日のヨーロッパまでの歴史の持続性は圧倒的だからである。一三世紀以前の中世、いわんやローマ帝国の古代は、異文化であり、現代との持続性よりも、現代からの断絶が際立つ。しかしここでその詳細に立ち入ることはできない。ここでは堀田の動きが、空間的であったばかりでなく、時間的でもあったことに注意すれば足りる。堀田善衞とは、いつでも、どこでも、その生涯を通じて常に四次元の世界の中で旅を続けた「路上の人」であった。

私にとっての堀田は昔懐しい旧友ではない。戦時下の学生時代からの知り合いではあったが、特に親しい友人ではなかった。しかし時と共に親しみは増し、晩年には私がもっとも尊敬する、ほとんど連帯感を覚える親友の一人となった。私はヨーロッパから帰った彼が書く文章のすべてを、眼にふれる限り読んだ。堀田もまた私の文章についてしばしば感想を葉書で伝えてくれた。今このおどろくべき世の中にあって、堀田の葉書ほど私に貴重なものはなかったのである。

加藤周一（かとう・しゅういち）

評論家・作家。一九一九年、東京都生まれ。旧制一高から東京帝国大学医学部在学中を通して、福永武彦、中村真一郎らと交友する。一九五一年から一九五五年まで、フランス政府半給費留学生として渡仏し、ヨーロッパ文化に親しむ。一九五八年より医業を廃して文筆業に専念するようになる。一九六〇年には、ブリティッシュ・コロンビア大学に招かれ、以後ベルリン自由大学、イェール大学などで教鞭をとる。一九八〇年、『日本文学史序説』で第七回大仏次郎賞を受賞。一九八〇年代には『世界大百科事典』（平凡社）の編集長も務めた。主な著作に『現代ヨーロッパの精神』『芸術論集』『羊の歌』『夕陽妄語』『加藤周一著作集』（全二十四巻）など

堀田善衛年譜

一九一八年〔大正七年〕
七月一七日、富山県射水郡伏木町（現・高岡市）に生まれる。父・堀田勝文、母・くにの三男で末っ子。生家は江戸時代から続く廻船問屋を営む旧家だった。

一九二五年〔大正一四年〕
七歳。伏木尋常小学校に入学。

一九三一年〔昭和六年〕
十三歳。石川県金沢市の県立第二中学校に入学。家業が傾いたため、中学時代は親戚の楽器店やアメリカ人宣教師宅に下宿する。音楽家志望だったが、耳の病気にかかり断念。

一九三六年〔昭和一一年〕
一八歳。慶応大学法学部政治学科予科に進学。入試のために上京したところ、二・二六事件に遭遇する。

一九三九年〔昭和一四年〕
二一歳。慶応大学法学部政治学科に進学。

一九四〇年〔昭和一五年〕
二二歳。文学部仏蘭西文学科に転科。在学中の学友に白井浩司（仏文学者）加藤道夫（劇作家）、芥川比呂志（俳優）らがいた。

一九四二年〔昭和一七年〕
二四歳。九月、大学を繰上卒業。国際文化振興会に就職する。大学在学中から詩の同人誌「荒地」などに参加し、鮎川信夫、田村隆一、中村真一郎、加藤周一らを知り、大学卒業後は、吉田健一を通じて「批評」の同人となり、中村光夫、河上徹太郎、小林秀雄、山本健吉らを知る。これら同人誌に詩、エッセイ、評論などを発表する。

一九四三年［昭和一八年］　二五歳。軍令部臨時欧州戦争軍事情報調査部に徴用される。

一九四四年［昭和一九年］　二六歳。東部第四八部隊に召集されるが、骨折による胸部疾患のため召集解除となる。

一九四五年［昭和二〇年］　二七歳。国際文化振興会に戻り、三月一〇日の東京大空襲を体験。その後、派遣されて中国に行く。上海で中日文化協会に勤めていた武田泰淳、石上玄一郎と知り合う。また草野心平を知り、詩誌「歴程」の同人となる。敗戦後の一二月、中国国民党宣伝部に留用される。

一九四六年［昭和二一年］　二八歳。国民党宣伝部に留用のまま上海に滞在。

一九四七年［昭和二二年］　二九歳。引揚船で帰国し、世界日報社に入社。

一九四八年［昭和二三年］　三〇歳。世界日報社解散のため退社し、神奈川県逗子市に転居。一二月、戦後最初の小説「波の下」を「個性」に発表。

一九五〇年［昭和二五年］　三二歳。『モーパッサン詩集』（酣燈社）を翻訳刊行。

一九五一年［昭和二六年］　三三歳。九月、「中央公論・文芸特集」に「広場の孤独」を全編掲載。同月に「文学界」に発表した「漢奸」とともに、昭和二六年度下半期の芥川賞を受賞する。第一創作集『広場の孤独』（中央公論社）を刊行。『白昼の悪魔』（アガサ・クリスティー、早川書房）を翻訳刊行。

一九五二年［昭和二七年］　三四歳。連作小説集『祖国喪失』（文藝春秋新社）を刊行。加藤道夫の脚色・演出で文学座が『祖国喪失―歯車・漢奸より』を公演。

一九五三年［昭和二八年］
三五歳。父、勝文死去。初の長編『歴史』（新潮社）、新文学全集『堀田善衛集』（河出書房）、現代日本名作選『広場の孤独・祖国喪失』（筑摩書房）を、それぞれ刊行。

一九五五年［昭和三〇年］
三七歳。長編『夜の森』（講談社）、長編『時間』（新潮社）、長編『記念碑』（中央公論社）を刊行。埴谷雄高・野間宏・梅崎春生・武田泰淳・椎名麟三・中村真一郎と「あさって会」結成。

一九五六年［昭和三一年］
三八歳。ニューデリーで開かれる第一回アジア作家会議に、日本からの唯一の参加者としてインドに行く。日本文化人会議より平和文化賞を受賞。『記念碑』第二部である『奇妙な青春』（中央公論社）を刊行。

一九五七年［昭和三二年］
三九歳。中国作家協会・中国人民対外文化協会より井上靖らと共に中国に招待される。世界推理小説全集43『A・B・C・殺人事件』（アガサ・クリスティー、東京創元社）を翻訳刊行。長編『鬼無鬼島』（新潮社）、『インドで考えたこと』（岩波新書）を刊行。

一九五八年［昭和三三年］
四〇歳。第一回アジア・アフリカ作家会議の準備のためソビエト、フランス、アフリカなどを歴訪。NHKラジオドラマ「日本の天」で芸術祭奨励賞を受賞。連作短編集『現代怪談集』（東京創元社）、新選現代日本文学全集30『堀田善衛集』（筑摩書房）を刊行。

一九五九年［昭和三四年］
四一歳。アジア・アフリカ作家会議日本協議会事務長に就任。評論集『上海にて』（筑摩書房）、評論集『後進国の未来像』（新潮社）を刊行。唯一の戯曲「運命」が、劇団民芸によって上演（演出・宇野重吉）される。

一九六〇年［昭和三五年］
四二歳。NHKラジオドラマ「渦潮」によって芸術祭奨励賞を受賞。評論集『建設の時代』（新潮社）、長編『零から数えて』（文藝春秋新社）、短編集『香港にて』（新潮社）を刊行。

一九六一年［昭和三六年］
四三歳。アジア・アフリカ作家会議東京臨時大会に事務局長として出席、国際準備委員会委員長として報告を行う。島原の乱を描いた長編『海鳴りの底から』（朝日新聞社）を刊行。

一九六二年［昭和三七年］
四四歳。第二回アジア・アフリカ作家会議のため、カイロに行き、全体会議で運動報告を行う。日本文学全集67『堀田善衛集』（新潮社）を刊行。

一九六三年［昭和三八年］
四五歳。文化放送ラジオドラマ「天と結婚」で芸術祭奨励賞を受賞。団伊玖磨の合唱・管弦楽曲『岬の墓』のために作詩、芸術祭賞を受賞。原爆投下に携った米兵を主人公にした長編『審判』（岩波書店）を刊行。

一九六四年［昭和三九年］
四六歳。キューバ革命蜂起記念祝典に招待を受けて出席。評論集『文学的断面』（河出書房新社）を刊行。

一九六五年［昭和四〇年］
四七歳。長編『スフィンクス』（毎日新聞社）、日本現代文学全集99『野間宏・堀田善衛集』（講談社）を刊行。

一九六六年［昭和四一年］
四八歳。『キューバ紀行』（岩波新書）、エッセイ集『歴史と運命』（講談社）を刊行。

一九六七年［昭和四二年］
四九歳。われらの文学9『堀田善衛・深沢七郎』（講談社）、編著・講座中国4『これからの中国』（筑摩書房）を刊行。

一九六八年［昭和四三年］
五〇歳。ソビエト・タシュケントで開かれたアジア・アフリカ作家会議十周年記念集会に出席。席上で公式に、ソ連軍によるチェコスロバキア占領について抗議。現代文学大系61『堀田善衞・遠藤周作・阿川弘之・大江健三郎集』（筑摩書房）、日本の文学73『堀田善衞・安部公房・島尾敏雄』（中央公論社）、自伝的長編『若き日の詩人たちの肖像』（新潮社）を刊行。

一九六九年［昭和四四年］

五一歳。連作美術エッセイ『美しきもの見し人は』（新潮社）、評論集『小国の運命・大国の運命』（筑摩書房）、日本短編文学全集48『野間宏・花田清輝・堀田善衞・安部公房』（筑摩書房）を刊行。

一九七〇年［昭和四五年］

五二歳。インドで開かれたアジア・アフリカ作家会議に出席。書き下ろしの連作『橋上幻像』（新潮社）、大原三千雄・木下順二と共同で編んだアンソロジー『日本原爆詩集』（太平出版社）、短編集『あるヴェトナム人』（新潮社）を刊行。

一九七一年［昭和四六年］

五三歳。現代日本の文学40『堀田善衞・深沢七郎集』（学習研究社）、新潮日本文学47『堀田善衞集』（新潮社）、長編エッセイ『方丈記私記』（筑摩書房）を刊行。

一九七二年［昭和四七年］

五四歳。現代日本文学大系87『堀田善衞・遠藤周作・井上光晴集』（筑摩書房）、『方丈記私記』で、第二五回毎日出版文化賞を受賞。

一九七三年［昭和四八年］

五五歳。カザフ共和国のアルマ・アタで開催されるアジア・アフリカ作家会議に出席。武田泰淳との対話『私はもう中国を語らない』（朝日新聞社）、経済界トップとの対談集『けいざい問答』（文藝春秋）、『堀田善衞自選評論集』（新潮社）、現代の文学14『堀田善衞』（講談社）を刊行。

唯一の新聞連載小説『19階日本横丁』（朝日新聞社）、を刊行。

一九七四年［昭和四九年］

五六歳。アジア・アフリカ作家会議日本協議会主催の日本・アラブ文化連帯会議に出席。『ゴヤ　第一部　スペイン・光と影』（新潮社）を刊行。六月から翌年九月にかけて『堀田善衞全集』（全十六巻、筑摩書房）が刊行される。

一九七五年〔昭和五〇年〕　五七歳。『ゴヤ　第二部　マドリード・砂漠と緑』（新潮社）を刊行。

一九七六年〔昭和五一年〕　五八歳。『ゴヤ　第三部　巨人の影に』（新潮社）を刊行。

一九七七年〔昭和五二年〕　五九歳。『ゴヤ　第四部　運命・黒い絵』（新潮社）を刊行。『ゴヤ』全4巻により、大佛次郎賞を受賞。五月、船でヨーロッパへ旅立つ。以後、数回の帰国をはさみ、一九八七年一二月まで、スペイン各地に住む。エッセー集『本屋のみつくろい―私の読書』（筑摩書房）、筑摩現代文学大系73『堀田善衞・長谷川四郎集』（筑摩書房）を刊行。

一九七八年〔昭和五三年〕　六〇歳。ソビエトのタシュケントで開かれたアジア・アフリカ作家会議二十周年記念大会に出席。横浜からロッテルダムへの航海日記『航西日誌』（筑摩書房）を刊行。

一九七九年〔昭和五四年〕　六一歳。スペイン政府から賢王アルフォンソ十世十字章を受賞。アンゴラのルアンダで開かれたアジア・アフリカ作家会議に出席し、ロータス賞を受賞。『スペイン断章―歴史の感興』（岩波新書）、エッセー集『スペインの沈黙』（筑摩書房）を刊行。

一九八〇年〔昭和五五年〕　六二歳。スペイン滞在日記『オリーブの樹の蔭に―スペイン430日』（集英社）を刊行。

一九八二年〔昭和五七年〕　六四歳。ドイツ・ケルンで開催された国際文学者平和会議INTERLIT'82に出席。

一九八四年［昭和五九年］　六六歳。アジア・アフリカ作家会議議長を辞任。エッセー集『日々の過ぎ方―ヨーロッパさまざま』（新潮社）、写真文集『カタルーニア讃歌』（写真・田沼武能、新潮社）を刊行。

一九八五年［昭和六〇年］　六七歳。書き下ろし長編『路上の人』（新潮社）を刊行。

一九八六年［昭和六一年］　六八歳。エッセー集『歴史の長い影』（筑摩書房）、『定家明月記私抄』（新潮社）、中世小説集『聖者の行進』（筑摩書房）、加藤周一との対話『ヨーロッパ・二つの窓』（リブロポート）を刊行。

一九八八年［昭和六三年］　七〇歳。『定家明月記私抄　続編』（新潮社）を刊行。

一九八九年［昭和六四年・平成元年］　七一歳。同時代評集『誰も不思議に思わない』（筑摩書房）、連作小説集『バルセローナにて』（集英社）、昭和文学全集17『椎名麟三・平野謙・本多秋五・藤枝静男・木下順二・堀田善衞・寺田透』（小学館）を刊行。

一九九一年［平成三年］　七三歳。モンテーニュの生涯を描いた長編『ミシェル　城館の人　第一部　争乱の時代』（集英社）を刊行。

一九九二年［平成四年］　七四歳。七月から一〇月まで13回にわたってNHK教育テレビ『NHK人間大学　時代と人間』に講師として出演。『ミシェル　城館の人　第二部　自然　理性　運命』（集英社）、同時代評第二部『時空の端ッコ』（筑摩書房）、司馬遼太郎、宮崎駿との鼎談集『時代の風音』（ユー・ピー・ユー）を刊行。

一九九三年［平成五年］　七五歳。回想録『めぐりあいし人びと』（集英社）を刊行。五月から翌年八月にかけて、前回の全集に増補した第二次『堀田善衞全集』（全十六巻、筑摩書房）が刊行される。

一九九四年〔平成六年〕
七六歳。『ミシェル　城館の人　第三部　精神の祝祭』（集英社）を刊行。

一九九五年〔平成七年〕
七七歳。朝日賞受賞。『ミシェル　城館の人』全三巻で和辻哲郎文化賞を受賞。
同時代評第三部『未来からの挨拶』（筑摩書房）を刊行。

一九九八年〔平成一〇年〕
八〇歳。日本芸術院賞を受賞。同時代評第四部『空の空なればこそ』（筑摩書房）、『ラ・ロシュフーコー公爵傳説』（集英社）を刊行。九月五日、脳梗塞で死去。
没後、『天上大風―全同時代評　一九八六年―一九九八年』（一九九八、筑摩書房）、日本古典論集『故園風来抄』（一九九九、集英社）、『堀田善衛詩集　一九四二～一九六六』（一九九九、集英社）、未発表詩集『別離と邂逅の詩』（二〇〇一、集英社）が刊行された。

スタジオジブリ出版部編

単行本『路上の人』は新潮社の〈純文学書き下ろし特別作品〉の一冊として、一九八五年四月に刊行。

本書は筑摩書房より一九九三年に刊行された『堀田善衞全集』第八巻を底本とし、一部新潮文庫版を参考にしました。

路上の人

二〇〇四年二月二九日　初版

著者　堀田善衛

発行人　鈴木敏夫
発行　株式会社徳間書店スタジオジブリ事業本部
〒一八四―〇〇〇二　東京都小金井市梶野町一―四―二五
電話　〇四二二（六〇）五六三〇
本社　〒一〇五―八〇五五　東京都港区芝大門二―二―一
電話　〇三（五四〇三）四三二四（販売）
振替　〇〇一四〇―〇―四四三九二
デザイン　有山達也（アリヤマデザインストア）
飯塚文子（アリヤマデザインストア）
編集担当　禰津亮太
編集協力　岸　宣夫
印刷　本郷印刷株式会社
カバー　真生印刷株式会社
製本　ナショナル製本協同組合

ISBN4-19-861823-2